SÜNDHAFTE HOFFNUNG

PAKT MIT DEM TEUFEL, BUCH 3

ELIZA RAINE

Für diejenigen, die mit dem Glauben kämpfen.
Gib ihn niemals auf.

EINS

BETH

»Aua!« Ein dumpfer Schmerz pochte in meiner Seite, als Rory mir einen weiteren Schlag in die Rippen versetzte.

»Pass auf, Neuling.« Sie flüchtete aus der Reichweite meines Beines, bevor mein Vergeltungstritt sein Ziel finden konnte.

»Es fällt mir irgendwie schwer, mich zu konzentrieren«, brummte ich.

»Hör zu, du hast um diesen Unterricht gebeten.« Sie richtete sich auf und ihre abwehrenden Bewegungen wurden langsamer. »Ich verschwende gerade doch nicht meine Zeit mit dir, oder?«

»Nein. Natürlich nicht. Ich werde mich konzentrieren, versprochen.«

Rory nickte, ging in die Knie und hob ihre behandschuhten Fäuste.

· · ·

Das war unser vierter Selbstverteidigungskurs, seit Banks uns beide im Hauptquartier der Wache vor genauso vielen Tagen verprügelt hatte. Und ich wurde immer besser.

Trotzdem hatte ich guten Grund, mich nicht richtig konzentrieren zu können.

Ich war mir so sicher gewesen, dass die Stimme, die ich auf Malcs Radioaufnahme gehört hatte, die meiner Mutter gewesen war.

Wir hatten jeden Zentimeter des Gebäudes durchkämmt, wobei Nox seinen beträchtlichen Einfluss geltend gemacht und einen Haufen Leute verärgert hatte, darunter auch seinen Bruder Michael - dennoch hatten wir keine Spur von ihr gefunden. Und auch niemanden, der ihr Bild wiedererkannte.

Sorge dafür, dass sie nichts findet.

Das war es, was die Stimme im Radio gesagt hatte. Über mich, die nach meinen Eltern suchte.

Hatten sie mich absichtlich verlassen?

Ich spürte, wie meine Lippen sich kräuselten, als ich Rory einen harten Schlag verpasste. Sie duckte sich mühelos und landete einen Konter auf meinen Arm, während sie wieder aufstand. Ich versetzte ihr einen niedrigen Tritt, der ihr Knie traf und sie nach hinten springen ließ.

»Nicht schlecht«, sagte sie widerwillig. »Wasser.«

Erleichtert ließ ich meine Arme sinken und holte Luft, während sie sich umdrehte und zur Bank ging, auf der sich Francis und unsere Wasserflaschen befanden. Wir waren in den Gärten von Lavender Oaks, und ich konnte mir ein Lächeln nicht verkneifen, als ich Francis begeistertes Gesicht sah.

»Süße, die Wasserflasche ist gerade eben verschwunden.« Sie zeigte dorthin, wo Rorys Sachen lagen.

»Heißt das, sie hat sie an sich genommen?« Rory warf Francis einen finsteren Blick zu und trank einen Schluck aus ihrer Flasche.

»Ja«, sagte ich zu ihr. »Rory steht direkt neben dir.« Francis atmete langsam aus. Der Schleier hatte sich für sie nicht gelüftet, und obwohl sie mir hundertprozentig glaubte, dass ich mit einer Fee kämpfte, konnte sie Rory nicht sehen.

»Es ist wirklich lustig, dich allein kämpfen zu sehen. Es ist wie in diesem Film.«

»Ehrlich, die lassen dich hier alles schauen«, sagte ich kopfschüttelnd.

»Ich bin uralt. Ich darf gucken, was ich will. Und außerdem stimmt das nicht einmal. Die haben alles Mögliche von mir konfisziert.« Ich öffnete den Mund, um sie zu fragen, was man ihr denn abgenommen hatte, überlegte es mir dann aber anders.

»Sollen wir jetzt deine Übungen machen?«, fragte ich sie stattdessen. Das Altersheim hatte ihr empfohlen, ihre Beweglichkeit zu verbessern, und ich hatte ihr angeboten, ihr bei den Dehnübungen zu helfen. Sie nickte und hievte sich von der Bank hoch.

»Gut.« Das war eine Ausrede, um eine längere Pause machen zu können, bevor ich wieder mit Rory trainieren musste. Ich hob überrascht die Augenbrauen, als Rory sich neben mich stellte, anstatt mich zu beschimpfen oder mich als faul zu bezeichnen. Ich streckte meine Arme langsam zur Seite aus und gab

Francis Zeit, das Gleiche zu tun. Rory machte es uns nach.

»Hast du Lust, mitzumachen?«, fragte ich sie. Sie zuckte mit den Schultern.

»Kann ja nicht schaden.«

Meine Gedanken schweiften ab, während wir uns beugten, streckten und tief durchatmeten.

Vielleicht war es gar nicht meine Mutter gewesen.

Mit *Sicherheit* war es nicht meine Mutter.

Malc hatte beim Versuch, herauszufinden, zu wem die männliche Stimme gehörte, keine Fortschritte gemacht. Um ehrlich zu sein, hatten wir überhaupt keine Fortschritte gemacht. Die Herrscherin über Neid versteckte sich immer noch hinter ihren Profilen auf den sozialen Netzwerken, die Person, die die Kontrolle über Stolz besaß, war spurlos verschwunden, und wir hatten keinerlei Hinweise auf das Buch gefunden.

Ich war mir fast sicher, dass Banks hinter dem Diebstahl des Buches steckte. Aber selbst die mächtige Wache hatte ihn noch nicht finden können. Oder die arme Aufseherin Cheryl, die er auf der Flucht als Geisel mitgenommen hatte.

Plötzlich wehte eine warme Brise über uns, die mich Rory und Francis schnell vergessen ließ. Ich drehte mich unverwandt um.

»Nox?« Ich hatte ihn seit drei Tagen nicht gesehen. Und irgendwie war das die längste Zeit, die wir getrennt waren, seit er in mein Leben getreten war und mir ein Angebot gemacht hatte, das ich nicht hatte ausschlagen können. Ein Angebot, das zur schönsten Nacht meines Lebens geführt hatte.

Er hatte der Hölle einen Besuch abgestattet, um herauszufinden, wie die Höllenhunde entkommen konnten. Er wollte eigentlich nicht gehen, vor allem, weil er den Gott, den er so sehr hasste – Examinus – meiden wollte. Aber es war eine Spur, der nur er folgen konnte, und wir hatten kaum andere Möglichkeiten.

Ich spürte Schmetterlinge in meinem Bauch, als seine Gestalt vor dem blauen Himmel immer größer wurde, während er näherkam. Wie konnte ein Mann, den ich erst seit so kurzer Zeit kannte, einen solchen Einfluss auf meinen Verstand und meinen Körper haben? Wenn ich nicht gerade von meiner Mutter besessen war, dachte ich pausenlos an ihn und sehnte mich körperlich so sehr nach seiner Berührung, dass ich jede Nacht von ihm träumte.

Ich entfernte mich von Francis und Rory und ein paar Sekunden später landete Nox vor mir auf dem Gras.

Er trug kein Oberteil und seine goldenen, atemberaubenden Flügel hingen hinter ihm, sein dunkles Haar war zerzaust. Seine Augen brannten mit blauem Feuer, als er mich ansah.

»Beth.« Er zog mich zu sich heran und seine Haut war so heiß, dass ich es kaum aushielt. Aber als seine Lippen auf meine trafen, stieg meine Körpertemperatur genauso stark an.

»Ich habe dich vermisst«, hauchte ich ihm entgegen,

als sein hungriger Kuss genug nachließ, um mich sprechen zu lassen.

»Gut. Ich habe dich auch vermisst, obwohl ich dich lieber nicht bei mir gehabt hätte.« Seine Augen verfinsterten sich bei diesen Worten und mein Gesicht verzog sich.

»Was ist passiert?«

»Examinus behauptet, er wisse nichts davon, dass die Höllenhunde die Hölle verlassen. Er lügt mich an. Und er ist nicht sehr beeindruckt von meinen Fortschritten zur Wiedererlangung meiner Macht.« Nox Lippen kräuselten sich vor Wut und das Licht in seinen Augen wurde von Schatten verdunkelt. Ein leichtes Kribbeln der Erregung stieg in mir auf und meine Augenbrauen hoben sich überrascht über diese Reaktion meines Körpers. *Seine Schatten haben mich erregt?* Das war neu.

»Hast du etwas Hilfreiches erfahren?«

»Nein. Er glaubt, dass meine Brüder für drei andere Götter arbeiten und dass sie sowohl hinter den Diebstählen als auch hinter den Ausbrüchen der Höllenhunde stecken.«

»Und du nicht?«

»Nein. Nur ein Gott oder ein Engel mit einer Macht, die ihren Ursprung in der Hölle hat, kann wilde Hunde aus diesem Reich befreien.«

»Gibt es viele davon?«

»Zwei Götter, darunter Examinus, und etwa ein Dutzend Engel, abgesehen von Michael und Gabriel. Aber Examinus wollte nicht, dass ich einen von ihnen befrage. Er sagte, es sei eine Beleidigung, es auch nur vorzuschlagen, wo ich doch meine Kräfte sammeln und mich auf den Kampf gegen meinen wahren Feind vorbereiten sollte.« Nox gab ein knurrendes Geräusch von sich, und mir wurde heiß in der Brust.

»Er klingt wirklich wie ein Arschloch.«

»Arschloch ist nett formuliert.« Nox festigte seinen Griff um mich und zog mich dicht an seine Brust.

»Ich glaube nicht, dass dir die Hölle gefallen würde, Beth.«

»Ach was«, murmelte ich, lehnte mich in seine Umarmung und drückte mein Gesicht an seine harte, heiße Brust.

»Es ist wohl kaum das beliebteste Urlaubsziel.«

»Schon bald werden wir dieses Gespräch führen müssen, das wir aufgeschoben haben.« Seine Stimme war tief und seine Brust vibrierte an meiner Wange.

Ich stieß einen Seufzer aus. Ich wollte nicht daran denken, dass Nox wieder zu einem richtigen Teufel werden und seine Tage in der Hölle verbringen würde, um Übeltäter zu bestrafen. Denn ich wusste genauso gut wie er, dass ich so nicht leben konnte. Ich wusste nicht einmal, ob ich die Hölle überleben könnte - ich war schließlich sterblich.

Aber ich wusste, warum er das Thema ansprach. Ich konnte seinen Herzschlag spüren, der im Takt mit meinem schlug. Ich glaubte nicht, dass ich die Einzige war, die das Gefühl hatte, ein Leben, in dem wir getrennt waren, sei nicht lebenswert.

ZWEI

BETH

»Ich gehe zurück ins Büro«, rief Rory uns hinterher.

»Es ist schon spät«, sagte ich und drehte mich zu ihr um. Nox Arm lockerte sich nicht und ließ mir kaum genug Platz, um mich in ihnen zu drehen.

Sie zuckte mit den Schultern.

»Ich habe viel zu tun. Bis morgen, ihr beiden.« Sie nickte Nox zu und nahm ihre Sachen von der Bank. Francis deutete auf Nox.

»Hallo, sehr geehrter Herr Teufel«, sagte sie. Ich spürte, wie sich seine Brust bewegte, als er gluckste.

»Hallo, Francis«, rief er, während er mir an die Wange griff und mich zu sich heranzog.

»Ich muss nach Hause gehen und erstmal den Gestank der Hölle loswerden. Sehen wir uns um acht?«

»Ja.«

Ich würde dort sein, wo und wann auch immer er es mir befahl. Ich senkte meine Stimme.

»Ich nehme an, da du keine neuen Kräfte erlangt

hast, können wir nicht...« Sein Kiefer spannte sich an und er knirschte mit den Zähnen, bevor er sprach.

»Wenn wir kurz davor wären, eine der verlorenen Sünden zu finden, könnten wir es riskieren. Aber so wie es im Moment steht...« Er fuhr mit seiner Hand durch mein Haar und griff nach meinem Hinterkopf. Die plötzliche Intensität ließ meinen Atem stocken.

»Beth, du brauchst keine Schuldgefühle zu haben, wenn ich dir das sage. « Seine blauen Augen brannten wie Feuer und ich wusste, was er sagen wollte.

»Mir wurde schmerzlich bewusst, wie schwach ich bin, als ich in der Hölle war.« Schuldgefühle durchströmten mich wie ein eisiges Gift, das meine Freude darüber, wieder mit ihm zusammen zu sein, zunichtemachte.

»Es tut mir leid.« Er umarmte mich fester und küsste mich. Nicht so hungrig, aber genauso innig wie zuvor.

»Mir tut es nicht leid. Ich werde es nie bereuen, dir Freude bereitet zu haben. Ich werde es nie bereuen, dich als mein Eigentum zu beanspruchen. Und ich möchte nicht, dass es dir leidtut.«

Er sprach die Wahrheit. Seine Lustkraft verriet mir seine Absichten, wenn wir uns so nahe waren, und ich wusste tief in mir, dass er unsere glücklichen Momente der Leidenschaft mehr schätzte als seine Macht. Tatsächlich war es nicht nur Leidenschaft. Seine Gefühle strahlten von ihm aus, sickerten in mich hinein und durchdrangen jede Faser. Er empfand genauso viel für mich wie ich für ihn.

»Nox...« Er griff nach oben, seine Finger berührten meine Lippen und brachten mich sanft zum Schweigen.

»Ich möchte, dass wir dieses Gespräch später an einem ruhigeren Ortfortsetzen, wenn wir uns beide wohler fühlen.« Sein typisches verruchtes Lächeln umspielte seine Lippen.

»Vielleicht werde ich ungezogene Dinge zu dir sagen.« Ich biss mir auf die Lippe.

»Weißt du, Francis kann dich von da drüben nicht hören.«

»Ganz egal.« Er lächelte.

»Wir sehen uns in ein paar Stunden.« Nach einem letzten zärtlichen Kuss trat er einen Schritt zurück. Seine Flügel breiteten sich hinter ihm aus und mit ein paar kräftigen Schlägen erhob er sich in die Luft. Ich sah dabei zu, wie er sich entfernte, und machte mich dann auf den Weg zurück zu Francis.

»Es ist eine Schande, dass du nicht den ganzen Tag und die ganze Nacht damit verbringen kannst, diesen Mann wie ein verdammtes Rennpferd zu reiten.«

»Da bin ich ganz deiner Meinung«, sagte ich zustimmend.

»Habt ihr es schon mal beim Fliegen gemacht?« Ihre Augen leuchteten, als sie mich ansah.

»Nein!«

»Warum nicht? Ich würde es tun.«

»Ich weiß nicht, ob ich mich konzentrieren könnte.« Ich winkte unbeholfen mit den Händen.

»Schlimmer noch, ich weiß nicht, ob *er* sich konzentrieren könnte. Er könnte mich fallen lassen.«

»Ich bin mir sicher, er würde dich wieder auffangen.« Da hatte sie recht; wahrscheinlich würde er das tun. Die Erinnerung daran, wie er aus dem Nichts aufgetaucht war, als ich vom Baum gefallen war, und mich wie Superman in seinen Armen aufgefangen hatte, schoss mir durch den Kopf. Eine köstliche Hitze durchströmte meinen Körper und konzentrierte sich in meinem Inneren. Vielleicht war Francis da auf etwas gestoßen.

»Ich werde darüber nachdenken«, sagte ich.

»Aber solange wir seine verlorenen Sünden nicht finden und seine Kraft nicht zurückbekommen, können wir gar nichts miteinander tun, egal ob wir fliegen oder nicht. Es schwächt ihn. Ich möchte nicht dafür verantwortlich sein, dass er getötet wird.« Diese harten Worte erinnerten mich ebenso wie Francis daran, dass Sex mit Nox tabu war.

Sie nickte mir widerwillig zu.

»Ja, ich denke, selbst der tollste Sex ist es nicht wert, dafür zu sterben.« Ich stieß einen Seufzer aus. Toller Sex kam nicht einmal annähernd an das heran, was es bedeutete, mit diesem Mann intim zu sein. *Engel*, erinnerte ich mich. Er war kein Mann. Er war ein gefallener Engel.

Ein Teil von mir sträubte sich, mit ihm über die Zukunft zu sprechen. Der andere Teil von mir konnte immer noch nicht glauben, dass er so viel für mich empfand, dass eine gemeinsame Zukunft überhaupt ein Thema war. Die Gewissheit, dass mein obsessives Verlangen nach ihm auf Gegenseitigkeit beruhte, gab mir viel Selbstvertrauen. Tatsächlich wurde das warme, ermutigende Gefühl, das ich so oft in seiner Gegenwart spürte, mittlerweile zu einem ständigen Begleiter, auch wenn er nicht da war. Ich wusste nicht, ob es an dem kleinen Ball seiner Kraft lag, der jetzt unter meinen

Rippen wohnte, heiß, wild und ein bisschen beängstigend, oder ob es an mir selbst lag.

Ich hoffte, dass ich es war. Es fühlte sich nicht so fremd an wie seine Kraft. Es fühlte sich eher so an, als würde eine mutigere Version von mir erwachen. Ein neues Ich, das keine Angst vor Mamas Schimpftiraden hatte oder davor, von Männern oder Freunden für jemand anderen oder etwas Aufregenderes verlassen zu werden.

»Die Sonne geht schon unter«, bemerkte Francis.

»Du musst dich für dein Date heute Abend fertig machen.«

»Konntest du uns reden hören?«, fragte ich sie überrascht.

»Süße, ich bin alt, nicht taub.« Langsam gingen wir gemeinsam durch die Gärten zurück zum Altersheim.

»Beth, glaubst du, dass ich jemals Rory und dein ganzes magisches Zeug sehen darf?«

»Du hast den Höllenhund gesehen.«

»Nein, ich habe gesehen, wie sich der Boden aufgespalten hat, und noch einen Haufen verrückter flammender Sachen.«

»Ich könnte fragen, ob ich den Schleier für dich lüften darf«, sagte ich.

»Aber ich habe gehört, dass das nicht einfach ist.« Sie wirkte aufgeregt und ihr Schritt beschleunigte sich. »Du schläfst mit dem Teufel, du hast doch sicher Kontakte?« Ich lächelte über ihren Enthusiasmus.

»Ich werde Rory fragen. Sie kennt sich mit diesen Dingen aus.« Francis klatschte vergnügt in die Hände.

»Dann kann ich bei den Selbstverteidigungskursen

mitmachen!« Die Vorstellung, dass Francis mit der super-fitten Fee trainierte, brachte mich zum Lachen.

»Ich kann es kaum erwarten, Rorys Reaktion darauf zu sehen.«

»Ich kann es kaum erwarten, sie einfach nur zu *sehen*«, antwortete Francis.

»Ich verspreche nichts, aber ich werde sehen, was ich tun kann.«

»Ach Mist, ich habe meine Wasserflasche auf der Bank vergessen«, sagte Francis und drehte sich um.

»Ich hole sie«, sagte ich und wandte mich ebenfalls um.

»Danke, Süße. Wer ist das?« Francis deutete mit dem Finger in die Dunkelheit. Ich sah eine Gestalt in einem beigen Mantel an der Bank in der Ferne stehen. Sie war zu weit weg, um sie zu erkennen, und ich runzelte die Stirn.

»Ein Pfleger? Oder ein Bewohner? Vielleicht holt er deine Flasche. Ich werde nachsehen.« Ich joggte langsam auf die Bank zu und die Gestalt drehte sich um und ging auf die Baumgruppe zu. Als ich dort ankam, war sie nicht mehr in Sicht. Francis Flasche war aber noch da, also hob ich sie auf und machte mich auf den Weg zurück zum Altersheim.

»Keine Ahnung, wer das war«, sagte ich achselzuckend zu Francis. Sie hatte es sich bereits in ihrem Sitz-sack bequem gemacht.

»Vergiss es. Versprichst du mir, dass du danach fragst, ob der Schleier für mich gelüftet werden kann?«

»Ich sagte doch, dass ich es tun werde.«

»Nein, du hast gesagt, *keine Versprechen*. Ich will ein Versprechen.«

»Ich verspreche, dass ich fragen werde. Mehr kann ich nicht für dich tun.« Sie strahlte mich an.

»Danke, Beth. Du bist ein Engel.«

DREI

BETH

Claude wartete vor meiner Wohnung, als ich herauskam, und ich folgte ihm fröhlich zum Parkplatz und der Limousine. Als wir in der Grosvenor Street ankamen, hielt er vor Nox altem, gotischem Haus, und die Trennwand zwischen dem hinteren Teil des Wagens und dem Fahrer bewegte sich langsam nach unten.

»Mr. Nox hat mich gebeten, dir das hier zu geben«, sagte er und reichte mir einen kleinen Metallgegenstand durch das Fenster. Ich nahm ihn an mich und konnte mir ein Lächeln nicht verkneifen.

Ein Schlüssel.

»Danke, Claude.«

Es war ein komisches Gefühl, den Schlüssel in die riesige Haustür zu stecken. Es war weder mein Zuhause noch irgendetwas, wofür ich jemals einen Schlüssel erwartet hätte. Aber wenn Nox darum gebeten hatte, mir einen

Schlüssel zu geben, fühlte ich mich verpflichtet, ihn auch zu benutzen.

Ich stieß die Haustür auf und hörte Beelzebub über den Holzboden flitzen, Sekunden bevor er den Flur hinunterhüpfte. Ich lachte und begrüßte ihn, während mir der Duft von Kaffee in die Nase drang.

Ich folgte dem Geruch in die Küche, wo ich Nox vorfand, der an der Theke neben der Kaffeemaschine lehnte. Er breitete seine Arme aus und die Anspannung verließ seinen Körper ein wenig, als er mich sah.

Mein Körper hingegen hatte sich bei seinem Anblick so sehr angespannt, dass es mir unangenehm war.

Er trug eine Jogginghose und ein hautenges T-Shirt. Jede köstliche Kurve seiner Muskeln war zu sehen, jede Kontur seiner Bauchmuskeln. Er bemerkte, dass ich ihn mit meinen Augen auszog, und ein sinnliches Lächeln umspielte seine Lippen.

Hitze stieg in mir auf und ließ mich meine Schenkel zusammenpressen.

»Guten Abend.«

Mein Gott, dieser Akzent. Ich könnte ihm ewig zuhören.

»Hallo«, erwiderte ich.

»Wie geht es dir?«

»Gut, danke. Und dir?«

»Viel besser nach einer Dusche und einem Workout. Und dem Geruch von Kaffee. Du hast Post.» Er nickte in Richtung eines Umschlags, der neben einem dampfenden Espresso auf dem Tresen lag, und ich runzelte die Stirn.

»Hier?«

»Ich spüre nichts Magisches daran«, sagte er, ohne den Verdacht in seiner Stimme zu verbergen.

»Aber sei vorsichtig. Es steht keine Adresse drauf, also wurde er nicht per Post verschickt. Er wurde von jemandem durch die Tür gesteckt.« Ich runzelte die Stirn, während ich mich auf einen Hocker setzte, und zog den Umschlag näher zu mir heran.

»Wer würde mir an diese Adresse schreiben?«, wollte ich sagen, aber die Worte kamen mir nicht über die Lippen.

»Was ist los?« Nox war im Nu an meiner Seite.

»Es ist lange her, aber ich könnte schwören, dass das die Handschrift meiner Mutter ist.« Ich starrte auf meinen Namen, der in einer hübschen Handschrift geschrieben war, und Erinnerungen schossen mir durch den Kopf.

Sah Mamas Schrift wirklich so aus?

Es konnte nicht ihre Schrift sein. Das war einfach unmöglich.

Von Neugier übermannt riss ich den Umschlag auf. Ich spürte, wie sich Nox neben mir anspannte, aber als ich den Umschlag vorsichtig umdrehte, flatterten nur zwei kleine Papierstücke heraus. Ich griff nach einem von ihnen.

»Das ist eine Eintrittskarte für das Naturkundemuseum.« Nox stieß einen zischenden Atemzug aus.

»Einer der wenigen Orte in der Stadt, wo ich nicht hingehen kann.«

»Wirklich?« Ich sah überrascht auf.

»Warum nicht?«

»Ein Geist, der mächtiger ist als Adstutus, besitzt das

Naturkundemuseum. Und sie mag mich nicht besonders.«

»Darf ich fragen, warum nicht?«

»Das ist eine lange Geschichte, vielleicht ein andermal«, sagte er. Ich schluckte meinen Einwand herunter und drehte das Ticket in meinen Händen um. Die Schrift erregte meine Aufmerksamkeit. Es war dieselbe vertraute Schrift. Mein Magen begann unruhig zu flattern.

Frag nach dem Buch der Sünden.

»Nox, schau mal.« Er nahm das Ticket und las die Worte.

»Und du glaubst, das ist die Schrift deiner Mutter?«

»Wie ist das möglich?«

»Beth, es tut mir leid, das zu sagen, aber ich glaube, dass dich jemand damit wahrscheinlich in eine Falle locken will.« Ich verstand, was er mir sagen wollte, und der Hoffnungsschimmer in meinem Bauch erlosch. Ich sah ihn an.

»Der Geist in diesem Museum, könnte sie dein Buch gestohlen haben?« Nox grunzte.

»Sie würde es auf keinen Fall stehlen, nein. Sie ist ein sogenannter Spießer. Aber ich nehme an, jemand hat versucht, es ihr zu verkaufen.«

»Jemand wie Max?«

»Genau jemand wie Max.« Nox Augen funkelten, als er sprach.

»Und hätte sie es ihm abgekauft? Wenn sie dich nicht mag?«

»Vielleicht. Und dann hätte sie es weiterverkauft - nicht an den Meistbietenden, sondern an die Person, die mir am meisten damit schaden könnte.«

»Und wer wäre das?« Er zuckte mit den Schultern.

»Ich habe mir in meinem Leben viele Feinde gemacht.«

»Würde dir einer von ihnen damit Schaden zufügen wollen? Dafür Lösegeld fordern?«

»Ich denke, wir hätten schon längst etwas davon gehört. Das Buch ist schon seit Wochen verschwunden.« Ich nahm einen Schluck Espresso.

»Nox, ich weiß, das wird dir nicht gefallen, aber...« Er unterbrach mich, bevor ich den Satz beenden konnte.

»Du willst ins Museum gehen.« Ich nickte.

»Wir können es uns nicht leisten, diese Spur zu vernachlässigen.«

Außerdem sah das wirklich wie die Handschrift meiner Mutter aus.

»Du hast recht.« Ich hob überrascht die Augenbrauen.

»Wirklich? Ich dachte, du würdest mir sagen, dass es zu gefährlich ist, wenn du nicht mit mir gehen kannst.«

Mein Magen drehte sich vor Besorgnis um. Hatte ich gewollt, dass er sagte, es sei zu gefährlich? Ich meine, wenn das Naturkundemuseum einer der wenigen Orte in der Stadt war, die Nox nicht aufsuchen konnte, war es der perfekte Ort für eine Falle. Ich spürte ein Brennen in meiner Brust und die neue, aber nicht mehr unbekannte Stimme in meinem Kopf meldete sich zu Wort. *Das ist deine Chance, dich zu beweisen. Das ist deine Chance, der Situation etwas entgegenzusetzen, was Nox nicht kann. Du kannst es schaffen. Weißt du noch, wie du mit Banks fertig geworden bist?*

Die Erinnerung an Banks Nase, die knirschte, nachdem ich ihm einen Kopfstoß verpasst hatte, ließ mich aufrechter auf meinem Hocker sitzen und Nox Blick direkt erwidern.

»Mit uns ist nicht zu spaßen«, sagte er mit harter Stimme.

»Und wir werden uns nicht verstecken. Falle oder nicht, wer auch immer das geschickt hat, weiß etwas, was wir nicht wissen.« Ich nickte.

»Wir müssen uns das ansehen. Und Rory kann doch mit ins Museum kommen, oder?«

»Ja. Sie wird dich begleiten. Wenn es um Leben und Tod ginge, *könnte* ich das Museum betreten. Aber es wäre nicht schön, und die Konsequenzen wären heftig.«

Wenn es zum Äußersten kam, konnte er mich retten. Jetzt pulsierte die Aufregung in mir. Endlich hatten wir eine Spur, und es lag an mir, etwas daraus zu machen.

Nox streckte die Hand aus, strich mit seinen Fingern an meinem Kiefer entlang und zog mein Gesicht zu sich heran. Seine Berührung ließ mich vor Freude erschaudern. Er beugte sich vor und presste seine Lippen sanft auf meine.

»Wenn dir etwas zustößt...« Sein Atem strich warm über meinen Mund, als er zwischen den zärtlichen Küssen sprach, »...werde ich diese ganze verdammte Welt in Schutt und Asche legen.«

Aufregung und Entsetzen über seine Worte kämpften miteinander. Aufregung darüber, dass er, ein allmächtiger Engel, so viel für *mich* empfinden könnte, eine langweilige Sterbliche, die auf Liebesromane stand.

Entsetzen, weil ich ihm glaubte.

»Die ganze Welt? Das scheint ein bisschen übertrieben«, murmelte ich gegen seine Lippen.

»Ich habe Temperament.«

Ich hatte schon gesehen, wie Nox die Beherrschung verlor, einmal hoch über der Themse mit einem Gefangenen in seinem Griff und einmal hilflos in magischen Handschellen und gefesselt hinter Glas. Beide Male war er verdammt furchterregend gewesen.

»Was steht auf dem anderen Stück Papier?«, fragte ich und versuchte, auf andere Gedanken zu kommen. Ich musste mich aus dem Kuss lösen, der drohte, so viel Hitze zwischen meinen Beinen zu erzeugen, dass mein Höschen schmolz.

Nox lehnte sich mit sichtbarer Anstrengung zurück und hob den anderen Zettel auf. Er drehte ihn zu mir und zeigte mir ein Symbol, das darauf gezeichnet worden war. Ich erkannte es sofort.

»Das ist es! Das ist das Symbol, das ich schon mal gesehen habe!« Nox runzelte die Stirn, während er es untersuchte.

»Das kommt mir seltsam bekannt vor. Aber ich weiß nicht, woher.« Eine kribbelnde Neugierde durchströmte mich.

»Ich habe eine ziemlich schlechte Skizze davon für Malc gemacht, aber wir sollten sicherstellen, dass er diese Version sieht. Sie ist viel deutlicher.« Nox nickte.

»Ich muss mich sowieso bei ihm melden.«

∼

Nachdem der Kaffee durch ein Glas köstlichen, tiefroten Malbec ersetzt worden war, setzte Nox sich neben mich und richtete einen Videoanruf auf seinem Laptop ein. Malcs blasses Gesicht und seine roten Augen erschienen auf dem Bildschirm.

»Chef.«, nickte er. »Chefin.«

»Hi Malc«, sagte ich und winkte.

»Gibt es etwas Neues bezüglich der Aufnahme?« Ich konnte mir die Frage einfach nicht verkneifen.

»Nein, aber ich habe eine Spur, die mit deinen Eltern zu tun hat.« Mein Herz stockte in meiner Brust, und ich beugte mich vor.

»Adstutus hat uns die Ergebnisse deiner Bluttests geschickt, und ich habe sie an einen Freund in Südamerika weitergeleitet, einen Alchemisten, der sich mit allen möglichen Chemikalien auskennt.« Ich forderte ihn auf, schneller zum Punkt zu kommen.

»Sie meint, sie kann mit den DNA-Spuren arbeiten.«

»Was meinst du, damit *arbeiten*?«

»Vielleicht kann sie herausfinden, welche Art von Magie deine Eltern hatten.«

Ich spürte einen Anflug von Hoffnung. Das würde mir zwar nicht verraten, wo sie waren oder ob sie überhaupt noch lebten, aber ich würde mehr über sie erfahren als das, was ich bisher wusste.

»Wie lange wird sie dafür brauchen?«

»Ich habe morgen ein Gespräch mit ihr. Ich werde dich direkt informieren.«

»Malc, ich danke dir. Ich danke dir so sehr.« Der Vampir zuckte mit den Schultern.

»Ich mache nur meine Arbeit, Lady Boss.«

»Glaub mir, ich weiß das zu schätzen. Obwohl ich mir nicht sicher bin, was ich von der Anrede ‚Chefin‘ halte.«

»Du wirst dich daran gewöhnen.« Seine roten Augen blitzten amüsiert auf.

»Mir gefällt sie sehr«, sagte Nox, und ich schlug ihm auf den Arm. Er ignorierte mich und hielt den Fetzen Papier mit dem Symbol in die Kamera.

»Beth hat das heute in der Post bekommen. Es ist eine präzisere Version von dem, was sie auf Banks gesehen hat.«

»Okay, schicke mir ein Foto davon, aber bringe mir so schnell wie möglich das eigentliche Pergament - es könnten Hinweise darauf zu finden sein.«

»Ich werde es morgen selbst abliefern. Ist Rory da?« Ein paar Minuten später erschien Rory auf dem Bildschirm.

»Rory, ich brauche dich morgen. Es ist für Beth.« Das Gesicht der Fee blieb unverändert, cool, wie immer.

»Gut. Ruf mich an, wenn du mich brauchst.« Rory verschwand aus der Kamera, und Malc verzog sein Gesicht.

»Ich bin mir sicher, dass ihr beide euch in kürzester Zeit blendend verstehen werdet«, grinste er. Ich gab ihm ein sarkastisches Lächeln zurück.

»Ohne Zweifel.« Obwohl ich langsam den Verdacht hegte, dass die wütende Elfe mich jetzt lieber mochte als damals bei unserem ersten Treffen. Und ich war mir sicher, dass sie mir helfen konnte, mich besser zu schützen. Das Problem war nur, dass alle außer mir Magiebeherrschten.

»Nox, gibt es irgendetwas, mit dem ich mich gegen Magie verteidigen kann? Ohne selbst welche zu haben?« Er sah einen Moment lang nachdenklich zu mir, dann zu Malc.

»Ich kenne ein paar Waffen, die von Sterblichen geführt werden können.«

»Ich kümmere mich darum«, sagte Malc.

»Gut. Wir sehen uns morgen.« Als der Laptop zugeklappt war, schaute Nox mich an.

»Ich muss mich wirklich zusammenreißen, dich nicht über meine Schulter zu werfen, mit dir nach oben zu gehen und herauszufinden was dich am lautesten schreien lässt, Miss Abbott.« Ich krümmte mich auf meinem Sitz, während meine Wangen und mein Inneres in Flammen aufgingen.

»Du weißt, dass es nicht fair ist, sowas zu sagen. Wir können nichts tun.«

»Dann lenk mich ab, bevor ich die Kontrolle verliere.«

»Ich habe eine Idee«, sagte ich und weigerte mich, meinen Blick von seinem Gesicht abzuwenden, damit er diesen köstlichen Körper nicht verschlingen konnte.

»Wir reden nicht über die Hölle, Sünden, Engel oder Eltern - nichts davon. Wir reden einfach. Miteinander. Übereinander.« Sein verruchtes Lächeln verwandelte sich langsam in aufrichtige Überraschung.

»Ich finde, das ist eine verdammt gute Idee.« Mein Herz begann in meiner Brust zu pochen.

»Können wir auch Cribbage spielen?«

~

»Das kann nicht dein Ernst sein. Dein Lieblingsfilm ist Top Gun?« Nox zuckte mit den Schultern und starrte auf die aufgefächerten Karten in seiner Hand. »Den Soundtrack kann man nicht überbieten.«

»Dem kann ich nur zustimmen.« Er sah zu mir auf und seine Augen leuchteten.

»Wirklich?«

»Auf jeden Fall.«

»Welches ist dein Lieblingsstück?« Ich konnte mir ein Grinsen nicht verkneifen, als ich auf meine eigenen Karten schaute. Ich hatte ein großartiges Blatt.

»Ich sag's dir, wenn du mich besiegst.« Sein Blick tanzte über mein Gesicht, dann nickte er. Wir schlugen darauf ein, und ich gewann gegen ihn, wie ich es vorausgesehen hatte.

»Also. Du musst mir deinen Lieblingssong sagen. Nein warte - lass mich raten.« Er lehnte sich auf dem Sofa zurück.

»Es ist Danger Zone, nicht wahr?« sagte ich triumphierend. Langsam schüttelte er den Kopf, dann stand er auf und ging zu einer Stereoanlage in der Ecke des Raumes, die älter aussah als ich. Er drückte ein paar Knöpfe und die ersten Takte von „Take My Breath Away" erfüllten den Raum.

»Steht der Teufel etwa auf Powerballaden?« Ich lächelte ihn an, als er sich wieder zu mir umdrehte.

»Je mehr Achtziger, desto besser.«

Seine Augen verfinsterten sich und er streckte seine Hand aus.

»Willst du mit mir tanzen?«

Nichts hätte mich aufhalten können. Ich sprang auf und ergriff seine warme Hand. Er zog mich fest an seine Brust und ich schlang meine Arme um seinen muskulösen Rücken und genoss die Nähe. Gemeinsam wiegten wir uns im Takt der Musik.

»Ich habe dir doch gesagt, dass ich besser in Cribbage bin als beim Poker«, murmelte ich in sein Hemd.

»Es ist eine Weile her, dass ich gespielt habe. Ich bin eingerostet.«

»Eine Ausrede nach der anderen.« Er neigte seinen Kopf und ich hob meinen, um ihn zu treffen. Sein Kuss verriet mir, dass er versuchte, die Dinge locker und spielerisch zu halten.

Das Lied änderte sich, und der Sound von Kenny Loggins strömte durch den Raum, Gitarre und Achtziger-Jahre-Kitsch im Überfluss.

Ich lachte und Nox Augen leuchteten, als er meine Hand anhob und mich herumwirbelte.

»Du bist berauschend.«

»Du bist auch nicht schlecht«, grinste ich ihm zwischen den Drehungen entgegen. Er hielt mich fest und neigte sich vor, sodass seine Lippen nur noch wenige Zentimeter von meinen entfernt waren.

»Ich meine es ernst, Beth. Du bist wie eine Droge für mich. Ich bekomme nicht genug von dir und kann mir nicht vorstellen, jemals ohne dich zu leben.« Mein Puls raste, als ich das hörte. Sein Duft, seine Kraft und seine Worte sorgten dafür, dass sich mein Magen umdrehte.

»Ich gehe nirgendwo hin.«

»Sag es.« Ich wusste, was er hören wollte. Seine Lustkraft ließ das Wort in meinem Kopf widerhallen.

»Deins.«

»Meins.« Bilder von ihm, wie er mich mit Leib und Seele für sich beanspruchte, nackt und heiß in Laken verwickelt, mit samtener Haut und wogenden Muskeln, durchfluteten meinen Kopf, und ich keuchte laut auf.

Plötzlich ließ er mich los, als wäre er gestochen worden, und wich einen Schritt zurück. Sein Hunger brannte so heiß in seinem Blick, dass er fast wie ein wildes Tier aussah.

»Ich muss gehen. Jetzt.« Weitere Bilder schossen mir durch den Kopf. Ich stöhnte seinen Namen, als er mich ausfüllte, während ich in seinem Schoß auf und ab-...

»Jetzt. Gute Nacht, Beth.« Mit einem letzten, brennenden Blick verschwand er aus dem Zimmer.

Ich starrte ihm hinterher, und das Gefühl zwischen meinen Beinen wurde schmerzhaft.

Mein altes Ich, die Person, die ich war, bevor ich Nox getroffen hatte, hätte sich jetzt Sorgen gemacht, dass er mich zurückwies. Dass er mich nicht wollte.

Aber diese Beth wusste, dass er genau deshalb ging, *weil* er mich so sehr begehrte. Er traute sich selbst nicht zu, die Beherrschung nicht zu verlieren.

Und es war nicht nur die Lust, die wir nicht mehr kontrollieren konnten. Es gab so viele Gefühle, die zwischen uns existierten. Und zwar nicht einfach irgendwelche; ich hatte zunehmend den Verdacht, dass es Liebe war.

Allein bei einem flüchtigen Gedanken an ihn breitete sich ein warmes Gefühl in meinem ganzen Körper aus, ein Gefühl, dass alles in Ordnung war, dass die Welt in Ordnung war. Eine heftige Verzweiflung, die an Besessenheit grenzte, erfüllte mich, als ich an all die Dinge dachte, die uns trennen könnten.

Und bevor wir uns nicht um diese Dinge gekümmert hatten, konnten wir nicht zusammen sein. Nox musste das Buch, die Sünden und seine Macht zurückbekommen.

Nox sprang von seinem Hocker auf, als ich am nächsten Morgen die Küche betrat.

»Es tut mir leid. Wegen gestern Abend. Ich...«

»Du musst dich nicht erklären«, unterbrach ich ihn.

»Ich kann dein Verlangen sehen, erinnerst du dich?« Ich lächelte ihn an und sah Erleichterung in seinen strahlenden Augen.

Er küsste mich ganz sanft.

»Du siehst wunderbar aus.«

»Wirklich? Danke.« Ich trug Jeans und ein Satin-Oberteil. Nox sah wie immer viel schicker aus, in teuren Hosen und einem hellblauen Hemd.

»Kaffee?« Ich ließ mich auf den Hocker gleiten, der zumindest in meinen Gedanken schon *mein* Hocker war, und sah ihm dabei zu, wie er sich in der schönen Küche umherbewegte.

»Weißt du, ich könnte mich an diese Aussicht gewöhnen«, sagte ich zu ihm.

»Das ist das Ziel.« Schmetterlinge flatterten in

meinem Bauch.

»Willst du heute Morgen immer noch ins Museum gehen?« Die Schmetterlinge flatterten heftiger. Jetzt war ich an der Reihe, zu zeigen, was ich zu unserem Plan beitragen konnte.

»Auf jeden Fall.«

~

»Warum mag der Geist, den wir sehen werden, dich nicht?« Nox Augen funkelten schelmisch, als er mich auf dem Rücksitz von Claudes Auto ansah.

»Sie wird Techa genannt. Und ich habe ihre Statue gestohlen.«

»Ihre Statue?«

»Ja. Eine Büste der Aphrodite. Sehr wertvoll und äußerst mächtig.« Rory saß links von Nox und starrte aus dem Fenster. Ich hatte den Eindruck, dass sie so tat, als wäre sie ganz woanders.

»Warum hast du sie denn gestohlen?« Nox grinste mich an.

»Sie hat die Kraft, Menschen zu übermäßiger Zuneigung zu verleiten.« Ich hob meine Augenbrauen.

»Sprich weiter.«

»Ich habe es auf Tournee mitgenommen. Fast die ganzen 6oer Jahre lang.« Ich schüttelte amüsiert den Kopf.

»Die Swinging Sixties. Malc hat also nicht übertrieben, als er sagte, du hättest dich jahrzehntelang danebenbenommen.« Nox schenkte mir ein weiteres schelmisches Grinsen.

»Ein harmloser Spaß.« Sex mit Nox war mit Sicherheit mehr als nur ein harmloser Spaß. Es war ein lebensverändernder, fantastischer Spaß. Verheerend süchtig machender Spaß. Umwerfend.

»Da sind wir«, verkündete Rory und unterbrach damit meine Gedankenspirale über Sex-Adjektive.

Ich spähte durch das Fenster und sah, wie das wunderschöne Gebäude des Naturkundemuseums immer größer wurde, je näher wir kamen. Aus abwechselnd orangefarbenen und grauen Ziegeln gebaut, sah es auf den ersten Blick eher wie eine Kathedrale aus. Die Form der Vorderseite war eindeutig kirchenähnlich, mit zwei hohen quadratischen Türmen, die den Eingang markierten. Ich hatte das Museum schon von außen gesehen und die hübschen Backsteinfarben bemerkt, aber ich war noch nie drinnen gewesen.

Ich drehte mich zu Nox um und war erschrocken zu sehen, wie angespannt sein Gesichtsausdruck war.

»Geht es dir gut?«

»Ich kann nicht weitergehen. Nicht ohne Probleme zumindest. Kannst du von hier aus ohne mich weitermachen?«

»Ja, natürlich.« Claude hielt das Auto am Straßenrand an und ich öffnete die Tür.

»Bitte, sei vorsichtig. Ruf mich sofort an, wenn du Hilfe brauchst.« Die Verspieltheit war komplett aus Nox Gesicht verschwunden.

»Das werde ich. Wohin gehst du?«

»Nicht weit weg.« Ich nickte.

»Wir sehen uns bald.«

. . .

Rory und ich gingen gemeinsam die große Treppe hinauf, und ich fragte mich, wie wir wohl die Frau finden würden, die wir suchten.

»Rory, weißt du etwas über diesen Geist?«

»Nicht viel. Aber ich weiß wenigstens, wie man in den magischen Teil des Museums kommt. Dort fangen wir an.« Als wir den Haupteingang erreichten, schüttelte ich den Kopf und blickte auf den wunderschönen Torbogen über uns.

»Ich kann nicht glauben, dass ich mein ganzes Leben lang nicht wusste, dass Magie wirklich existiert. Das Museum hat einen *magischen Teil*?«

Wir hatten den Ticketschalter direkt am Eingang erreicht, und Rory sah mich erwartungsvoll an. Ich trat vor, bat um zwei Tickets und warf einen Fünf-Pfund-Schein in die Spendenbox, bevor ich in die Haupthalle ging.

Als ich mich umsah, stockte mir der Atem. Ein riesiger Raum mit wunderschönen, gewölbten Decken beherbergte ein Zwischengeschoss, das von unvorstellbar großen Bögen und Säulen eingerahmt war, und alles war aus denselben abwechselnd orangefarbenen und grauen Ziegeln gebaut wie das Äußere des Gebäudes. Mitten im Zentrum des atemberaubenden Raums stand das riesige Skelett eines Dinosauriers. Ich starrte zu ihm hinauf, als ich unter seinem langen Hals hindurchging.

»Ist das Magie?«, fragte ich halb flüsternd. Der Gedanke, dass die Dinosaurierknochen zum Leben erwachen könnten, war aufregend und beängstigend zugleich.

»Nein.« Rory sah das riesige Skelett kaum an, während sie vorausging. Ich war enttäuscht, dass wir nicht die große Haupttreppe am anderen Ende hinaufgingen, sondern in einen Korridor voller ausgestopfter Nachbildungen ausgestorbener Kreaturen einbogen. Ein großer Bär, der aussah, als würde er in der Arktis leben, stand aufrecht auf seinen Hinterbeinen hinter dem Glas, und zu seinen Füßen saß ein winziger weißer Fuchs mit Knopfaugen.

»Was ist mit denen hier?« Rory seufzte.

»Keines der Objekte hier draußen ist magisch.«

»Hier draußen?« Sie winkte unbestimmt mit der Hand.

»Öffentlich ausgestellt.«

»Oh.«

Wir erreichten das Ende des Tierkorridors und gingen durch einige Türen. Das Kind in mir wollte in die Hände klatschen, als ich den nächsten Raum betrat. Er war *voll* mit Dinosauriern. Über uns erhob sich ein Steg, von dem aus die Besucher die riesigen Nachbildungen der urzeitlichen Tiere besser sehen konnten, aber wir blieben auf dem Boden und schlängelten uns zwischen Vitrinen mit Knochen und Fossilien hindurch. Ich war versucht, anzuhalten und die Informationstafeln zu lesen, aber Rory behielt ein flottes Tempo bei, und ich traute mich nicht, sie zu bremsen. Sie war eindeutig eine Frau, die etwas Bestimmtes vorhatte.

Bald betraten wir einen Raum, der dunkler als die anderen war und mit unheimlichen blauen und orangen Scheinwerfern beleuchtet wurde, die Schatten in alle Richtungen warfen. Der Raum wurde von einem lebensgroßen Tyrannosaurus Rex eingenommen, der in einer Kulisse stand, die seinem natürlichen Lebensraum nachempfunden war. Ich konnte mir ein Grinsen nicht verkneifen, als er sich bewegte und eine junge Frau vor uns überrascht aufschreien ließ. Ein dröhnender Ton kam aus Lautsprechern, die in den Wänden versteckt sein mussten, und das Mädchen lachte, während sie den Arm ihres Partners umklammerte.

Ein Museum wäre ein toller Ort für ein Date, dachte ich wehmütig. Schade, dass Nox nicht hierherkommen konnte. Wenn ich an sein ernstes Gesicht dachte, als er mich zur Vorsicht gemahnt hatte, verging mir das Lächeln. *Konzentriere dich, Beth. Das hier ist ernst.*

Der animatronische Dinosaurier schwenkte seinen Kopf in unsere Richtung, Rory blieb vor ihm stehen und machte ein zischendes Geräusch. Weiteres Gebrüll erfüllte den Raum.

Mit einem Kopfschütteln kletterte sie über das Geländer. Kein leichtes Unterfangen, wenn man bedachte, dass sie einen Bleistiftrock in Schienbeinlänge trug, aber bei ihr sah es mühelos aus.

Obwohl ich genau wusste, dass die Kreatur ein Roboter war, drehte sich mir instinktiv der Magen um, als sie sich ihm näherte. Das Urtier würde ihr nicht den Kopf abbeißen, aber mein Beschützerinstinkt gewann die Oberhand und ich eilte über die Schranken, um sie einzuholen.

Der Kopf des Dinosauriers schwang tief über mich hinweg und seine großen, künstlichen Zähne ließen mich zurückweichen, obwohl ich wusste, dass er eigentlich keine wirkliche Bedrohung darstellte.

»Ich bin mir sicher, dass es hier ist«, sagte Rory von dort, wo sie stand, direkt unter dem Bauch des Dinosauriers. Sie stampfte mit dem Fuß auf den Boden und ein schimmerndes Blau breitete sich aus. Das Brüllen des Dinosauriers schien eine Sekunde lang blechern und weit weg zu sein, und plötzlich erschien eine Treppe in der Wand hinter dem Schwanz der Kreatur. Sie war so prächtig wie alle anderen an diesem Ort, aus altem, poliertem Stein und fein gearbeiteten Ziegeln, und sie fügte sich so nahtlos in das Gebäude ein, dass ich nicht glauben konnte, dass sie vor Kurzem noch nicht da gewesen war.

Rory drehte sich um und schritt auf sie zu. Ich schloss meinen Mund und folgte ihr.

Der Korridor am oberen Ende der Treppe fühlte sich an wie der Abschnitt einer Galerie. In den Nischen an den Wänden, die die gleichen schönen, geschwungenen Bögen wie die Haupthalle hatten, waren eine Vielzahl von Gegenständen ausgestellt, und ich war froh, dass Rory nicht so schnell wie bei den Dinosauriern voranpreschte. So hatte ich beim Vorbeigehen genug Zeit, mir alles genau anzusehen. Es gab Fossilien, die zu Lebewesen gehörten, die ich mir nicht einmal hätte vorstellen können, wenn daneben nicht die Skizzen gehangen hätten. Es gab Kreaturen, die vage wie Trolle aussahen, dreiköpfige Löwen, riesige Zentauren, winzige Eidechsen - alles Mögliche.

»Sind die jetzt alle in der magischen Welt ausgestorben?«, fragte ich Rory. Sie schaute sich die Nischen an, während wir weitergingen.

»Ja, leider.«

Ich sah einen Knochen, der größer war als ich, und auf der Skizze daneben war etwas abgebildet, das ein Drache hätte sein können - außer, dass sein mit Reißzähnen bestücktes Maul neunzig Prozent des Kopfes einnahm. Es war zwar eine Schande, dass er ausgestorben war, aber ich wollte ihm ganz bestimmt nicht persönlich begegnen. Ähnlich wie ein T-Rex, dachte ich.

Im Gang waren keine Touristen oder Besucher zu sehen, und es war seltsam ruhig im Vergleich zu dem Teil des Museums, aus dem wir gerade gekommen waren.

»Wo finden wir den Flaschengeist?«, fragte ich.

»Ich weiß es nicht.« Wir gingen weiter, bis wir das Ende des Korridors erreichten. Gänge führten nach links und rechts, aber ich konnte meine Augen nicht vom Gemälde an der Wand lösen, um in einen der Gänge zu schauen.

Es war so groß, dass es wahrscheinlich den gesamten Boden meines Wohnzimmers bedeckt hätte, wenn man es flach auf den Boden gelegt hätte.

Es zeigte eine Welt jenseits der Grenzen meiner Vorstellungskraft. Auf der rechten Seite des Bildes war eine Klippe zu sehen, auf der sich eine Armee von Kreaturen drängte. Alles, was ich jemals in Filmen, den Korridoren und überall sonst gesehen hatte, war auf dem Gemälde abgebildet. Über all den Landlebewesen befanden sich unzählige flugfähige Kreaturen, die einen strahlend blauen Himmel ausfüllten, darunter auch der Besitzer des Knochens, den ich gerade gesehen hatte. Adler, die so groß wie Flugzeuge waren und von waffenschwingenden Gestalten geritten wurden, stürzten sich über die Klippen.

Auf der linken Seite der Tafel befand sich der Ozean, der ebenfalls mit Bestien gefüllt war, die so prähistorisch und real aussahen wie alles andere im Museum. Aber das Blau des Ozeans verschmolz mit einer feurig orangefarbenen Welt darunter. Gehörnte und nackte Dämonen zerrten an Fischen und Haien, und alle Lebewesen mit Gliedmaßen versuchten, sich die Klippe hinauf zu kämpfen.

Über dem Meer und den fliehenden Dämonen schwebten drei Gestalten am Himmel. Zwei hatten weiße Flügel und einen Heiligenschein. Aber die Gestalt in der Mitte, dunkel und furchterregend, hatte brennende goldene Flügel.

Nox.

Nur... Hier war er nicht Nox. Er war Luzifer. Der Bestrafer der Sünder. Herr des Bösen.

Ich spürte, wie sich die Härchen auf meiner Haut aufstellten, als ich nähertrat und meine Finger wie von selbst das Abbild des Mannes berührten, in den ich mich verliebt hatte.

Aber er war kein Mensch. Er war ein Engel. Eine Gottheit für sich. Das Gemälde war eine deutliche Erinnerung daran, wer er war, so lebendig in seiner Schlichtheit. Es stellte ihn nicht als böse dar. Nicht wie die Bilder des Teufels, die ich als Kind gesehen hatte. Es zeigte ihn so, wie er wirklich war. Er war Teil eines Trios mächtiger Wesen, die die Welt im Gleichgewicht zu halten hatten.

Er hatte seine Pflichten nur einen Augenblick vernachlässigt, zumindest für seine Verhältnisse. Aber alles um ihn herum begann zu zerbröckeln. Die Worte seiner Brüder kamen mir wieder in den Sinn, ihre Bitten an ihn, seine ihm zugedachte Rolle wieder zu übernehmen. Mit einer erdrückenden, definitiven Klarheit wusste ich plötzlich, dass Nox niemals von dem frei sein würde, wozu er geboren wurde. Es war sein Los, seine Bestimmung. Sein Schicksal.

»Bist du bereit?« Rorys Stimme war sanft, aber sie erschreckte mich trotzdem.

»Er ist nicht böse«, sagte ich, drehte mich zu ihr um und fühlte mich ein wenig benommen.

»Er ist auch nicht gut. Beth, die Abwesenheit von Grausamkeit und ein Übermaß an Leidenschaft macht einen Menschen auch nicht gut.«

»Das hängt von deiner Definition ab.«

Ihr Blick bohrte sich in meinen.

»Ja, da könntest du recht haben.«

»Ich habe recht. Ich weiß, dass ich recht habe.« Ich *musste* recht haben. Denn ich konnte keinen Mann lieben, der nichts Gutes in seinem Herzen hatte. So war ich nicht.

Ich stieß einen Seufzer aus, als Rory den linken Korridor hinunterging, und betrachtete das Gemälde noch ein letztes Mal. Selbst in gemalter Form ließen Nox goldene Flügel meinen Atem stocken.

Er war der Teufel. Ein allmächtiger, furchterregender Engel. Und irgendwie wichtiger für mich, als ich es überhaupt für möglich gehalten hätte.

FÜNF

BETH

Im Korridor, durch den wir gingen, hingen zahlreiche Gemälde. Einige stellten Lebewesen da, aber die meisten zeigten Landschaften. Ich erkannte viele als typisch europäisch oder asiatisch, aber keine war einem bestimmten Ort zuzuordnen. Wir kamen an ein paar geschlossenen Türen vorbei, blieben aber nicht stehen.

Bald wechselten die Bilder an den Wänden zu Darstellungen von Edelsteinen und ich sah, dass am Ende des Ganges eine verzierte Tür zu einem anderen Raum führte.

»Der Edelsteinraum«, murmelte Rory, als wir hindurchgingen.

Es war, als wäre ich im teuersten Juweliergeschäft der Welt gelandet. Eine Glastheke nach der anderen erstreckte sich über die gesamte Länge des Gewölbes und ich starrte mit offenem Mund auf sie hinab. Jede Auslage enthielt eine andere Art von Edelstein, und obwohl sie alle aussahen wie die Juwelen in der Menschenwelt, war jeder Stein auf seine Weise besonders.

»Der Gestank des Teufels haftet an dir.«

Eine klare Frauenstimme hallte durch den Raum und Rory und ich erstarrten. Ein beunruhigendes Gefühl überkam mich, mir wurde kalt, und die Stille im Raum fühlte sich plötzlich bedrückend an.

»Hallo!« sagte ich laut in den Raum hinein und zwang mich, höflich und zuversichtlich zu klingen. »Ich rieche vielleicht ein bisschen wie er, ja. Wir sind, ähm, Freunde.«

»Dann bist du hier nicht willkommen.« Das leichte Frösteln, das ich auf der Haut spürte, wurde zu eisiger Kälte. Meine Füße begannen unangenehm zu kribbeln.

»Ich habe nur eine Frage an dich, da wir schon mal hier sind. Wir versuchen, das Buch der Sünden zu finden und haben Grund zu der Annahme, dass jemand versucht haben könnte, es an dich zu verkaufen.« Ich krümmte meine Finger mehrmals und versuchte, die Kälte aus ihnen zu vertreiben.

»Das Buch der Sünden?« Der Klang der Stimme wechselte von abweisend zu interessiert. Mit einem Schimmer, ähnlich dem, der Adstutus Auftritten vorausging, materialisierte sich eine Frau vor uns. Sie war wunderschön. Einfach lächerlich schön. Tomb Raider trifft auf sexy Bibliothekarin, war mein erster Gedanke, als ich ihren langen, dicken Zopf, ihre schwarz umrandete Brille und ihren vollen Mund sah. Sie trug einen Hosenanzug und hatte durchdringend violette Augen.

»Was willst du mit dem Buch der Sünden? Willst du es seinem rechtmäßigen Besitzer zurückgeben?«

»Ähm...« Ich pustete auf meine Hände, während ich überlegte, was ich antworten sollte, und trat von einem

Fuß auf den anderen, um zu verhindern, dass meine Zehen gefühllos wurden. »Ja«, sagte ich und entschied mich, ehrlich zu sein.

Der schöne Flaschengeist hob eine perfekte Augenbraue. »Bitte geh.«

Die Temperatur sank weiter, und mein Atem stockte vor Schreck über die Kälte. »Würde es deine Meinung ändern, wenn ich dir sage, dass er seinen Platz wieder einnehmen will?«

Die violetten Augen fixierten mich, und ich hörte auf, meine Hände aneinander zu reiben.

»Seinen Platz? Bitte erzähle mehr davon.«

»Als der Bestrafer. Er will alle sieben Sünden zurück, damit er seine ganze Macht wiedererlangen und seinen Platz in der Hölle wieder einnehmen kann.« Ich hatte gehofft, dass der Geist die gleiche Denkweise wie Nox Brüder hatte und glaubte, dass der beste Platz für Nox die Bestrafung der Sünder in der Hölle ist, wo er hingehörte.

Die Augen des Flaschengeistes verengten sich, als sie den Kopf zu mir neigte. »Du bist keine Sünderin. Und auch kein Engel.«

Ich schüttelte den Kopf. »Nein. Ich bin sterblich. Und ich glaube, ich bin tugendhaft. Mehr oder weniger. Zumindest bin ich kein Arschloch.« Ich zwang mich, meine zitternden Lippen zu schließen und mein Geplapper zu stoppen, als der Geist einen Finger zum Mund führte und mit seinem manikürten Nagel nachdenklich über ihre Lippe fuhr.

»Ich werde dich einem Test unterziehen. Wenn du ihn bestehst, sage ich dir, was ich über den Verbleib des Buches weiß.«

»Du weißt, wo es ist?«

Sie nickte langsam, wobei ihr Zopf mitschwang. »Ja. Es ist mir kürzlich über den Weg gelaufen.«

Aufregung durchströmte mich und vertrieb einen Teil der Kälte. »Was für ein Test?«

»Eine Prüfung deines Charakters. Wenn ich dich für würdig erachte, werde ich dir geben, was du verlangst.«

»Das klingt fair.«

Der Geist deutete auf die nächstgelegene Vitrine, deren Glas mit Frost überzogen war. »Wähle eins.«

»Wie bitte?«

»Bist du taub? Oder dumm?« Ich starrte sie ärgerlich an.

»Nein. Ich bin... verwirrt«, erwiderte ich lahm und trat auf den Schrank zu. Die Frostschicht verschwand, so dass ich die Juwelen deutlich sehen konnte.

In der Vitrine befanden sich drei Edelsteine. Einer war rot und orange, mit gezackten Kanten und schwarzen Flecken. Der mittlere war ein klares Lila, und ich war mir fast sicher, dass ich Wellen darin sehen konnte. Der letzte hatte die Form eines Eis und war tiefschwarz, gesprenkelt mit glitzerndem Gold. Er erinnerte mich sofort an Nox.

War das hier Teil des Tests? Sollte ich denjenigen wählen, der Nox am wenigsten ähnelt? Oder sollte ich denjenigen wählen, zu dem ich mich wirklich hingezogen fühlte?

»Das da.« Ich zeigte auf den schwarz-goldenen Stein.

Der schöne Geist warf mir einen misstrauischen, wissenden Blick zu. Der Schrank öffnete sich mit einem Klicken, und als sie eine kleine Handbewegung machte, schwebte der Stein zu mir herüber.

Ich öffnete meine Hand, die noch immer vor Kälte zitterte, und ließ ihn in meine Handfläche gleiten.

Elektrizität schoss durch meinen Körper. Ich schrie auf, aber anstatt den Stein fallen zu lassen, krallten sich meine Finger um ihn herum und hielten ihn noch fester. Der Schmerz hörte abrupt auf.

»Was ist los?« Der Stein bewegte sich und wurde heiß. »Warum bewegt er sich?« Ich blickte zu dem Geist auf. Ihr Gesichtsausdruck hatte sich verändert und war nun von echtem Interesse geprägt.

»Die wirst du nicht mehr verstecken können«, meinte sie und ließ ihren Blick über meine Schultern gleiten. Mir war klar, dass sie damit meine Flügel meinte. »Dieser Stein war die richtige Wahl für dich. Mit einer anderen Entscheidung wärst du machtlos geblieben.«

»Was? Wovon sprichst du?« Der Stein bewegte sich wieder und ich glaubte, ein Geräusch zu hören.

»Dieser Stein ist aus der Hölle. Alle drei Steine enthalten einen Begleiter von mir, der dich in den nächsten Tagen beobachten und deine Würdigkeit beurteilen wird.« Ich öffnete meinen Mund, aber sie redete weiter. »Dieser Stein hat den Nebeneffekt, dass er die Macht, die bereits in dir steckt, noch verstärkt. Das wird jedoch aufhören, wenn du mir den Stein zurückgibst.«

Die Hitze, die von dem Stein auf meine Hand überging, floss durch meine gefühllosen Finger und meine frierende Haut. Adrenalin stieg in mir auf, angetrieben durch meine Angst.

»Du trägst die Magie des Teufels in dir. Ich weiß nicht, wie es dazu gekommen ist und auch nicht, was passieren wird, wenn Luzifer wirklich beschließt, seine ganze Macht zurückzuerobern. Aber im Moment ist sie da und brennt in deinem Körper.«

Ich blinzelte sie verwirrt an. »Ich kann nichts mit dieser Kraft oder den Flügeln anfangen. Sie sind einfach... da.«

»Du bist viel interessanter, als ich ursprünglich angenommen habe. Das ist Behemoth. Er wird mir über deine Zuverlässigkeit Bericht erstatten, wenn deine Zeit abgelaufen ist. Lebe wohl.«

Mit einem weiteren Schimmer war der Geist verschwunden, und ich starrte auf eine Ziege.

Eine Miniatur-Zwergziege. Sie stand in der Mitte des Edelsteinzimmers, war tiefschwarz und hatte, genau wie der Stein, goldene Flecken auf ihrem Fell, die im grellen Licht hervorstachen. Riesige goldene Hörner ragten aus seinem Kopf und seine schwarzen Augen besaßen nicht die gleiche leere Dummheit wie die meisten Ziegen, die ich bisher gesehen hatte.

»B-behemoth?«, flüsterte ich.

»Jep.« Eine Stimme erklang in meinem Kopf und erschreckte mich zu Tode. Rory musste sie auch gehört haben, denn sie gab ein leises Zischen von sich. Ich nahm einen tiefen Atemzug.

»Du bist eine Ziege.«

»Ein Höllenziegenbock«, korrigierte er mich.

»Was ist ein Höllenziegenbock?«

»Das Gleiche wie eine normale Ziege, nur dass ich ein paar Upgrades bekommen habe.« Er trabte im Kreis herum, als ob er seine Upgrades vorführen wollte, und blieb vor mir stehen. »Ich bin also dein neuer Begleiter, was?«

»Ähm...« Ich brach ab. »Warst *du* in diesem Stein?«

»Ja. Er ist mein Zuhause. Aber ich werde oft mit wichtigen Aufträgen außerhalb des Steins betraut.« Ich sah ein Aufblitzen von Gold in seinen Augen, als er sprach, und in seiner Stimme schwang ein Hauch von Aufregung mit.

»Also, ähm, wirst du über meine Rechtschaffenheit urteilen?« Ich hatte das Gefühl, dass ich mich hinsetzen musste. Die eisige Kälte war aus dem Raum gesickert und der Edelstein hatte aufgehört, Wärme auszustrahlen.

»Du scheinst etwas langsam zu sein.« Er klang besorgt. »Ja. Ich werde dein vorübergehender Begleiter sein, um festzustellen, ob du eine rechtschaffene Seele hast und die Zeit und Hilfe meines Meisters wert bist. Ich dachte, sie hätte das ziemlich deutlich gemacht.«

Ich starrte auf die Ziege hinunter. »Es tut mir leid, ich habe... Ich habe noch nie zuvor einen Höllenziegenbock getroffen.«

»Nun, ich bin ziemlich einzigartig. Ich kann verstehen, dass du in meiner Gegenwart nervös wirst.«

»Du siehst ziemlich... *klein* aus für einen Höllenziegenbock namens Behemoth. Und irgendwie süß«, sagte Rory und stellte sich neben mich. Ihre Lippen waren leicht bläulich, und genau wie bei mir überzog eine Gänsehaut ihren nackten Arme.

Sie hatte recht, Behemoth war ziemlich niedlich. Er stampfte mit seinen kleinen Hufen auf den Boden und das Gold blitzte wieder in seinen Augen auf.

»Ich versichere dir, ich bin nicht süß. Ich bin eine bedrohliche Höllenbestie.«

»Okay.«

»Bete, dass du mich nie siehst, wenn ich wütend bin.«

Ich konnte nicht verhindern, dass sich meine Mundwinkel zu einem Lächeln verzogen, als die flauschige kleine Ziege ihr Kinn anhob und die hochmütigen Worte in meinem Schädel widerhallten. »Ich will dich auf keinen Fall wütend sehen«, versicherte ich ihm.

»Gut. Können wir jetzt gehen? Ich bin schon seit Monaten in diesem Museum und habe Hunger.«

Als wir die Dinosaurier-Ausstellung erreichten, hatte ich endlich aufgehört zu zittern. Behemoth trottete schimpfend neben mir her und murmelte irgendetwas über die nachgebildeten prähistorischen Lebewesen. Fetzen seiner Worte schwirrten mir durch den Kopf, vor allem darüber, dass die Menschen nicht einmal zur Hälfte wussten, wie ein echtes Monster aussieht.

»Das wird dem Boss nicht gefallen«, sagte Rory und blickte auf die Ziege hinunter. »Er ist im Grunde ein Spion für einen seiner mächtigsten Feinde in ganz London.«

»Ich glaube, wir haben keine andere Wahl. Außerdem bin ich ein guter Mensch. Behemoth wird das auch feststellen und es Techa erzählen. Und sie wird uns dann sagen, wo das Buch ist. Das ist ein durchschlagender Erfolg, würde ich sagen.«

Auch wenn ich jetzt einen Höllenziegenbockbegleiter hatte. Und ein seltsames Gefühl, dass viele Menschen um mich herum Arschlöcher waren.

Sobald ich Nox sehe, muss ich mit ihm über seine

Macht reden, dachte ich, als mich ein kribbelndes, unangenehmes Gefühl überkam, genau in dem Moment als wir an einem Mann vorbeikamen, der eine hübsche Museumsführerin anglotzte. Spürte ich etwa die Sünde der Lust in diesem Mann?

Das Prickeln wurde abrupt weggespült, als eine Welle neuer Gefühle über mich hereinbrach und ich ins Stocken geriet. Ein heißer, wütender und gerechter Zorn erfüllte unerklärlicherweise meine Brust und ließ mich meine Fäuste ballen und meine Zähne zusammenbeißen.

»Beth. Wie schön, dich zu sehen«, rief eine scharfe, aber seidige Stimme. Mein Blick fiel auf Madaleine, die durch die Museumhalle auf uns zukam. Irgendwie schaffte sie es allein mit ihrer Gegenwart, das riesige Skelett neben ihr kleiner erscheinen zu lassen. Sie sah wie immer makellos aus und war ganz in Weiß gekleidet. Cornu schlenderte mit seinem dreckigen Dauerlächeln einen Schritt hinter ihr her.

Ich zwang mich, mich zu entspannen, um mich nicht von ihrer Kraft überwältigen zu lassen. Hitze flammte in meiner Brust auf, von der ich wusste, dass es Nox Kraft war, und eine beruhigende Wärme durchflutete meinen Körper. War es das, was Nox die ganze Zeit fühlte? Die Fähigkeit, andere mit seiner wundersamen Wärmedecke einfach auszuschalten?

Ich verzog keine Miene, als der Engel des Zorns vor mir stehen blieb, denn ich wollte nicht, dass sie erfuhr, dass ich gerade etwas Ungewöhnliches erlebte. Sie schaute erst auf Behemoth und dann auf meine Flügel. Ihre Augen verengten sich.

»Du und Nox kommen sich näher, wenn er dir bereits

Höllentiere schenkt.« Sie streichelte Cornus Arm. »Ich bin natürlich auch ein Fan.«

»Das ist nur vorübergehend«, sagte ich etwas unbeholfen. Sie hob eine Augenbraue.

»Nox oder die Ziege?«

»Die Ziege.«

»Vergiss nicht, Süße, dass *du* für den Herrscher der Hölle nur eine vorübergehende Affäre bist. Deine Lebensspanne ist nur ein winziger Bruchteil seiner Zeitrechnung.«

Wut wallte in mir auf. Ich wusste, dass das, was sie sagte, der Wahrheit entsprach, aber ich wollte nicht darüber nachdenken. »Genau. Danke für die Erinnerung. Wir werden jetzt gehen. Ich will dich nicht länger aufhalten...« Ich hielt inne und nahm den gleichen misstrauischen Blick an, den sie bei der Begegnung mit Behemoth aufgesetzt hatte. »Was machst du eigentlich hier?«

»Nur ein bisschen Sightseeing«, sagte sie achselzuckend.

»Blödsinn.« Ich verschränkte die Arme vor der Brust und ihr sarkastisches Lächeln verwandelte sich in aufrichtiges Erstaunen.

»Weißt du, er färbt langsam auf dich ab.« Sie schaute wieder auf meine Flügel. »Im wahrsten Sinne des Wortes, wie es scheint.«

»Was willst du, Madaleine?«

»Ich will mehr, als dein sterblicher Verstand überhaupt erfassen kann«, sagte sie mit einem kleinen Seufzer. Ich war mir fast sicher, dass ihr Blick für den Bruchteil einer Sekunde zu Cornu flackerte. »Aber im Moment möchte ich, dass du weißt, dass ich nicht dein

Feind bin. Ich respektiere Luzifer. Ich respektiere *dich* noch nicht, aber ich glaube, ich wäre dazu imstande. Vielleicht.«

Ich sagte nichts, aber innerlich kochte ich vor Wut. Das Seltsame war, dass *ich sie* mögen wollte. So ärgerlich ich es auch fand, ich bewunderte sie. Ihre Präsenz, ihre Kraft, ihre unbezwingbare Aura, das alles war für mich tief beeindruckend.

»Wenn du deine Pokerkünste verbessern willst, lass es mich wissen«, fuhr sie fort. »Und was ich über die Lebenserwartung von Sterblichen gesagt habe, habe ich tatsächlich so gemeint. Wenn du es mit ihm ernst meinst und er mit dir, dann musst du das in Ordnung bringen.« Meine Wut schwoll wieder an, als ob schon das Gerede über die Möglichkeit, dass Nox und ich nicht zusammen sein könnten, sie zum Überkochen bringen konnte.

»Was weißt du schon über langfristige Beziehungen?« Ich hielt meine Arme immer noch verschränkt und deutete mit dem Kopf auf Cornu. »Du hältst dir schließlich ihn als Gesellschaft.«

Diesmal sah ich definitiv etwas in ihren Augen und in ihrem Mienenspiel. War sie verärgert über mich, oder hatte es etwas mit Cornu zu tun? Wie auch immer, ich hatte einen Nerv getroffen.

»Ja, das tue ich«, erwiderte sie, ihr kühler Ton versuchte über die aufblitzenden Gefühle hinwegzutäuschen. »Aus gutem Grund. Willst du wissen, was passiert, wenn ein sterblicher Liebhaber nicht imstande ist, einen gefallenen Engel mit der Macht des Zorns zufriedenzustellen?«

Ich schluckte trocken. Nö. Ich wollte es nicht wissen.

Madaleine legte ihren Kopf leicht schief, so als ob sie auf eine Antwort wartete.

»Nun, wenn du Lust hast, etwas freundlicher zu sein, hat Luzifer meine Nummer.« Bevor mir dazu etwas einfallen konnte, schlenderte sie mit einer wegwerfenden Handbewegung an uns vorbei.

»Ich traue ihr nicht«, sagte Rory leise.

»Ich mochte sie sehr«, sagte die Stimme von Behemoth in meinem Kopf. »Kann ich jetzt einen Burger haben? «

»Einen Burger?«

»Ich liebe Burger.«

Ich musste die kleine Ziege dazu bringen, mich zu mögen, und wenn der einfachste Weg darin bestand, sie mit Burgern zu füttern, dann würde ich das tun. »Ja, natürlich kannst du das. Wir gehen ins Solum und du kannst haben, was du willst«, sagte ich und schritt weiter zum Ausgang.

»Ausgezeichnet. Ich war schon eine ganze Weile nicht mehr in Solum. Ist Adstutus noch da?«

Ich hob meine Augenbrauen. »Du kennst ihn?«

Ich hörte nicht, was die Ziege antwortete. Das Aufblitzen eines beigen Mantels nahm meine ganze Aufmerksamkeit in Anspruch. Ich hielt inne und versuchte, mich zu konzentrieren, aber in der riesigen Halle waren zu viele Menschen, und überall versperrten Säulen und Ausstellungsstücke meine Sicht.

Doch, da! Madaleine verschwand in der Dinosaurier-Ausstellung, dicht gefolgt von jemandem in einem beigen Mantel mit aufgesetzter Kapuze.

»Was ist los?« Rorys Stimme holte mich zurück aus meinen Gedanken.

»Ich dachte, ich hätte etwas gesehen.«

»Was?«

»Jemanden mit einem beigen Mantel, der Madaleine folgt.« Rory warf mir ihren typischen Bist-du-blöd?-Blick zu. »Genau. Du weißt, dass hier buchstäblich Hunderte von Touristen sind, die alle zur Dinosaurier-Ausstellung wollen. Viele von ihnen tragen Mäntel.«

»Ja, aber ich dachte, ich hätte gestern jemanden im gleichen Mantel gesehen.«

Rory schüttelte den Kopf. »Willst du zurückgehen? Ich bin mir nicht sicher, ob Techa darüber erfreut sein wird. Und Nox wartet schon.«

»Okay, es wird schon nichts sein. Lass uns gehen.«

Als wir die schwere Eingangstür hinter uns ließen, war ich erleichtert, draußen zu sein. Mein Handy klingelte, während ich die Treppe hinunterging. Das Display zeigte: Es war Nox.

»Du hast eine Höllenkreatur bei dir.« Seine Stimme klang hart wie Granit.

»Ja. Behemoth. Anscheinend ist er ein Höllenziegenbock. Eine Miniaturausgabe.«

»Verdammte Ziegen«, seufzte Nox, und sein Tonfall entspannte sich. »Warum hast du einen Höllenziegenbock dabei?«

»Es ist wahrscheinlich einfacher, alles persönlich zu erklären. Und ich habe ihm gerade einen Burger versprochen. Wo bist du?«

»Ich hole euch ab.«

SECHS

BETH

»Und? Ist Adstutus noch im Solum?«, fragte mich Behemoth.

»Ja, das ist er. Er gab mir den Trank, der meine Flügel versteckt hat.«

»Warum willst du sie denn verstecken? Du solltest stolz auf sie sein. Sie kennzeichnen dich als zur Hölle gehörend. Sie sind natürlich nicht so prächtig wie ich es bin, aber trotzdem. Du solltest sie nicht verstecken.«

»Nox dachte, es wäre das Beste, wenn die anderen nichts davon wissen.«

Ich war mir nicht sicher, ob es klug war, dem Zwergziegenbock gegenüber ehrlich zu sein, aber da er mich beobachten musste, war es wohl nicht sinnvoll, ihn anzulügen.

Wenn das, was Techa sagte, stimmt, würde ich die Flügel nicht mehr verstecken können, denn sie waren eindeutig eine kleinere Version von Nox Flügeln. Bei diesem Gedanken durchfuhr mich eine Welle der Erregung.

Schon bevor ich den schwarz-goldenen Stein bekommen hatte, hatte ich Nox Macht in mir gespürt, die mich bei jeder Prüfung zunehmend stärker machte. In manchen Momenten, in denen ich mit Banks im Hauptquartier gewesen war, hatte ich wirklich gedacht, dass sie mir spürbares Selbstvertrauen – oder Wut – gab, die mir halfen.

Wenn ich ganz ehrlich zu mir selbst war, begann ich tatsächlich zu hoffen, dass ich in der Lage sein *würde*, die Kraft zu nutzen.

»Ich habe Luzifer noch nie getroffen. Nox, wie du ihn nennst.« Behemoth hüpfte ein wenig herum, was ihn noch niedlicher aussehen ließ.

»Ich bin sicher, du wirst ihn mögen.« Ich war mir aber nicht sicher, ob das Gefühl auf Gegenseitigkeit beruhen würde.

Wir brauchten nicht am Straßenrand zu warten, denn der Wagen war schon da. Nox lehnte daran, sein Gesichtsausdruck war angespannt. Ich wusste nicht, ob das an seiner Nähe zum Gebäude lag oder an meinem neuen Begleiter.

»Wenn du mich nicht mehr brauchst, gehe ich zurück ins Büro«, sagte Rory.

Nox nickte ihr zu und sie wollte sich schon umdrehen, aber ich hielt ihren Arm fest.

»Danke«, sagte ich.

Sie zuckte mit ihren eleganten Schultern. »Ich habe nichts getan.«

»Wie du meinst. Trotzdem: Danke.«

Sie hielt einen vielversprechenden Moment lang den Blickkontakt mit mir, und ich beschloss, die Gelegenheit zu nutzen. »Bevor ich es vergesse... Könntest du mir einen Gefallen tun?« Sie hob eine perfekte Augenbraue. »Meinst du, du könntest den Schleier für Francis lüften?«

Zu meiner Überraschung lachte sie kurz auf, dann schien sie sich zu fangen, und ihr Gesichtsausdruck wurde wieder ernst. »Die Frau würde durchdrehen, wenn sie Magie sehen könnte.«

»Ich weiß. Das könnte ganz lustig werden. Und sie will dich unbedingt sehen.«

Zum ersten Mal bemerkte ich, wie die Augen der Elfe etwas weicher wurden. »Ich werde sehen, was ich tun kann«, sagte sie, wirbelte herum und ging mit klickenden Absätzen davon.

Nox sagte nichts, als wir ins Auto stiegen. Ich hob Behemoth hoch, als er nicht hoch genug springen konnte, um den Sitz zu erreichen. Als das Fahrzeug losfuhr, starrte er die kleine schwarz-goldene Ziege an.

»Siehst du«, sagte Behemoth, drehte sich zu mir und blickte dann wieder zu Nox. »So sieht die Hölle an einem Engel aus. Wahrlich großartig.«

Nox hob eine Augenbraue, also nahm ich an, dass er ihn auch hören konnte.

»Nox sieht im Moment menschlich aus«, sagte ich. »Er hat weder seine Flügel ausgebreitet, noch sieht er irgendwie höllisch aus.«

»Nicht für mich.«

»Oh.«

»Beth, bitte sag mir, was zum Teufel los ist. « Nox harte Augen blitzten auf, als sich unserer Blicke trafen. Ich holte tief Luft.

»Techa behauptet, dass sie weiß, wo das Buch ist, und

dass sie es mir sagen wird, wenn sie mich für würdig hält. Und sie hat Behemoth beauftragt, mich eine Weile zu beobachten, mich zu testen, und ihr dann Bericht zu erstatten.« Schatten wirbelten durch Nox helle Augen. »Da ist noch mehr«, sagte ich.

»Das sehe ich.« Sein Blick huschte über meine Schultern, und ich vermutete, dass auch er meine Flügel sehen konnte.

»Sie gab mir diesen Stein, der anscheinend Behemoths Heimat ist, und sagte, dass er meine Kräfte freisetzt, weil er aus der Hölle kommt.« Ich fischte den Stein aus meiner Tasche.

Nox starrte auf meine Hand, machte aber keine Anstalten, den Stein zu nehmen.

»Den hat sie dir gegeben?«

»Irgendwie schon. Ich musste zwischen drei Steinen wählen.«

Sein Blick wanderte zu mir. »Und du hast dir den ausgesucht? Warum?«

»Er... Er hat mich an dich erinnert.«

Die Schatten in Nox Augen wurden von einem blauen Lichtstrahl vertrieben, Wärme ging von ihm aus und umhüllte mich. Sein Blick hielt meinen fest, nur für einen flüchtigen Moment, der gleichzeitig zu lang und doch zu kurz war. Dann sprach er.

»Lass uns einen Kaffee trinken gehen, dann erzähle ich dir, was ich weiß.«

～

Nox war auf dem ganzen Weg zum Solum still. Er sagte nichts, als wir durch die Buchhandlung gingen und das besondere Buch fanden, das den geheimen Marktplatz unter Covent Garden enthüllte. Und er sagte auch nichts, als wir an den überfüllten Ständen vorbeiliefen, an denen sich zahlreiche Kreaturen tummelten und uns seltsame Blicke zuwarfen. Vielleicht sahen sie auch nur mich an, und plötzlich war ich mir meiner Flügel auf nie dagewesene Art und Weise bewusst.

Im Gegensatz zu Nox hatte Behemoth viel zu sagen. Tatsächlich hörte er nie wirklich auf zu sprechen.

Die kleine Ziege stellte mir eine Frage nach der anderen, sowohl über mich im Allgemeinen als auch über den aktuellen Zustand der Welt. Nachdem ich ihm gesagt hatte, wo ich wohnte, dass ich eigentlich ein Mensch war und dass ich die Magie erst vor kurzem entdeckt hatte, und deshalb nichts über magische Politik sagen konnte, erzählte er mir von sich selbst.

Offenbar stammte er aus einer großen Familie, war aber einer von nur drei Miniatur-Höllenziegen - der Rest seiner dreiundsechzig Geschwister war normal groß. Seine geringe Größe machte ihm nichts aus, er schien sogar ziemlich stolz darauf zu sein.

»Das Besondere daran, selten zu sein«, sagte er, während er weiter trabte, »ist, dass du etwas hast, was andere nicht haben.«

»Aber was ist, wenn das nicht gut ist?«, sagte ich zögernd.

Er sah zu mir auf. Seine goldenen Hörner schimmerten und seine Onyxaugen waren seltsam ausdrucksstark. »Wie meinst du das?«

»Was ist, wenn das, was an dir anders ist, etwas Schlechtes ist?« Er schnaubte, ein echtes Ziegenbockschnauben.

»So etwas gibt es nicht. Wenn du etwas hast, was andere nicht haben, dann solltest du es genießen.«

»Du hast ganz schön viel Selbstvertrauen in deinem kleinen pelzigen Körper.«

»Das ist kein Selbstvertrauen«, klärte er mich auf. »Es ist das Bewusstsein über meine eigenen Fähigkeiten. Ich bin mächtig. Und schön noch dazu.« Ich lächelte ihn an. Es war unmöglich, ihn nicht zu mögen.

»Es ist etwas Wahres an seinen Worten«, sagte Nox leise. Ich hatte angenommen, dass er dem unaufhörlichen Geplapper der Ziege schon lange nicht mehr zuhörte.

»Du findest ihn auch schön?« Ich grinste Nox an.

Er warf mir einen zweifelnden Blick zu. »Es gibt einen Punkt, an dem das Vertrauen in die Gewissheit übergeht. Auch du wirst diesen Punkt finden. Dafür werde ich sorgen.«

»Hmmm. Werde ich dann ein Ego haben, das so groß ist wie das von Behemoth?«

»Ich glaube, du wärst überrascht, wie gut ein großes Ego an dir aussehen würde, Miss Abbott.«

Das Café war gut besucht, aber das hielt den Kellner nicht davon ab, einen Tisch in der Mitte des Raumes für uns zu finden. Behemoth bestand darauf, auf seinem eigenen gepolsterten Stuhl gegenüber Nox zu sitzen. Der

Kellner nahm unsere Bestellung auf, ohne mit der Wimper zu zucken, als die Ziege ihre Wünsche bekanntgab.

»Die Magie, die Behemoth an den Stein bindet, ist uralt und sehr mächtig«, sagte Nox, nachdem uns der Kaffee serviert worden war. »Es ist die gleiche Magie, die auch Geister an ihre Wirte bindet. Der Stein hat jedoch auch seine eigene Kraft, die davon unabhängig ist.«

Behemoth nickte mit dem Kopf, wobei sich seine goldenen Hörner mitbewegten. »Der Stein ist vom Berg Ignis.« Nox hob eine Augenbraue.

»Woher weißt du das?«

»Er ist mein Zuhause«, schnaubte die Ziege.

»Vermittelt er Informationen?«

»Ja. Er hat eine Seele.«

»Der Stein hat eine Seele?«, fragte ich erstaunt. Nox sah mich an.

»Irgendwie schon. Nicht so, wie du oder ich oder sogar Behemoth hier. Aber er hat eine lebendige Energie. Die Hölle ist nicht vergleichbar mit dieser Welt. Sie besteht vollständig aus dem, was du Magie nennen würdest, und ihr Lebenselixier ist die lebendige Energie der Seelen, die sie bewohnen. Dieser Stein ist ein Teil der Hölle selbst und besteht daher ebenfalls aus dieser Energie.«

»Der Stein trägt einen Teil der Seelen der Menschen in sich, die in der Hölle schmoren?« Der Gedanke machte mich unruhig. »Leben in der Hölle nicht nur Sünder und böse Menschen?« Nox nickte.

»Ja.«

»Und... ich habe mich dazu hingezogen gefühlt?«

»Ja.«

Ich stieß einen langen Atemzug aus. »Wie hat das meine Flügel zum Vorschein gebracht?«

»Mit derselben Energie, die du auch von mir bezogen hast. Der Stein verstärkt sie. Er erkennt dich als sein Eigentum an.«

Da ich ohne ein langes Bad und ein Glas Wein kaum herausfinden konnte, wie ich mich dabei fühlte, ging ich nicht weiter darauf ein.

»Oh.« Darüber würde ich nachdenken müssen, aber es gab eine weitaus dringlichere Frage, die mich beschäftigte.

»Da ist noch etwas anderes.« Ich warf einen Blick auf Behemoth, der mich, ohne zu blinzeln anstarrte. Es hatte keinen Sinn, etwas vor ihm zu verbergen, beschloss ich. Ich war ein guter Mensch und würde in seiner Gegenwart ganz ich selbst und ehrlich sein. »Ich kann deine Macht spüren. Als würde ich tatsächlich etwas selbst tun. Ich bin mir sicher, ich spürte die Lust eines Mannes, den ich im Museum gesehen habe. Nicht meine, sondern die des Mannes...« fügte ich schnell hinzu, als Nox' Gesicht sich verzog. »Und als ich Madaleine sah, machte mich ihre Macht furchtbar wütend. Und in mir wurde es so heiß, wie mit der Wärme, die du bei mir auslöst. Aber in mir drinnen. «

Nox neigte seinen Kopf und befeuchtete seine Lippen. Verlangen pulsierte unaufgefordert durch meinen ganzen Körper. »Madaleine war da?«

»Ja. Aber erzähl mir von der Macht.«

Sein durchdringender blauer Blick bohrte sich in meinen. »Es tut mir leid, Beth, aber ich kann dir nicht viel sagen. Ich war noch nie zuvor in einer solchen Situation. Ich habe die Sündenkräfte über das Buch, ein außerordentlich mächtiges Artefakt, an andere weitergegeben, aber das hier ist anders. Die Macht, die du mir entzogen hast, ist meine eigene. Und die Magie, mit der du mich verflucht hast, ist göttlich und übersteigt mein Verständnis. Das ist für mich genauso neu wie für dich.«

Ich starrte ihn an. »Meinst du, ich kann die Macht nutzen? Jetzt, wo ich den Stein habe?«

»Es klingt eher so, als würde die Magie auf dich und die Dinge um dich herum reagieren.«

»Ich glaube, sie beschützt mich. Und manchmal... manchmal macht sie mich mutiger.« Nox nickte leicht mit dem Kopf und sah dabei erleichtert aus. »Ich weiß nicht, ob du sie wirklich kontrollieren kannst, aber sie könnte dir bei allem helfen, was auf uns zukommt.«

»Okay. Gut.«

»Was hat Madaleine gewollt?« Die Anspannung wich aus seinem Gesicht und er griff nach seinem Kaffee.

»Ich weiß nicht, warum sie im Museum war, aber sie hat mir gesagt, dass sie mit mir pokern will.«

»Wir sollten uns Sorgen machen, wenn sie Techa besucht. Und wenn sie auch hinter dem Buch her ist...« Er schien nachdenklich, während er trank.

»Aber sie hat uns den Tipp über den Herrscher der Trägheit gegeben. Warum sollte sie das tun, wenn sie gegen euch arbeiten würde?« Nox wandte sich an Behemoth.

»Weißt du etwas, das uns nützlich sein könnte?« Die Ziege blinzelte.

»Ich bin seit dreißig Jahren in einem Stein in der

Edelsteinkammer des Museums eingeschlossen gewesen.«

»Ist das ein Nein?« Die Ziege wippte wieder mit dem Kopf.

»Das ist ein Nein. Kann ich jetzt bald meinen Burger haben?«

»Ja«, erwiderte ich und blickte fragend zu Nox.

»Meinst du, Adstutus hat etwas Stärkeres, um meine Flügel zu verstecken?« Nox schaute einen Moment lang über meine Schulter und ich konnte sehen, wie das Verlangen sich in seinen Augen regte. Meine Wangen wurden heiß.

»Nein. Nicht, solange du den Stein hast.«

»Magst du… sie?« Ich versuchte, nicht schüchtern zu klingen und scheiterte. Auch vermied ich es, den Höllenziegenbock neben ihm anzusehen.

»Ja, das tue ich.«

Wärme breitete sich in meinem Nacken und in meiner Brust aus und sammelte sich in meinem Inneren. Ich glaubte ihm. Die meiste Zeit meines Lebens hörte ich nur die schlechten Dinge, die die Leute sagten. Ich wusste, dass Komplimente nur aus Höflichkeit gemacht wurden, und ich wusste auch, wie langweilig ich war, also bedeuteten sie mir sehr wenig. Tatsächlich hörte ich sie kaum. Aber wenn Nox etwas an mir lobte, wusste ich, dass er es so meinte. Und das gab mir Mut, stärkte mich.

Ich nutzte den Anflug von Selbstvertrauen und lehnte mich an Nox. Er roch nach Holzrauch und Whisky und ich schloss die Augen, um seinen Duft zu genießen.

»Wie sie wohl aussehen, wenn ich nur noch sie trage

und sonst nichts?«, flüsterte ich ihm ins Ohr. Er spannte sich an und holte langsam Luft.

»Sie spielen mit dem Feuer, Miss Abbott«, grummelte er.

»Ich weiß. Man hat mir gesagt, ich wäre ziemlich gut darin.«

Er drehte seinen Kopf, ganz langsam. Seine Lippen berührten meine. Heiße Funken sprühten in mir und ich konnte ein Stöhnen kaum unterdrücken.

»Du wirst ein verdammter Experte«, zischte er. Lustmagie strömte von ihm aus, verschlang mich und ließ meine Haut vor Verlangen brennen.

»Du schummelst.«

»Du bist unwiderstehlich.«

»Ich bin hungrig.« Behemoths Stimme durchbrach meinen sexbesessenen Gedanken wie ein Eimer kaltes Wasser.

»Verdammte Höllenziegen«, erwiderte Nox.

SIEBEN

BETH

»Warum muss der Herr der Hölle Schlange stehen, um einen Burger zu bekommen?« Behemoth klang wirklich verwirrt, als seine Frage in meinem Kopf aufblitzte.

Ich sah, wie sich Nox Mundwinkel nach oben bewegten.

»Weil er kein Arschloch ist und weil diese Leute zuerst hier waren«, antwortete ich und deutete auf die Leute, die vor uns am Marktstand vor dem Café standen. Der Geruch von heißem Fleisch wehte in unsere Richtung und ich musste zugeben, dass ich mich auch auf einen Burger freute. Allerdings wusste ich nicht, ob die magischen Burger aus demselben Fleisch gemacht wurden wie die Burger, die ich kannte. Ich beschloss, dass ich es lieber nicht wissen wollte.

»Was machen wir den Rest des Tages?«, fragte ich stattdessen. Ich wandte mich Nox zu, doch alle meine Gedanken an den Tag verschwanden.

»Was ist los?«

Er war völlig starr und seine Augen hatten sich tief-schwarz verfärbt. Seine Flügel hoben sich mächtig von seinem Rücken, das schimmernde Gold war mit wirbelnden Schatten bedeckt, die sich rasant über die Federn ausbreiteten. »Zorn«, knurrte er.

»Was ist mit ihr?« Mein Herz hämmerte gegen meine Rippen und Angst erfüllte mich, während seine Kraft mich durchströmte und meine Beine schwach werden ließ. Hitze brannte in meiner Brust, aber die vertraute Wärme pufferte mich gegen den Schrecken ab, der von dem dunklen Engel ausging.

»Sie ist tot.«

»Tot?« Ich konnte das Wort kaum aussprechen. Alle auf dem Marktplatz starrten Nox an. »Das kann nicht sein. Woher... Woher weißt du das?«

»Ich bin mit ihr verbunden.« Ein unerwarteter Anflug von Eifersucht durchzuckte mich, bis ein Lichtblitz meine Aufmerksamkeit ablenkte.

»Gabriel?«, knurrte Nox und drehte sich zu seinem Bruder um, der wie aus dem Nichts neben ihm aufge-taucht war. Gabriel trug Shorts und ein lockeres Leinen-hemd und seine langen blonden Haare waren im Nacken zusammengebunden.

»Michael ist im Coffee Shop«, sagte er leise.

»In einer halben Stunde haben wir wieder geöffnet, das versichere ich euch «, sagte der Kellner, der uns bedient hatte. Er hielt die Tür des Cafés auf und die Gäste strömten tuschelnd auf den Markt.

Nox sah ihnen hinterher, dann betraten er und Gabriel den Laden. Behemoth und ich wechselten einen Blick und folgten ihnen.

Michael saß bereits an unserem Tisch, ohne sein bekanntes breites Lächeln im Gesicht. Behemoth gab ein seltsames, schnatterndes Geräusch von sich, als wir uns ihm näherten.

»Ist das ein Höllenziegenbock?«, fragte Michael und stand auf. Nox zog lautstark einen Stuhl vom Tisch weg, seine Flügel schimmerten kurz auf und verschwanden.

»Ja«, antwortete er mit einem stählernen Klang in der Stimme. »Was ist mit Madaleine passiert?«

»Ihre Leiche wurde gerade eben gefunden.« Gabriels Ton war sanft, fast mitfühlend.

»Im Museum?« Meine eigene Stimme war heiser und die beiden Engel warfen mir einen Blick zu.

»Woher weißt du das?«

»Ich habe sie dort gesehen. Vielleicht vor einer Stunde.«

»Setz dich.« Ich wählte den Stuhl neben Nox.

»Sie wurde im magischen Teil des Museums gefunden. Vor dem Bild der Dreifaltigkeit.«

Ein heftiges Kribbeln machte sich in meinem Magen breit und ich schluckte schwer. Wie um alles in der Welt konnte eine Frau wie Madaleine getötet werden? Sie hatte grenzwertige Superkräfte - jeder konnte sie spüren, sobald er sich ihr bis auf einen Meter näherte.

»Wie wurde sie getötet?«, fragte Nox, der offensichtlich das Gleiche dachte.

»Eine Art Bestie. Und es gab Spuren von Feuer.« Nox fletschte die Zähne und ein Hitzeschwall wirbelte mein Inneres auf.

»Höllenhunde.«

Sowohl Michael als auch Gabriel nickten.

Michael sah mich an. Sein Blick schweifte über meine Schultern bis hin zu meinen Flügeln.

»Du hattest keine Kraft, als wir dich das letzte Mal gesehen haben.«

»Das ist jetzt egal, wir müssen herausfinden, warum die Herrscherin über den Zorn getötet wurde«, schnauzte Nox.

»Was passiert mit Madaleines Kraft? Kehrt sie zu dir zurück?«, fragte ich ihn.

Er schüttelte den Kopf. »Nein. Dazu brauche ich... Ich brauche die Seite. Das wird der Ort sein, an den die Kraft zurückkehrt.«

»Du darfst ihr Haus durchsuchen«, sagte Michael.

Nox schenkte ihm ein sarkastisches Lächeln. »Vielen Dank für deine Erlaubnis, Bruder.«

Elektrizität erfüllte die Luft und ein Brummen erklang in meinen Ohren. Behemoth schnatterte wieder unter dem Tisch.

»Was ist mit Cornu?« Alle sahen mich wieder an. »Er war bei ihr. Wurde er auch getötet?«

Gabriel schüttelte den Kopf. »Wir haben keine andere Leiche als ihre gefunden.«

»Er war ein Dämon, falls das einen Unterschied macht.« Michaels Gesicht nahm einen Ausdruck des Abscheus an.

»Ich weiß nichts über ihn.« Er winkte abweisend mit

der Hand. »Natürlich behandelt die Wache das alles als Priorität, aber Luzifer, wir wollen, dass du diese Seite findest. Du musst deine Kraft zurückbekommen. Irgendetwas ist hier am Werk, etwas, das für uns alle gefährlich ist.«

Nox starrte seinen Bruder an. »Und du hast wirklich keine Ahnung, was?«

»Nein. Aber wir können die deutliche Zunahme der Sünder und den Verlust der Heiligen nicht länger ignorieren.«

Ich wollte fragen, was Heilige waren, ließ es aber dann doch bleiben. Meine Unwissenheit behielt ich lieber für mich, zumindest bis Nox und ich alleine waren. Meine Hände zitterten leicht. Wie konnte Madaleine tot sein? Das schien unmöglich, vor allem, nachdem ich sie gerade erst gesehen hatte. *Und die Gestalt im Mantel, die ihr gefolgt war.*

So sehr ich mich auch danach sehnte, die Gruppe mit meinen Fragen zu löchern, die Feindseligkeit in der Luft war spürbar, und ich hielt besser meinen Mund.

»Es war deine Aufgabe, deine Schüler im Auge zu behalten«, sagte Nox.

Michael schlug mit den Fäusten auf den Tisch. Ich zuckte zusammen. Normalerweise hätte mein Herz schneller geschlagen und ich hätte mich durch das aggressive Verhalten eingeschüchtert gefühlt. Stattdessen loderte ein Feuer in meiner Brust auf, ich richtete mich auf und meine Lippen öffneten sich herausfordernd.

Ich werde mich nicht einschüchtern lassen. Die Stimme war in meinem Kopf klar zu hören, und es war meine eigene.

»Und es ist deine Aufgabe, die Welt im Gleichgewicht zu halten«, knurrte Michael.

»Im Gegensatz zu dir habe ich mich entschieden, meinen Job zu verleugnen. Du bist einfach scheiße in deinem.«

Die Stimmung änderte sich schlagartig und für den Bruchteil einer Sekunde konnte ich nicht mehr atmen, weil ein starker Druck auf mir lastete. Ich hörte Michael schreien und Nox knurren, dann war Gabriel auf den Beinen und der Geruch des Ozeans durchdrang die drückende, sumpfige Luft und machte sie frei.

»Genug«, sagte er ruhig. »Wenn unser Feind dazu übergegangen ist, Engel zu töten, die so stark sind wie Madaleine, dann müssen wir zusammenarbeiten.«

Hitze ging von Nox aus und obwohl er sich nicht von seinem Stuhl bewegt hatte, versprach seine Ausstrahlung eine Welt voller Leid und Feuer. Und das weckte in mir eine heftige Bewunderung, die ich nicht ignorieren konnte.

Ich musste der Wahrheit ins Auge sehen. Seine dunkle Seite begann mich definitiv zu erregen. Ich hatte keine Ahnung, wie ich mich dabei fühlen sollte, also schob ich die moralische Fragwürdigkeit in den Hintergrund und saugte stattdessen jeden Tropfen hitziger Wut und tödlicher Anmut auf. Nox war wunderschön.

»Ich glaube nicht, dass Banks mein Buch gestohlen hat«, sagte Nox schließlich. »Aber wir wissen, dass er die Sündenkräfte will.«

»Du glaubst also, dass du zwei Feinde hast?« Gabriels Stimme blieb ruhig.

»Ja. Und Banks ist der Schwächere von beiden. Aber

jeder von ihnen könnte Madaleine getötet haben, um zu versuchen, mir meine Macht zu nehmen oder mich daran zu hindern, sie wiederzuerlangen.«

Michael nickte knapp. Er verströmte selbst ziemlich starke »Fuck-off«-Vibes, aber sie waren nicht auf derselben Wellenlänge wie die von Nox.

»Finde die Seite. Hol dir deine Macht zurück. Und stelle das verdammte Gleichgewicht in dieser Welt wieder her.«

Nox stand auf und schob seinen Stuhl zurück. »Beth«, war alles, was er sagte, bevor er sich umdrehte und ging.

Ich kam seiner Aufforderung sofort nach und hielt nur inne, um Gabriel kurz zuzunicken. Der Kerl hatte mir beim letzten Mal das Leben gerettet und schien deutlich weniger anstrengend zu sein als sein Bruder. Ich hörte Behemoths Hufe hinter mir, aber ich drehte mich nicht um, sondern folgte Nox aus dem Gebäude.

ACHT

»Arrogantes Arschloch«, knurrte Nox, als wir uns einen Weg durch das Solum bahnten. Jede einzelne Person wich ihm in großem Bogen aus und ich musste beinahe rennen, um mit ihm Schritt zu halten.

»Ich stimme zu«, sagte Behemoth in meinem Kopf. Nox warf einen Blick auf die kleine Ziege, die mir an den Fersen herumtänzelte. »Aber ich fühle mich in der Gesellschaft von Erzengeln auch nicht wohl«, fügte Behemoth hinzu.

»Das geht den meisten Höllenwesen so«, murmelte Nox. Er brauchte die Worte ‚Mir auch‘ nicht auszusprechen, um seine Abneigung deutlich zu machen.

»Was machen wir jetzt?« In meinem Kopf herrschte Durcheinander. Ich hatte Fragen und einen Drang zu handeln, den ich nur mit Mühe unterdrücken konnte. Madaleines Tod hob den Kampf auf eine neue Ebene und eine beunruhigende Dringlichkeit erfüllte mich.

»Nach Hause. Ich muss nachdenken.« Er schaute

mich an, in seinen Augen wirbelte immer noch Licht und Dunkelheit. »Und du hast bestimmt Fragen.«

Nox rief Rory aus dem Auto aus an und erzählte ihr, was passiert war. Dann rief er Malc an und stellte ihn auf laut. »Ich brauche alle Aufnahmen der letzten Tage, die du von Madaleines Bewegungen in der Stadt hast. Und besorge mir alle ihre Adressen. Sie hat mindestens zwei Immobilien in London, und ich glaube, eine in Rom.«

»Und Cornu«, fügte ich hinzu. »Such nach Cornu.«

»Ihr Dämonenspielzeugjunge?«, fragte Malc.

»Ja.«

»Wie du willst, Lady Boss.«

Es war Mittagszeit, als wir bei Nox ankamen. Mein Magen knurrte laut, als wir den Flur betraten und erinnerte mich daran, dass wir unsere Burger doch nicht bekommen hatten. Ich fühlte mich immer noch zittrig und unwohl, denn das Adrenalin von der Auseinandersetzung zwischen drei der mächtigsten Wesen überhaupt durchströmte mich noch immer. Nox warf mir einen Blick zu und holte sein Handy wieder hervor.

»Pizza?«

Sowohl Behemoth als auch ich nickten begeistert.

Wir ließen uns im Wohnzimmer nieder, die Pizzateller auf unserem Schoß. Gott sei Dank willigte Behemoth ein, seinen Teil von einem Teller auf dem Boden zu essen.

Es dauerte nicht lange, bis das Adrenalin nachließ, während ich die Ruhe in Nox Haus in mich aufnahm. Wenn er immer noch wütend war, so hatte er es gut unter Kontrolle; er strahlte eine nachdenkliche Ernsthaftigkeit aus.

»Du hast Michael wütend gemacht, weil er etwas mit Heiligen zu tun hat. Was ist ein Heiliger?«, fragte ich.

»Heilige sind gute Engel. Es gibt zwei Arten von Engeln. Na ja, eigentlich drei. Alle Engel werden mit der Magie des Reiches erschaffen, aus dem sie kommen, Himmel oder Hölle. Gefallene Engel werden durch die Magie der Hölle erschaffen und Heilige durch die Magie des Himmels.« Ich sah Behemoth an und erinnerte mich daran, was er über die Höllenmagie gesagt hatte.

»Was ist der Unterschied zwischen einer Höllenkreatur und einem Engel aus der Hölle?«

»Die Magie von Engeln ist in einem menschlichen Wesen eingeschlossen. Dämonen, Höllenziegen oder sogar Götter sind reine magische Energie. Ein gefallener Engel oder ein Heiliger ist im Herzen ein Mensch. Deshalb regieren auch die Engel diese Welt und haben den Schleier erschaffen. Und aus diesem Grund leben Engel mit Menschen und pflanzen sich mit ihnen fort. Sie verbinden die Magie mit der Menschheit.«

Ich schluckte, bevor ich meine nächste Frage stellte, denn ich war mir nicht sicher, ob ich die Antwort hören wollte.

»Bist du im Herzen ein Mensch?« Er schenkte mir sein verruchtes Lächeln.

»Ja. Aber ich bin etwas Besonderes. Ich bin die dritte Art von Engel. Und es gibt nur drei von uns.«

»Das Bild«, hauchte ich. Er nickte.

»Ich wurde als Gleichgewicht zu meinen Brüdern erschaffen, und weil die Höllenmagie so verderblich ist, muss es doppelt so viel himmlische Magie geben. Wir sind Erzengel und haben Macht über alle, die unsere Magie benutzen. Wir wurden erschaffen, um über unsere jeweilige Magie zu herrschen.«

»Du kannst jeden mit Höllenmagie kontrollieren?«

»Ja, außer einem Gott. Wenn sie die Magie meines Reiches nutzen, bin ich ihr Herr. Und meine Brüder kontrollieren Heilige, die himmlische Magie benutzen.«

Ich dachte eine Minute lang nach. »Michael sagte etwas über den Verlust von Heiligen?«

»Ja. Die Engel der Güte, der Hoffnung, der Selbstlosigkeit, der Ehrlichkeit - alle möglichen tugendhaften Kräfte - wurden in den letzten Jahren weniger.«

»Das spüre ich auch«, meldete sich Behemoth. »In London gibt es weniger Gutes als bei meinem letzten Besuch.«

»Was meinst du mit »weniger werden«?«, fragte ich. »So, als ob weniger geschaffen werden?«

Nox nahm einen Bissen von der Pizza und antwortete dann. »Wir sind uns nicht sicher. Wir verfolgen nicht die tatsächlichen Wesen, sondern nur die Menge der Energie, die wir spüren. Die Energie von Sündern und gefallenen Engeln übertrifft jedes Jahr mehr die Energie der Heiligen.« Er zuckte mit den Schultern. »Ich weiß nichts von den Engeln meines Bruders. Ich meinte ernst, was ich zu Michael sagte: die Heiligen sind sein Problem.«

Wir aßen ein paar Augenblicke schweigend.

»Glaubst du, dass sie Recht haben und ein Höllenhund an Madaleines Tod beteiligt war?«, fragte ich. »Ich dachte nämlich, ich hätte heute im Museum jemanden gesehen, der ihr folgte, und ich glaube, er war auch gestern im Altersheim.«

Nox riss den Kopf hoch. »Warst du allein im Altersheim? Was ist passiert?«

»Nichts, und es könnte auch nur ein Zufall gewesen sein. Francis und ich hatten gerade Dehnübungen gemacht, als wir jemanden in den Gärten sahen, der einen beigen Mantel trug. Aber er ging weg, als ich näherkam. Heute habe ich im Museum wieder jemanden mit demselben Mantel gesehen. Aber es ist kein seltener Mantel, und es waren viele Leute im Museum.«

Schatten flackerten in seinen Augen. »Könnte es Banks gewesen sein?«

»Nein. Der hier war kleiner. Wahrscheinlich war es nur Zufall. Vor allem, wenn ein Höllenhund Madaleine getötet hat.«

»Madaleine hätte mehr Kraft haben müssen als ein Höllenhund. Verdammt, sie hätte stärker sein müssen als die meisten Höllenwesen.« Nox biss die Zähne zusammen, schloss kurz die Augen und sprach dann weiter. »Wir müssen zu ihrem Haus und einen Hinweis darauf finden, wo die Seite des Zorns ist.«

»Glaubst du, sie hat sie gefunden?«

»Nein, das glaube ich nicht. Die Frau hatte Macht und Geld und keinen Grund, etwas, das für sie so wertvoll war, loszulassen. «

Ich erinnerte mich daran, dass sie die Seite des Zorns zerstören und es danach nicht zugeben wollte. Obwohl klar war, dass sie es versucht hatte. Sie wollte unbedingt ihre Sündenmacht behalten. Also schien es wahrscheinlicher, dass sie die Seite unter ihrer Kontrolle behielt, als sie weiterzuverkaufen, vor allem, wenn sie kein Geld brauchte.

»Glaubst du, dass sie deswegen umgebracht wurde?«

»Ich kann mir keinen anderen Grund vorstellen. Obwohl sie vielleicht ihre eigenen Feinde hatte.«

»Ich schätze, sie hatte die Seite nicht bei sich, als sie starb, sonst hätten Michael und Gabriel sie gefunden.« Nox gab ein zischendes Geräusch von sich.

»Sie würden sie mir nicht unbedingt aushändigen.«

»Sie scheinen aber wirklich zu wollen, dass du deine Macht zurückbekommst«, erwiderte ich langsam. Wenn es um seine Brüder ging, musste ich meine Worte sorgfältig wählen.

»Nach außen hin, ja. Aber Beth, unterschätze nicht die Kluft zwischen uns. Sie wurden aus Licht erschaffen und ich aus Dunkelheit. Sie verachten mich auf eine so grundlegende Art und Weise, dass sie ihre Abneigung nicht kontrollieren können.«

Ich dachte über die beiden Engel nach. Michael war schwer zu deuten, und ich hatte den starken Verdacht, dass er Nox etwas verheimlichte. Aber Gabriel...

»Ich glaube, Gabriel mag dich.«

»Das ist es, was er dich glauben machen will. Aber du bist ihm nichts schuldig.« Ein tiefes Knurren schlich sich in seinen Tonfall.

Das stimmte nicht - ich verdankte Gabriel mein Leben. Doch ich nickte trotzdem. »Ich weiß.« Ich beugte mich vor und berührte mit meinen Lippen seine Wange. »Ich gehöre nur dir.«

Seine Schultern entspannten sich und er drehte seinen Kopf zu mir, um mich zu küssen.

»Meins«, murmelte er, und seine weiche Hand streichelte meine.

Ich lehnte mich zurück, holte tief Luft und versuchte, meinen erhitzten Körper zu beruhigen. »Das Haus von Madaleine«, sagte ich.

Nox nickte, und ich konnte sehen, dass auch er sich zurückhielt. »Mal sehen, ob sie die Seite wirklich behalten hat.«

NEUN

BETH

Madaleines Wohnung sah genauso aus, wie ich sie mir vorgestellt hatte.

Weiß.

Alles war weiß. Die Wände, die Decke, die Bodenfliesen, der Küchentisch, die Couch - alles.

»Wow. Ich glaube nicht, dass ich irgendwo wohnen könnte, wo es so wenig Farbe gibt.« Ich folgte Nox durch den kleinen Raum. Wir befanden uns in einer der teuersten Gegenden Londons, Hyde Park Corner, und diese winzige Einzimmerwohnung kostete wahrscheinlich so viel wie der ganze Wohnblock, in dem ich wohnte.

»Ich glaube nicht, dass sie hier gewohnt hat«, sagte Nox, öffnete eine Schranktür und schaute hinein.

»Nein?«

»Nein. Ich glaube, hierher hat sie die Leute gebracht. Und das Weiß diente dazu, sie selbst zu beruhigen. Um sich zu entspannen, ist sie vermutlich irgendwo anders hingegangen.«

Es war seltsam, sich in der Wohnung von jemandem

umzusehen, der gerade ermordet worden war. Jemand, den ich noch eine Stunde vor dem Mord gesehen und gesprochen hatte.

Ich erschauderte.

Madaleine war an diesem Morgen aufgewacht und wusste nicht, dass sie sterben würde. Auch als sie beim Dinosaurierskelett mit mir sprach, hatte sie keine Ahnung, dass sie ihr Leben verlieren würde.

Ich schaute zu Nox hinüber und mein Herz pochte ein wenig stärker. Sollten wir alle Vorsicht in den Wind schlagen? Sollten wir leben, als gäbe es kein Morgen? Oder war das nur meine verzweifelte Begierde nach Nox und der Versuch, meine Dummheit zu rechtfertigen?

Nox sah mich mit leuchtenden Augen an, und ich fragte mich, ob er das Gleiche dachte. »Hier gibt es nichts«, sagte er schroff. »Lass uns gehen.«

»Wohin jetzt?«, fragte ich, als wir wieder ins Auto stiegen. Nox holte ein Stück Papier aus seiner Tasche und sein Arm berührte meinen. Ein Kribbeln kroch über meine Haut, sodass mir die Haare zu Berge standen, und er hielt inne. Er drehte sich auf dem Ledersitz zu mir, hob seine Hand und zog mein Gesicht zu sich.

»Ich will dich.«

Sein Atem flüsterte über meine Lippen, bevor er seinen Mund gierig auf meinen drückte.

»Ich will dich auch«, sagte ich atemlos, als er sich wieder zurückzog. Und es stimmte. Ich sehnte mich so sehr nach ihm.

»Wir müssen bald eine dieser verdammten Sünden finden«, knurrte er. Ich nickte und deutete auf das Papier.

»Wohin jetzt?«

»Vielleicht haben wir Glück und sie hat die Seite in ein Sparschwein gesteckt. Oder in einen Safe.« Ich runzelte die Stirn. »Obwohl es schwierig werden könnte, einen Safe zu knacken.«

Die Entschlossenheit in Nox Gesicht war offensichtlich.

»Ich schmelze einen Safe zu Boden, wenn ich dich dafür ficken kann.«

Ich rutschte auf meinem Sitz hin und her und versuchte, Abstand zwischen uns zu bringen. Sonst hätte mich nichts davon abhalten können, ihn zu besteigen, was aber aus mehreren Gründen jetzt keine gute Idee war - nicht zuletzt, weil Claude vorne saß und geduldig auf Anweisungen wartete, wohin er fahren sollte. Und draußen wartete Behemoth etwas weniger geduldig darauf, ins Auto gelassen zu werden.

Mit einem letzten, brennenden Blick auf mich griff Nox nach vorne und reichte das Stück Papier durch die Öffnung in die Kabine. »Das ist die nächste Adresse von Malcolm«, bellte er.

Ich lehnte mich aus der Autotür und half Behemoth hinein.

Das Haus, vor dem wir anhielten, sah nicht aus wie die schicke Wohnung, aus der wir gerade gekommen waren. Zumindest nicht von außen. Es lag in Shoreditch, einem trendigen Teil Londons voller kreativer Menschen und unabhängiger Unternehmen. Im untersten Stockwerk befanden sich, wie in den meisten Gebäuden der

Gegend, Ladenlokale. Anders als die meisten Häuser in der Stadt war dieses freistehend und hatte schmale Gassen auf beiden Seiten.

»Dizzy's Dry Cleaners«, las ich laut vor, als wir aus dem Auto stiegen. Nox schaute in beide Gassen und entschied sich für die mit dem Müllcontainer. Eine schwarze Tür mit einem modernen weißen Torbogen war in den roten Ziegelstein eingelassen und stand einen Spalt offen.

»Welche Wohnung ist ihre?«, fragte ich, als wir begannen, die Treppe hinaufzusteigen. Es gab vier Stockwerke über dem Laden, also gab es wahrscheinlich mehrere Apartments im Gebäude. Eine Gegensprechanlage oder einen Briefkasten sah ich allerdings nicht.

»Das stand nicht in Malcolms Notiz.«

Am oberen Ende der Treppe befand sich eine weitere schwarze Tür, und als Nox sie zu öffnen versuchte, blieb sie verschlossen. Es stand keine Nummer auf der Tür und es gab auch keine anderen Türen, die man ausprobieren konnte.

»Glaubst du, dass das Ganze hier ihr gehört?«

»Vielleicht.«

»Kannst du es aufschließen?«

Er drehte sich um und schenkte mir sein verschmitztes Lächeln. Mein Bauch kribbelte ein wenig und Nox strahlte Wärme aus. Die Tür klickte und er drehte den Griff.

Soweit ich sehen konnte, gab es an diesem Ort überhaupt kein Weiß. Es war fast so, als hätte sie hier jegliche

Helligkeit tunlichst vermeiden wollen. Ich fühlte mich an eine Berghütte erinnert, als ich durch die opulente Lounge schlenderte. Eine riesige L-förmige Couch in sattem Schokoladenbraun beherrschte den Raum und stand vor einem riesigen Kamin mit Holzfeuer. An der rechten Wand war ein Flachbildfernseher angebracht und die linke Seite füllte ein langes Bücherregal aus Rotholz mit einer Bar in der Mitte.

»Das ist schön«, sagte ich. Der Raum war warm, gemütlich und stilvoll eingerichtet. »Wirklich schön.« Nox stand am Bücherregal, verschob Bücher und schaute dahinter.

»Hilf mir beim Suchen.«

Ich schloss mich ihm an und gemeinsam arbeiteten wir uns durch die riesige Bibliothek, während Behemoth mit klappernden Hufen im Raum herumschnüffelte. Dann gingen wir zur Treppe im hinteren Teil des Raumes. Im nächsten Stockwerk befand sich die Küche, und sie war genauso warm und einladend gestaltet wie das Wohnzimmer.

Wir durchsuchten systematisch alle Schubladen, den Stapel mit den Rezeptbüchern und alle Schränke. Es gab keine Spur von der Sünden-Seite.

Das nächste Stockwerk war ein Schlafzimmer, und es fühlte sich mehr nach Madaleine an als die anderen beiden Stockwerke. Der ganze Raum war schwarz, sogar die Decke. Plüschbettwäsche bedeckte das riesige Bett und überall hingen weiche Velours- und Seidenstoffe, die dem Raum eine sehr weibliche Note verliehen. Eine sehr dunkle, feminine Note.

Nox zögerte nicht und ging zum Schrank. Ich

schluckte kurz das Unbehagen hinunter, ihre Privat-sphäre zu stören, und sah auf dem Nachtisch nach. Alles, was ich finden konnte, waren die Dinge, die alle Frauen für gewöhnlich dort aufbewahren: Ein Buch, Haargum-mis, ein Labello.

»Hier ist nichts«, sagte Nox. Ich drehte mich zu ihm um und meine Augen weiteten sich, als ich sah, wovor er stand. Es war ein Schrank voll mit den knappsten Outfits, die ich je gesehen hatte.

Ich verspürte einen irrationalen Anflug von Eifer-sucht, als ich mir vorstellte, dass Madaleine eines davon getragen hatte, und mir wurde klar, dass Nox wahr-scheinlich dasselbe dachte, während er den Schrank durchsuchte.

Sie würde in jedem von ihnen tausendmal besser aussehen als ich.

»Hast du...« Ich wollte etwas sagen, hielt dann aber inne. Ich wollte Nox gerade fragen, ob er wollte, dass ich solche Sachen trug. Aber ich beendete die Frage nicht, denn wenn er ja sagte, wüsste ich nicht, ob ich den Mut hätte, es auch zu tun.

Und außerdem konnten wir sowieso keinen Sex haben. Nicht bevor er seine Macht zurückerlangt hatte, wieder zum Teufel geworden war und in der Hölle lebte - wo wir *auch* keinen Sex haben konnten, weil ich sterblich war und nicht in der echten Hölle leben konnte.

Ich verschränkte die Arme und konnte nicht verhin-dern, dass mir ein wütender Seufzer entfuhr.

»Was ist los?«

»Nichts. Es gibt noch eine Etage.«

Ich wusste, dass es nicht seine Schuld war, aber ich

wollte nicht darüber sprechen. Schon gar nicht hier, im Haus einer toten Frau.

Mit einem kurzen, besorgten Blick in meine Richtung ging er zur Treppe.

Ich war nicht auf das vorbereitet, was sich im obersten Stockwerk befand.

»Meeeensch«, sagte ich mit zischendem Atem.

Der Raum war ein verdammtes Penthouse-Verlies.

Eine Wand war voller Peitschen, inklusive etwas, das wie eine Reitgerte aussah. An einer anderen Wand hingen ein Kreuz und Fesseln, zusammen mit ein paar anderen Dingen, die ich nicht erkannte. Der ganze Raum war in Rot und Schwarz gehalten, mit einem riesigen Bett, das den größten Teil des Raumes einnahm, und einem langen, ledergepolsterten Tisch am Fuße des Bettes.

»Ich wühle mich nicht durch dieses Zeug.« Ich verschränkte meine Arme und Nox-Lächeln wurde so bösartig wie nur möglich. Seine Augen leuchteten und seine Lustkraft überrollte mich. Hitze, sowohl meine eigene als auch die des Energieballs, durchflutete mich.

»Fühlst du dich mit diesem Zeug unwohl?«

Ich schaute mich um und versuchte herauszufinden, was meine ehrliche Antwort darauf war.

Ungemütlich? *Ja.*

Neugierig? *Auch ja.*

»Ich kenne mich damit nicht aus.«

Nox stöhnte auf. »Und ich dachte schon, du würdest Liebesromane lesen.«

»Mit Cowboys und Feuerwehrleuten! Nicht...« Ich gab es auf, nach den richtigen Worten zu suchen und fuchtelte mit den Armen herum. »Das!« Ich warf ihm einen finsteren Blick zu und wünschte, meine Wangen wären nicht so rot, wie sie sich anfühlten.

»Es ist dir nicht unangenehm?« Sein Blick fixierte meinen, und ich hätte schwören können, dass ich seine Wünsche wie einen Film in meinem Kopf ablaufen sah. Oder waren es meine eigenen Begierden?

Verdammt.

Als er sprach, war seine Stimme flüssiger Honig, und in jeder verdammten Silbe steckte das Versprechen von Sex.

»Ich mag ein gewisses Maß an... Kontrolle.«

Ein Impuls des Verlangens überkam mich und meine Augen wanderten direkt zu einer roten Samtschaukel, an deren Ketten zwei Sets von Fesseln hingen. Bei dem Bild, das in meinem Kopf aufstieg, musste ich schwer schlucken. Ich war mir sicher, dass ich seine Hitze auf meiner Haut spüren konnte, als er sprach.

»Um ehrlich zu sein«, sagte er, seine Stimme wurde zu einem Knurren, »mag ich es, die volle Kontrolle zu haben.« Seine Hitze brachte mich zum Schwitzen. »Aber für dich würde ich eine Ausnahme machen.«

»Es ist sehr heiß hier drinnen«, platzte es aus mir heraus.

Er starrte mich einen Moment lang an, bevor er wieder sprach. »Ich glaube, du brauchst ein Bad im Pool.«

ZEHN

BETH

»Ich glaube nicht, dass das eine gute Idee ist«, sagte ich, als Nox sein Hemd aufknöpfte.

Er hatte nicht gescherzt. Als wir zu seinem Haus zurückkehrten, sagte er Behemoth, er solle in der Küche bleiben, sonst würde er sterben, und führte mich direkt nach oben zum Pool auf der Dachterrasse.

Um fair zu sein, war es ein heißer Tag, zu heiß für die Jahreszeit, aber ich wusste, dass das nicht der Grund war, warum er schwimmen gehen wollte.

»Das ist sogar eine tolle Idee.» Er ließ sein Hemd auf den Boden fallen und ich biss mir auf die Lippe. Er war wie eine verdammte Statue geformt und ich sah gebannt zu, wie seine Hände zu seinem Gürtel wanderten.

»Ich habe keine Schwimmsachen.«

»Ich weiß.«

Ich stieß einen langen Atemzug aus. Ich spürte, wie die Feuchtigkeit zwischen meinen Beinen pulsierte, als ich ihm dabei zusah, wie er seine verfluchten Klamotten auszog. Es war gab keine Zweifel, wie das hier enden würde.

»Im Ernst, Nox. Das können wir nicht.«

Er ließ seine Hose auf die Fliesen fallen. Mein ganzer Körper spannte sich an.

Seine Unterwäsche war eng, und seine Erektion drückte dagegen.

»Beth, wenn ich nicht bald auf meine Kosten komme, werde ich explodieren«, knurrte er. »Und das ist gefährlicher, als ein bisschen Kraft zu verlieren. Ich brauche dich.«

»Ich will dir nicht wehtun.«

Gott, ich begehrte ihn. Der Gedanke, dass er mich vielleicht tatsächlich berühren würde, jagte mir unzählige Schauer über den Rücken.

»Geh in den verdammten Pool.«

Mit einer raschen Bewegung zog er seine Unterwäsche herunter. Ein leises Stöhnen entwich mir bei seinem Anblick und dann riss ich mir die Kleider vom Leib. Er beobachtete mich dabei, sein Körper war so angespannt, dass er aus Stein zu sein schien.

Eine leichte Brise strich über das Dach, wodurch sich meine Brustwarzen verhärteten und sich die Hitze zwischen meinen Schenkeln noch intensiver anfühlte.

Nox holte tief Luft und ließ sich dann mit einer anmutigen Bewegung in den Pool gleiten. Ich folgte ihm hinein.

»Komm her.« Der sanfte Tonfall in seiner Stimme war wie Sirenengesang und zog mich, ohne nachzudenken zu ihm.

Mein Atem ging schneller.

Es würde sich so gut anfühlen. Die Vorfreude, gepaart mit einem Urtrieb, ließ meinen Magen Purzelbäume schlagen.

»Stopp«, befahl er.

Das tat ich, nur einen halben Meter von ihm entfernt. Er streckte seine Hand langsam aus und strich mit seinen Fingerspitzen über meine Brustwarze. Ich atmete schwer aus.

Er trat einen kleinen Schritt näher.

»Wirst du tun, was ich dir sage?«

Ich wollte gerade ja sagen, aber etwas hielt mich davon ab. Die Bilder aus dem Sexraum schossen mir durch den Kopf: Ich gefesselt auf dem Tisch, in Handschellen in der Schaukel, über die Bettkante gebeugt, auf seinen Knien liegend...

»Warum tust *du* nicht, was *ich* dir sage?« Meine Stimme war kaum ein Flüstern, und ich straffte meine Schultern, um den Worten Selbstvertrauen einzuhauchen. Das lenkte seine Aufmerksamkeit wieder auf meine Brüste, sein Blick war voller Verlangen.

Er strich mit seinen Lippen über meine, knabberte an meiner Unterlippe, ich keuchte...

und meine Muskeln verkrampften sich bei diesem unerwarteten Gefühl.

»Was hast du im Sinn? Sag mir, was du willst. Sag es mir«, flüsterte er in meine nassen Haare, während er mich fest an sich zog. Ich genoss es, wie sich seine Finger tief in mein Fleisch gruben. Seine Erektion drückte sich an meinen Bauch, hart und riesig, und sie raubte mir den Verstand.

Ich musste mich erst räuspern, um ihm eine Antwort zu geben. »Ich möchte dir Vergnügen bereiten.«

Er zog sich so weit zurück, dass er mir ins Gesicht schauen konnte. Das Verlangen brannte in seinen Augen.

Ich blinzelte zu ihm hoch und wünschte, ich hätte den Mut, es ihm bis ins kleinste Detail zu erklären. Ich wünschte, ich hätte die Fähigkeit, ihn mit meinen Worten, meiner Stimme, an den Rand des Wahnsinns zu bringen, so wie er es bei mir konnte. »Ich will dich schmecken«, war alles, was ich von all den Dingen, die ich unbedingt mit ihm machen wollte, aufzählen konnte.

Er führte mich sanft an den Ellbogen nach hinten und teilte das Wasser mit meinem Körper, bis ich mit dem Rücken gegen die glatten Fliesen der Beckenwand stieß. Als ich ganz zwischen die harte Beckenwand und seinen festen Körper gepresst war, nahm er meinen Hintern in seine Hände und hob mich zum Rand hoch.

»Ich sagte, dass ich dich befriedigen will«, brachte ich heraus, bevor sich seine vollen Lippen um meine Brustwarze schlossen. Ich konnte mich nicht mehr richtig ausdrücken, während er mit seiner Zunge über meine empfindliche Haut strich, die Hitze seines Mundes ein krasser Kontrast zu der kühlen Luft, die mich umgab.

Die scharfe Kante seiner Zähne spürte ich als Nächstes, und ich schrie in einer Kombination aus Lust und Schmerz auf.

Seine Lippen bewegten sich über meinen Bauch und bei jeder Berührung schoss eine überwältigende Empfindung durch meinen Körper.

»Du bist so schön«, zischte er, als er meine Schenkel erreichte und sie langsam öffnete.

»Nox, bitte«, flehte ich mit meinen Worten und meinem Körper, und meine Finger krallten sich in seine Arme, die jetzt meine Oberschenkel umklammerten. Mein ganzer Körper schmerzte vor Verlangen, und ich wusste, dass er sehen konnte, wie sehr ich ihn begehrte.

»Worum bettelst du, Beth?« Seine Worte zogen jeden Hauch von Erregung in meinem Körper zusammen, wie eine Schnur, die straff gezogen wurde.

»Dich.«

»Konkret?«

Seine Lippen berührten meine Hitze.

»Das...« Ich verschluckte mich.

»Sag es.« Ich besann mich auf meine Entschlossenheit und presste meine Schenkel wieder zusammen, um ihn zurückzudrängen.

Ich schluckte schwer, bevor ich zu ihm hinunterblickte. »Ich will dich schmecken.«

Seine Augen verdunkelten sich, dann trat er einen Schritt zurück. Ich rutschte zurück ins Wasser und er packte meine Hüften und hob mich hoch, während er uns drehte, wobei seine hungrigen, dunklen Augen ununterbrochen auf meine gerichtet waren. Als er mit dem Rücken zum Beckenrand stand, setzte er mich wieder ab.

Langsam hievte er sich aus dem Wasser. Als seine prächtige Haut zum Vorschein kam, bewunderte ich jede Kurve, jeden Muskel, jeden mit Wasser bedeckten Zentimeter von ihm, den ich mit meinem Mund berühren wollte. Das war es, was ich wollte. Ihn in meinen Mund nehmen, damit ich in ihm wenigstens ein bisschen von dem vermitteln konnte, was er in mir entfacht hatte.

Ich stöhnte laut auf, als ich ihn sah. Sein langer Schwanz hob sich von den Flächen seiner Bauchmuskeln ab, und mein Verstand schaltete wieder ab, während ich seinen Anblick in mich aufnahm.

Seine Stimme riss mich aus meiner Starre. »Du hattest etwas mit mir vor?«

Ich nickte. Plötzlich nervös, streckte ich meine Hand aus und schlang sie um seine Länge. Seine Haut war rot und heiß unter meinem Griff und mein eigenes Verlangen ließ meine Knie schwach werden.

»Du wolltest mich schmecken«, sagte er von oben herab, seine Stimme war tief und unheimlich sexy. Selbstvertrauen durchströmte mich.

Ich beugte mich vor und presste meine Lippen auf die dunkle Spitze seines Schwanzes. Er zuckte leicht unter meinem Griff, doch als ich meine Hand bewegte, blieb er ruhig. Seine Finger glitten in mein nasses Haar und zogen die Strähnen fest in seine Faust.

»Hör nicht auf.« Die Worte waren eine Bitte und ein Befehl zugleich.

Ich nahm ihn tiefer in den Mund, schob ihn bis in meinen Rachen. Sein Stöhnen spornte mich an und gab mir den Mut, noch ein bisschen stärker zu saugen.

Je mehr er auf mich reagierte, desto heißer wurde mein eigener Körper, und das flüssige Verlangen sammelte sich weiter zwischen meinen Beinen.

Er begann, sich mit mir zu bewegen und ich wusste nicht mehr, wer von uns das Sagen hatte. Mit einer Hand in meinem Haar, die meinen Kopf führte, und der anderen, die meine Wange umfasste, fickte er sanft meinen Mund, wobei er nie weiter als bis zum hinteren Teil meiner Kehle vordrang. Ich schluckte und versuchte, ihn tiefer zu schieben, ihn härter zu nehmen, damit es länger dauerte, aber er stoppte mich sanft.

Sein Griff um mein Gesicht festigte sich und ich ließ ihn vorsichtig aus meinem Mund gleiten. Mein Kiefer schmerzte von meinen Bemühungen und seiner Anleitung, aber das war mir egal. Nachdem ich ihn wieder am Ansatz gepackt hatte, nahm ich ihn erneut in den Mund. Diesmal war ich fest entschlossen, seine ganze Länge in meinen Rachen zu stoßen.

»Ganz ruhig«, flüsterte er, während sich seine Finger immer noch mit meinem nassen Haar verflochten. Aber ich wollte nicht ruhig sein. Ich wollte, dass er sich nach mir verzehrte.

Ich saugte fester, benutzte meine Zunge, das sanfte Schaben meiner Zähne über seine Eichel und sogar meine Hände, als ich sie hochzog, um sie meine Lippen entlang seiner Länge treffen zu lassen. Es dauerte nicht lange, bis ich mich genug daran gewöhnt hatte, um ihn härter befriedigen zu können, wobei die stumpfe Spitze seines Schwanzes auf die Rückseite meiner Kehle traf. Als es mir das erste Mal gelang, stieß Nox einen erstickten Seufzer aus und zuckte reflexartig zurück, aber ich ließ ihn nicht los.

Eine unfassbare Erregung nistete sich in meinem Herzen ein, und ich wollte ihn mehr als alles andere in mir spüren. Aber das hier... das war für ihn und all das Vergnügen, das er mir bisher bereitet hatte.

Ich nahm ihn wieder tiefer, um seine Länge in meinen Rachen zu saugen. Seine Hand zuckte kurz in meinen Haaren, und dann kam er in einem heißen

Strahl. Er füllte meine Kehle und ich schluckte reflexartig, um seine und meine Lust zu verlängern. Nachdem er aufgehört hatte, in meinem Griff zu zittern, löste er sanft seine Finger aus meinen Haaren und umfasste dann mit beiden Händen meine Wangen, um mich etwas fortzuschieben.

»Scheiße«, sagte er rau.

Ich starrte keuchend zu ihm hoch. Seine Augen waren wild, sein Schwanz immer noch hart und pochend.

Er rutschte in den Pool und schlang seine Arme fest um mich, während ich meine Beine instinktiv um ihn schlang. Seine Lippen trafen auf meine und als er mich küsste, explodierten unzählige Bilder in meinem Kopf. Jeder Tropfen der Lust, die ich ihm gerade bereitet hatte, durchströmte mich, und ohne, dass ich mir dessen bewusst war, rieb ich mich an ihm und versuchte, seine stramme Erektion auf meinen geschmolzenen Kern treffen zu lassen.

Als ich endlich an der richtigen Stelle war und ihn an meinem Eingang spürte, küsste er mich noch fester.

»Du hast die Kontrolle«, sagte er gegen meine Lippen.

Ich sank auf ihn hinunter, meine Schenkel drückten sich fest um ihn.

Er atmete tief aus, zog mich fester an seine Brust und fuhr mit einer Hand an meinem Hintern entlang.

Langsam hob er mich hoch.

Ich war wie für ihn gemacht. Das war der einzige Gedanke in meinem Kopf, als die perfekte Leidenschaft durch alle Nervenenden in meinem Körper schoss.

Er bewegte sich mit mir auf und ab, erst langsam,

dann immer schneller. Ich wurde so fest an ihn gepresst, dass meine Klitoris an seinem Ansatz rieb, und in kürzester Zeit steigerte sich die Lust, die sich in meinem Inneren verknotet hatte.

Ich küsste ihn noch fester und grub meine Nägel in seine Schultern.

All das aufgestaute Verlangen entlud sich in mir, und mein ganzer Körper zuckte gegen ihn, als die Lust mich wie eine Flutwelle überrollte. Mein Orgasmus erlöste ihn und ich spürte, wie er zusammenzuckte, mich fest umklammerte und seine Hüften gegen meine presste.

»Beth«, sagte er und küsste mich immer noch, während wir beide nach Luft schnappten.

»Nox.«

Er schob seine Hand an meinem Kiefer entlang in mein Haar und zog mich zurück, um mich anzuschauen.

»Du gehörst mir.«

»Ich gehöre dir.«

ELF

BETH

Am nächsten Morgen riss mich das blecherne Geräusch eines Smartphone-Klingeltons aus dem tiefsten Schlaf, den ich seit Tagen genossen hatte.

»Es ist deins«, hörte ich Nox murmeln, der seinen Arm in dem flauschigen Bett fest um mich geschlungen hatte. In der Dunkelheit tastete ich nach meinem Handy. Ich schloss meine Hand darum und schaute erschöpft auf den Bildschirm. Es war 7 Uhr morgens.

»Malc?«

»Morgen. Hör zu, meine Freundin in Südamerika hat etwas gefunden. Bei ihr ist es mitten in der Nacht, aber sie kann dich per Videochat anrufen und es dir erklären, bevor sie ins Bett geht. Bist du verfügbar?« Ich war sofort wach.

»Gib mir fünf Minuten.«

Ich konnte nicht aufhören zu zappeln, während ich auf den Bildschirm von Nox Laptop starrte. Ich versuchte verzweifelt, mir keine allzu großen Hoffnungen zu machen, aber es war schwer. Ich wollte unbedingt mehr über meine Eltern erfahren, und da sie nicht hier waren und ich sie nicht selbst fragen konnte, war dies die zweitbeste Option. Doch ich hatte zu viel schmerzhafte Erfahrung darin, enttäuscht zu werden, weil sich keine Informationen über meine Eltern finden ließen. So gründlich ich auch die ganze Zeit nach ihnen gesucht hatte, fand ich einfach keine brauchbaren Spuren. Ich wollte mich nicht noch einmal diesem allzu vertrauten Gefühl der Enttäuschung hingeben müssen.

Behemoth hatte Gott sei Dank keine Fragen über die letzte Nacht gestellt und saß nun auf dem Boden, wobei er auf einem Weetabix herumkaute, das ich ihm gegeben hatte.

Als der Videoanruf einging, setzte ich mich aufrecht hin und drückte schnell die Antworttaste. Nox streckte eine Hand aus und legte sie auf mein Knie.

»Hallo Chef. Hallo Chefin«, nickte Malc uns beiden zu. »Das ist Nina.« Eine dritte Box erschien auf dem Bildschirm und eine auffällig aussehende Frau mit einem bunten Schal im Haar winkte uns fröhlich zu.

»Guten Abend«, sagte sie.

»Hallo«, lächelte ich nervös zurück. Nox hob eine Hand.

»Anstatt zu versuchen, alles, was Nina gesagt hat, wiederzugeben, dachte ich, es wäre einfacher, euch zusammenzubringen«, sagte Malc als Einführung.

»Das weiß ich zu schätzen«, sagte ich und konnte den nervösen Ton in meiner Stimme nicht unterdrücken. »Was hast du herausgefunden?«

»Erstens: Es ist definitiv Engel-DNA.«

Mein Atem stockte. Nox hatte zwar geglaubt, dass eine reale Chance bestehen würde, aber es nun bestätigt zu bekommen, war trotzdem surreal.

»Wie heißen deine Eltern?«, fragte mich Nina.

»George und Gloria.« Sie kritzelte etwas auf ihren Notizblock und nickte.

»Ich glaube, dass nur ein Elternteil ein Engel war, und die Blutanalyse zeigt, dass es wahrscheinlich der männliche Part war.«

»Papa.«, sagte ich leise und spürte, wie sich meine Kehle zusammenzog.

Meine Eltern schienen mir immer ein seltsames Paar zu sein: Mama so streng, vorsichtig und ernst und Papa so optimistisch, fröhlich und sensibel. Hätte ich raten müssen, wer von ihnen ein Engel war, wäre ich mir nicht sicher gewesen, ob ich Papa gewählt hätte, aber wenn ich genauer darüber nachdachte, war er für mich mein ganzes Leben lang ein Engel gewesen. Die langen Jahre, in denen ich ihn vermisst hatte, drohten mich zu überwältigen, und in meinen Augen begann es zu stechen.

Nina sah mich mitfühlend an.

»Ja. Und es gibt genug Hinweise darauf, um einzugrenzen, was für ein Engel er war.«

»Ein Heiliger«, hauchte ich.

Sie nickte.

»Ja, seine Kraft ist entweder die Hoffnung oder die Freude. Die Signatur beider Magien ist sehr ähnlich, deshalb kann ich sie nicht genau bestimmen.«

Ich konnte eine Träne nicht zurückhalten, als die Erinnerungen ungebremst durch meinen Kopf stürmten.

Es war, als würde sich eine lebenslange Vermutung zu etwas verdichten, was ich innerlich schon immer gewusst hatte.

All die Male, in denen er die emotionale Quelle für die Menschen um ihn herum gewesen war und denen, die versagt hatten, unendlichen Mut zugesprochen hatte. Vor allem mir. Papa hatte nie aufgegeben.

Nox drückte meine Hand fester, sagte aber nichts. Nina lächelte mich weiter an.

»Du musst ihn vermissen.«

Ich konnte nur zustimmend nicken, denn meine Kehle war zu eng, um zu sprechen, ohne dass mir ein Schluchzen entweichen würde.

Ich war bei der Suche nach meinen Eltern keinen Schritt weitergekommen und hatte keine weiteren Informationen darüber, ob sie noch lebten oder nicht. Aber jahrelange Trauer sprudelte aus dem Ort in mir heraus, wo die lähmenden Gefühle begraben gewesen waren. Meine ganze Kindheit, meine Jugendzeit, all die Jahre, die ich mit meinen Eltern verbracht hatte, und sie hatten mir nie gesagt, dass Papa ein Engel war. Er war ein Heiliger, mit himmlischer Magie, der die Menschen glücklich machte oder ihnen Hoffnung gab.

Ich war stolz auf ihn und fühlte mich gleichzeitig betrogen, und die daraus resultierende Verwirrung machte es mir unmöglich, mich auf die Bilder auf dem Laptop zu konzentrieren.

»Boss, Nina meint, dass sie irgendwo ein Buch hat, das auch bei diesem Symbol helfen könnte«, sagte Malc. Ich versuchte, mich mit verschleierten Augen auf seine Worte zu konzentrieren.

»Ja, ich erkenne einen Teil davon. Ich glaube, es ist dunkle Magie und hat mit der Kontrolle von Bestien zu tun.«

Nox erstarrte neben mir.

»Könnte es sein, dass jemand die Höllenhunde kontrolliert?«

Ninas Miene wurde nachdenklich, dann nickte sie.

»Ja, das ist durchaus möglich. Es ist ein sehr altes Symbol, und wenn es benutzt wird, um eine wilde Kreatur aus der Hölle zu kontrollieren, muss es mit sehr dunkler Magie durchdrungen sein.«

»Wer könnte so etwas tun?« fragte Malc.

»Madaleine wäre dazu in der Lage gewesen«, murmelte Nox.

»Hätte sich ein Höllenhund gegen sie wenden können, wenn etwas schief gegangen wäre?«

»Vielleicht«, sagte Nina. »Ich werde in meinen Büchern nachsehen, ob das Symbol etwas mit den Höllenhunden zu tun haben könnte. Und Beth?«

Ich blinzelte ihr auf dem Bildschirm zu. »Ja?«

»Die himmlische Magie ist mächtig. Zumindest war sie das einmal. Es ist sehr wahrscheinlich, dass deine Eltern noch leben. Es muss viel passieren, um Hoffnung und Freude auszulöschen.«

»Danke«, flüsterte ich. Ihr lächelndes Gesicht verschwand vom Bildschirm, Nox bedankte sich bei Malc und klappte den Laptop dann zu. Doch ich nahm die Bewegungen kaum wahr. Ihre Worte gingen mir immer wieder durch den Kopf und mein Herz begann in meiner Brust zu rasen. Ein Gedanke manifestierte sich in meinem Kopf, ein Gefühl, als würden sich die Rädchen

weiter und weiter drehen, bevor sie genau dort einraste-
ten, wo sie hingehörten.

*Die himmlische Magie ist mächtig. Zumindest war sie das
einmal.*

Meine Hand zitterte leicht, als ich mich Nox
zuwandte.

»Nox, meine Eltern sind seit fünf Jahren verschwunden, und wir wissen jetzt, dass einer von ihnen ein
Heiliger war.« Unsere Blicke trafen sich und waren voller
gemischter Gefühle. »Was ist, wenn sie Teil der *schwin-
denden* Magie der Heiligen waren? Was, wenn jemand sie
entführt hat?«

Nox starrte mich an. »Du willst damit sagen, jemand
entführt Engel?«

»Ist das überhaupt möglich?«

»Dieser jemand müsste sehr mächtig sein. Es ist kein
leichtes Unterfangen, Engel zu entführen.«

»Es ist nicht leicht, Madaleine zu töten, aber jemand
hat es trotzdem getan!« wandte ich ein. Seine Miene
verfinsterte sich und ich konnte seine Gedanken erah-
nen. »Wenn sie in der Lage sind, Engel zu entführen,
dann sind sie wahrscheinlich auch imstande, sie zu
töten.« Noch während ich das sagte, wurde mir schlecht.

»Vielleicht. Aber wir haben die Leiche von Madaleine
gefunden. Soweit ich weiß, wurden im Laufe der Jahre
keine Heiligen tot aufgefunden. Sie haben nur langsam...
an Macht und Präsenz eingebüßt.« Seine Stimme wurde
nachdenklich und sein Daumen strich beruhigend über
meinen Unterarm.

»Warum sollte jemand gute Engel entführen?« fragte
ich leise. Ich wusste nicht, ob ich Recht haben wollte

oder nicht, aber ich konnte die Gewissheit, die ich fühlte, nicht ignorieren. Es machte so viel Sinn. Das alles konnte kein Zufall sein.

»Entweder um die Welt unglücklicher zu machen oder als Vorbereitung auf etwas Bestimmtes.«

»Was zum Beispiel?«

Nox dachte lange nach, bevor er etwas sagte.

»Die Wächter haben die Zunahme der Sünder darauf zurückgeführt, dass ich keine Strafen verhängt habe. Was, wenn die Zunahme der Sünder tatsächlich auf dem Verlust von Freude, Ehrlichkeit, Güte und der anderen himmlischen Magie beruht, die Heilige in die Welt bringen? Was, wenn der unsichtbare Feind, den wir bekämpft haben, derjenige ist, der dahintersteckt?«

»Sie haben Heilige entführt, um dich schlecht aussehen zu lassen? Wer würde so etwas tun?«

»Jemand, der mich entmachten möchte. Wenn Michael und Gabriel glauben, dass ich dafür verantwortlich bin, dass die menschliche Welt in Sünde zerfällt, dann hätten sie einen Grund, mir meine Macht zu nehmen. Und sie sind die einzigen Wesen, die das tun können.«

»Warum dich nicht einfach töten? Warum jahrelang Menschen entführen, damit die Wache das für sie erledigt?«

»Politik. Mich zu töten oder gar anzugreifen, würde einen Krieg auslösen. Ich bin das geliebte Haustier von Examinus, einem der tödlichsten Wesen, die je erschaffen wurden.« Schatten füllten seine Augen, während er sprach, und Hass strömte aus ihm heraus. Diese Wut war nicht wie die dunkle Kraft, die er in

Gegenwart seiner Brüder ausgestrahlt hatte und die meinen ganzen Körper zum Beben brachte. Es war etwas Tieferes und so finster, dass ich gezwungen war, meinen Blick abzuwenden.

Ich stieß einen langen Atemzug aus. »Was hat sich dann geändert? Angenommen, das stimmt und jemand hat jahrelang darauf hingearbeitet, dich zu Fall zu bringen, indem er Heilige entführt und dir die Schuld daran zuschiebt, warum stiehlt er jetzt plötzlich das Buch?«

»Du.«

Mein Magen krampfte sich zusammen, als ich wieder seinem intensiven Blick begegnete.

»Ich habe jetzt einen sehr guten Grund, meine Macht zurückgewinnen und meinen Fluch aufheben zu wollen. Und es wäre viel, viel schwieriger, mich zu entmachten, wenn ich meine volle Kraft wiedererlangt hätte. Meinem Gegner wird die Zeit knapp.«

Ich hatte keine Ahnung, was ich darauf antworten sollte. Könnte es wahr sein? Könnten meine Eltern als Teil einer Verschwörung gegen Nox entführt worden sein?

Oder irrte ich mich und sie wurden einfach vor fünf Jahren bei einem Autounfall getötet und nie aufgefunden?

Ich spürte, wie meine Augen wieder brannten und die Emotionen mich zu überwältigen drohten.

»Nox, ich brauche ein bisschen Zeit. Nur um, du weißt schon, das alles zu klären.«

In seinen Augen war etwas, das ich nicht deuten konnte, aber ich konnte nur vermuten, dass er sich Sorgen machte. Ich wusste nicht, ob es das Thema

Examinus war, die Erkenntnis, dass es eine Verschwörung gegen ihn geben könnte oder einfach meine eigenen Gefühle, die das verursachten.

»Es ist schwer zu erklären, aber die Trauer um meine Eltern ist ein Prozess, den ich schon lange durchlaufen habe. Er ist irgendwie... meiner. Ich muss in meinem eigenen Umfeld sein und Francis sehen. Nicht, weil es mir bei dir nicht gut geht - das tut es - aber ich...«

Er unterbrach mich und drückte mir einen sanften Kuss auf die Lippen, der mich zum Schweigen brachte, und ich war erleichtert.

»Ich verstehe.«

»Danke.«

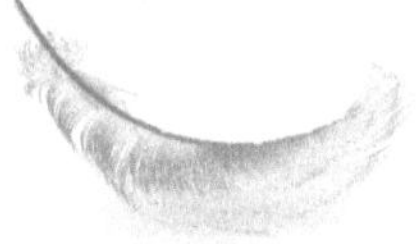

ZWÖLF

NOX

Ich beobachtete, wie Beth und der kleine Höllenziegenbock sich auf den Weg zu Claudes Auto machten, und ein wachsendes Unbehagen ergriff mich, als sie sich weiter von mir entfernte.

Wenn es nach mir ginge, würde ich sie nicht mehr als einen Zentimeter von meiner Seite weichen lassen. Aber das ging leider nicht. Mehr als mein eigenes Glück wollte ich, dass Beth zu dem wurde, zu dem sie bestimmt war. Ich wollte, dass sie wusste, wie stark sie wirklich war. Ich wollte, dass sie sich selbst, ihre eigenen Gedanken akzeptierte. Irgendwann würde sie sich selbst genug lieben und vertrauen, um all die beschissenen Selbstzweifel und den Schmerz, die sie mit sich herumtrug, zu vertreiben.

Der Gedanke, dass sie litt, ließ Wut in mir aufkeimen, und ich schlug die Tür zu.

Wir mussten ihre Eltern finden. Ob sie noch lebten oder nicht, sie musste es wissen. Und ich würde für sie da sein. Sie musste damit nicht allein fertig werden. Nicht dieses Mal.

Ich marschierte die Treppe hinunter in den Fitnessraum.

Ihr Vater war ein Heiliger.

Die Ironie war mir nicht entgangen. Eine verdammte Heilige. Die einzige Frau, die der Teufel lieben konnte, war ein Engel der Hoffnung oder der Freude. Das buchstäbliche Gegenteil meiner eigenen Macht.

Sie war aber kein Engel. Sie war gut, freundlich und selbstlos, aber sie war beeinflussbar.

Mein Ziel war es nicht, sie zu verderben, aber die Hölle würde sie Stück für Stück zerstören.

Beth war sterblich und mit der Magie einer Heiligen aufgewachsen. Das ließ sich nicht leugnen. Wenn ich in die Hölle zurückkehren musste, konnte sie mich nicht begleiten.

Die einzige Frau, mit der ich mein ganzes verdammtes Leben verbringen wollte, konnte nicht bei mir bleiben. Ich spürte, wie sich meine Haut erhitzte und die Wut meine Muskeln anschwellen ließ.

Ich riss mir das Hemd vom Leib und legte mich auf die Hantelbank, als mir ein unangenehmer Gedanke kam.

Der Fluch.

Was, wenn der Grund dafür, dass Beth dem Fluch trotzen konnte und mein Körper so auf sie reagierte, darin lag, *dass* sie so etwas Besonderes war? Könnte es ein weiterer grausamer Trick sein, der in die Magie von Examinus eingewoben wurde, um mich zu verarschen?

Was, wenn meine Gefühle für sie Teil von Examinus Strafe waren? Was, wenn der Fluch selbst mich immer wieder dazu brachte, mich in die Nachkommen eines

Heiligen zu verlieben? Jemanden, der mich entweder durch Sex tötete oder mich gebrochen und allein zurückließ, weil er nicht mit mir leben konnte, nachdem meine Kraft wiederhergestellt wurde? Das war eine zu grausame Strafe.

Ich knurrte, als ich die mit Gewichten beladene Hantel anhob, und spürte einen befriedigenden Schmerz in meinem Bizeps.

Meine Gefühle für Beth waren echt und nicht Teil des Fluches. Das mussten sie sein.

Oder etwa nicht?

»Verdammter Examinus«, zischte ich, als ich die Hantel wieder auf die Haltevorrichtung knallte. »Arroganter, grausamer Arschlochgott.«

Ein Glucksen drang durch meinen Kopf und ich erstarrte.

»Sag meinen Namen, Kleines, dann höre ich dich vielleicht.«

Examinus Stimme war wie ein Messer in meinem Schädel, scharf und schmerzhaft.

»Raus aus meinem Kopf.«

»Willst du mich lieber in der Hölle besuchen?«

»Weil das letztes Mal so gut geklappt hat«, sagte ich verächtlich, duckte mich unter meiner Hantel hinweg und setzte mich auf.

»Du bist schwach, Luzifer. Das Mädchen schwächt dich.«

»Heb meinen Fluch auf und ich bekomme die Sünden zurück.«

»Lügen.«

»Ich werde sie zurückholen können, wenn ich nicht mehr so schwach bin. Heb den Fluch auf.«

»Du wärst nicht so schwach, wenn du nicht immer wieder deinen Begierden erliegen würdest. Schwach im Geist, schwach im Körper.«

»Warum sie? War das dein Werk?«

»Ich würde es dir nicht sagen, wenn dem so wäre, Luzifer. Töte dich für Vergnügen oder kehr zu deiner vollen Stärke zurück und genieße dein Leben in der wahren Pracht, zu der du fähig bist. Das sind deine Möglichkeiten.«

Beths Worte und ihr Beharren darauf, dass ich versuchen sollte, mit dem Gott zu verhandeln, schlichen sich durch die Frustration hindurch in meinen Kopf.

»Du weißt, dass ich nicht in der Hölle leben und endlose Stunden mit Abschaum verbringen will. Ich werde das tun, was du verlangst, wenn du mir hilfst, einen anderen Weg zu finden, mein Leben zu leben.«

Ein weiterer Gedanke bahnte sich seinen Weg durch mein Gehirn. *»Eine Möglichkeit, mit dem Mädchen zusammen zu sein? Du willst nicht von ihr getrennt sein.«*

»Ich will nicht in der Hölle wohnen«, wiederholte ich. »Genauso wenig wie ich es vor 70 Jahren wollte. Das hat sich nicht geändert.«

»Sie kann hier bei dir wohnen.«

»Nein.«

»Ich werde sie für dich in etwas anderes verwandeln - in eine Höllenkreatur. Vielleicht ein Dämon?«

Die Angst brachte mich in Sekundenschnelle wieder auf die Beine, Flammen glitten über meine Haut, als meine Flügel aus meinen Schultern brachen.

»Du wagst es?«

Schmerz durchfuhr mich und ich kippte um, wobei meine Flügel sich schützend um mich legten, aber es gelang ihnen nicht, die Qual abzuwehren.

»Ich tue, was ich will, Luzifer. Hol dir deine Macht zurück und komm in die Hölle zurück. Oder ich werde die kleine Sterbliche in meinen persönlichen Lieblingsdämon verwandeln.«

BETH

»Lavender Oaks, bitte, Claude«, sagte ich, während ich Behemoth im Wagen auf den Rücksitz half.

»Weißt du, es ist furchtbar unwürdig, in solch ein Fahrzeug einzusteigen, aber wenn ich erst einmal drin bin, finde ich es ganz passend für eine Höllenbestie«, sagte er zu mir. »Wohin fahren wir?«

»Ich will meine beste Freundin sehen. Ich muss ihr sagen, was ich herausgefunden habe, damit ich weiß, was ich davon halte.«

Die Ziege neigte ihren pelzigen Kopf.

»Was *du* davon hältst? Musst du nicht den elenden Schurken finden, der deinen Vater entführt hat, und ihn in die Hölle schicken?«

Ich zog die Augenbrauen hoch.

»Glaubst du, das ist wirklich passiert? Glaubst du, dass meine Eltern entführt wurden?«

»Nach dem, was ich gehört habe, halte ich das sogar für wahrscheinlich. Was weniger wahrscheinlich ist, sind du und Luzifer.«

»Was meinst du damit?«

»Du bist der Nachkomme eines Heiligen. Er ist der Gott der Gefallenen. Das ist eine schlechte Kombination.«

Ein weiteres ungutes Gefühl gesellte sich zu dem bereits vorhandenen in meinem Magen.

»Eine schlechte Kombination«, wiederholte ich. War es das, was der Blick in Nox Augen bedeutet hatte? Ging es darum, dass er den Nachkommen eines Heiligen nicht lieben konnte? Sein Kuss hatte etwas anderes behauptet, aber ich hatte diesen Blick noch nie an ihm gesehen.

»Du bist das Gegenteil seiner Macht.«

»Ich bin kein Engel«, sagte ich so nachdrücklich, dass es mich selbst überraschte. »Ich habe nichts von der Macht meines Vaters.«

Meine Worte gerieten ins Stocken, als ich *Vater* sagte, denn die Erinnerung an ihn traf mich wieder einmal mitten ins Herz.

»Warum bist du traurig, das von deinen Eltern zu erfahren?«

»Es gibt viele Gründe. Sie haben mir so viel vorenthalten. Ich vermisse sie. Ich bin wütend auf sie, weil sie mich belogen haben. Ich will sie unbedingt wiedersehen.« Tränen liefen mir über die Wangen und ich biss die Zähne zusammen. »Ich hoffe, sie haben keine Schmerzen oder Schlimmeres.«

Behemoth wandte seinen Kopf in meine Richtung und musterte mich.

»Das klingt kompliziert. Ich bin froh, dass Höllenziegen nicht mit solch widersprüchlichen Gefühlen umgehen müssen.«

»Ja.«

»Aber du solltest nicht traurig sein. Du hast den Herrn der Hölle an deiner Seite. Es gibt kein anderes Wesen, das dir besser dabei helfen kann, deine verlorenen Eltern zu finden oder deine Feinde zu besiegen.« Da hatte er recht.

»Und wenn du recht hast, dann habt ihr den gleichen Feind. Das ist sogar noch besser.« Ein weiterer positiver Aspekt. Wer hätte gedacht, dass eine Ziege so vernünftig reden konnte?

Je mehr ich darüber nachdachte, während das Auto durch den Londoner Stoßverkehr in Richtung Wimbledon tuckerte, desto mehr Sinn ergab es. Wenn wir damit richtig lagen, dass Mama und Papa von derselben Person entführt worden waren, die Nox entmachten wollte, dann hatte ich endlich zum ersten Mal eine Spur zu ihrem Verbleib. Und was noch besser war, es war eine Spur, die wir bereits verfolgten.

Behemoth hatte recht. Ich sollte nicht traurig sein. Das war die beste Nachricht, die ich seit dem Verschwinden meiner Eltern erhalten hatte.

Eine aufgeregte Entschlossenheit begann mich zu packen und meine Tränen versiegten im Nu, als sich ein Feuer in meiner Brust ausbreitete, wild und kühn und trotzig.

Gemeinsam würden Nox und ich herausfinden, wer dahintersteckte, und wie der kleine Höllenziegenbock es so treffend formuliert hatte - wir würden unseren Feind besiegen.

»Süße, bitte nicht erschrecken, aber ich glaube, du hast Besuch.« Francis setzte sich in ihrem Sessel aufrecht hin, ihre Augen waren groß und starrten auf meine Füße. Ich schaute auf Behemoth hinunter, der neben mir her trottete, und dann wieder zu Francis hinauf.

»Kannst du ihn sehen?« Aufregung machte sich in mir breit. Hatte Rory es tatsächlich geschafft, den Schleier des Magischen für meine Freundin zu lüften?

»Wenn du mit ihm eine schwarze Ziege mit goldenen Hörnern meinst, dann ja.« Ihre Worte waren zurückhaltend und sie rappelte sich mühsam von ihrem Stuhl auf.

»Ja, das ist Behemoth. Er ist ein Höllenziegenbock.«

Francis hielt in der Bewegung inne. »Höllenziege? Du meinst... Du meinst, ich kann ein magisches Wesen sehen?«

Ich grinste, während ich nickte.

»Rory ist draußen, du solltest sie auch sehen können.«

Ein leiser Schrei entfuhr ihr und sie klatschte in die Hände, wofür sie einige finstere Blicke von den anderen Gästen im Aufenthaltsraum des Seniorenheims erntete.

»Komm schon.«

Wir machten uns auf den Weg in den Park. Ich hatte Rory vom Auto aus angerufen und sie gefragt, ob wir trainieren könnten. Frische Energie durchströmte mich jetzt, meine Traurigkeit war durch brennende Unruhe ersetzt worden und eine Runde Laufen war genau das, was ich brauchte.

»Du kommst also aus der Hölle? Wie ist es dort so? Ist es heiß? Und voll mit Lava? Und Monstern? Wie lange bleibst du hier?« Francis fragte Behemoth Löcher in den Bauch, während er etwas eleganter als sonst herumtänzelte und zu jeder Antwort seinen pelzigen Kopf schüttelte.

Er genoss die ungewohnte Aufmerksamkeit.

Während ich versuchte, mich davon abzuhalten, seinen wortreichen Antworten zuzuhören, wurde mir klar, warum ich ihn vieles davon nicht selbst gefragt hatte. *Ich wollte nichts über die Hölle wissen.* Ich wollte die Tatsache nicht anerkennen, dass der Mann, in den ich mich verliebt hatte, der Teufel war und dass ein Zusammensein mit ihm auch bedeutete, in der Hölle zu leben.

»Mein Vater war ein Engel der Hoffnung oder der Freude«, sagte ich abrupt und unterbrach damit Behemoths Redeschwall.

Francis hatte sich gerade auf die Gartenbank gesetzt und schaute zu mir auf. »Hoffnung oder Freude?«

»Ja.«

»Dein Vater war ein Heiliger?« Ich drehte mich zu Rorys Stimme um. Sie kam gerade auf uns zu und trug eine Yoga-Hose und ein kurzes Oberteil.

Francis quietschte, sprang dann von der Bank auf und streckte ihre Hand aus. »Hallo!«

Rory runzelte die Stirn, legte ihren Kopf schief, seufzte und nahm ihre Hand. »Hi.«

»Danke, dass du den Schleier des Magischen gelüftet hast«, sagte ich.

Rory zuckte mit den Schultern. »Schon gut.«

»Ein Kobold und ein Höllenziegenbock, beides an einem Tag«, strahlte Francis.

»Warte, bis ich dich endlich in den Aphrodite Club

mitnehme und du die ganzen Zauberer dort siehst«, sagte ich neckisch.

Ihr Gesicht erhellte sich und ich bereute meine Worte sofort. Sie würde mich tatsächlich dazu bringen, sie mitzunehmen. »Beth, wusstest du, dass du kleine goldene Flügel hast?«

»Ja. Sie sind von Nox Macht.«

»Oh, die Sex-Kraft?«

Ich wurde rot, als Rory und Behemoth mich spöttisch ansahen. »Ja«, zischte ich sie an.

»Was hält er davon, dass dein Vater ein Engel der Hoffnung oder der Freude ist? Das ist doch etwas anderes als seine Kraft, oder?«

Rory schnaubte. »Die Heiligen und die Gefallenen sind wie Bananen und Speck. Sie passen *nicht* zusammen.«

Ich spürte einen Anflug von Wut bei ihren Worten, das gleiche Gefühl, das in mir hochkam, wenn jemand andeutete, dass Nox und ich nicht zusammenpassen würden. »Mein Vater ist der Engel, nicht ich. Außerdem würden sich Nox und mein Vater bestimmt gut verstehen.«

Ich hatte keine Ahnung, ob das wahr war. Meine strenge katholische Mutter würde wahrscheinlich in Ohnmacht fallen, wenn sie wüsste, dass ich Sex mit dem Teufel hatte. Ein Blick auf sein böses Lächeln und sie würde ausrasten. Papa hingegen mochte jeden.

Die Hoffnung, dass sie noch irgendwo am Leben waren und dass sie Nox eines Tages treffen könnten, überflutete mich. *Hoffnung.* Allein das Gefühl löste etwas Neues in mir aus. Dass mein Vater ein Engel der Hoffnung war, erschien mir wahrscheinlicher. Er hatte mir zwar nicht seine Engelskraft vererbt, aber er hatte mich mit viel Hoffnung großgezogen, und ich hatte das Gefühl, dass ich sie in diesem Moment zum ersten Mal wirklich spürte.

Ich schaute abwechselnd zu Rory und zu Francis. »Wir glauben, dass es jemanden gibt, der seit Jahren gute Engel aus dieser Welt entführt. Vielleicht, um es so aussehen zu lassen, als ob *Nox* das Ungleichgewicht von Gut und Böse in der Welt verursacht hat.«

Rory zog die Augenbrauen hoch und spitzte nachdenklich ihre Lippen. »Weißt du, das könnte sogar Sinn machen.«

Ich nickte. »Meine Eltern sind seit fünf Jahren verschwunden.«

»Warum sollten sie deine Mutter mitnehmen, wenn sie ein Mensch ist?« fragte Francis.

»Ich weiß es nicht.« Die Angst, dass Mama nicht mehr am Leben sein könnte, war erdrückend, aber ich schüttelte den Gedanken ab und klammerte mich an meine neu gefundene Entschlossenheit. »Aber wenn wir herausfinden, wer Nox daran hindert, seine Macht wiederzuerlangen, finden wir vielleicht auch meine Eltern.«

»Hast du irgendwelche neuen Spuren?«

»Nur Behemoth hier. Wenn er findet, dass wir die Wahrheit sagen und dass ich ein guter Mensch bin, dann sind wir dem Buch einen Schritt näher.«

»Wie geht das?«

Ich erzählte Francis von unserem Ausflug ins Naturkundemuseum, wie ich einen Höllenziegenbock aufgegabelt hatte, und von Madaleines Ermordung.

»Ah, Mist. Das hört sich an, als würde es kompliziert werden«, sagte sie.

»Ja. Und wir haben immer noch keine Spur von den Herrschern des Neids oder des Stolzes.«

Francis stieß einen Seufzer aus und starrte Behemoth an. »Weißt du nicht etwas, dass uns weiterhelfen könnte?«

Die Ziege blinzelte sie an. »Ich bin nicht hier, um zu helfen.«

»Frechheit.«

Er blökte. »Ich bin nicht frech. Ich bin nur eine großartige Höllenbestie.«

»Du kannst trotzdem frech sein.«

»Francis«, unterbrach ich sie. »Bitte verärgere ihn nicht. Ich brauche ihn, er soll mich mögen, weißt du noch?«

Sie verschränkte ihre Arme und warf der Ziege einen Blick von der Seite zu. »Gut. Weil du so großartig bist, nehme ich die Bemerkung zurück.«

Behemoth setzte sich auf die Bank neben ihr und sie zuckte vor Schreck zusammen. »Wenn ich ehrlich sein soll, bin ich schon eine Weile in dem Stein. Ich weiß wenig. Ich habe eine Vermutung, darf sie aber nicht teilen.«

»Warum nicht?«

»Sie ist für meine Herrin bestimmt und nur für sie.« In seiner geistigen Stimme lag Stolz, und ich nutzte die Gelegenheit, um die kleine Ziege zu besänftigen.

»Sie ist auch sehr schön«, sagte ich.

Er nickte mit den goldenen Hörnern. »Und mächtig.«

»Weiß sie, wo die anderen Sünden sind?«

»Nein«, sagte er und verengte seine Augen. »Das hätte ich wahrscheinlich nicht sagen sollen.«

Francis streckte die Hand aus und tätschelte seinen Kopf. Er erstarrte für einen kurzen Moment und die goldenen Flecken in seinem Fell leuchteten seltsam auf. Francis Miene wurde ebenfalls starr, ihr Gesichtsausdruck ängstlich.

Nach einer weiteren, zaghaften Handbewegung entspannte sich Behemoth und das Glühen verblasste. »Ich erlaube dir, mich zu berühren, aber du solltest wissen, dass es höflich ist, vorher zu fragen.«

Francis streichelte ihn weiter, und er rückte näher zu ihr. »Verstanden«, sagte sie.

Rory und ich kämpften fast eine Stunde lang, bevor mir die Kraft ausging. Es fühlte sich gut an, meine Wut in etwas Körperliches zu verwandeln.

Ich wurde auch immer besser und traf Rory manchmal sogar unvorbereitet. Ich schätze, das alte Sprichwort »Übung macht den Meister« stimmte tatsächlich. Wenn ich jeden Tag trainierte, könnte ich mich vielleicht sogar selbst verteidigen. Wenigstens gegen Menschen. Gegen einen magischen Gegner hätte ich immer noch keine Chance.

Die Wut in meiner Brust schwoll plötzlich wieder an und ich runzelte die Stirn. Sollte sie mich daran erinnern, dass sie da war?

»Behemoth, welche Art von Magie verstärkt dein

Stein?«

»Jede Art von Höllenmagie«, antwortete er schläfrig. Francis streichelte ihn jetzt unter dem Kinn, seine Augen waren halb geschlossen.

»Was für eine Art von Magie ist Höllenmagie?«

»Es gibt alle möglichen Arten, aber die häufigste ist das Fegefeuer.«

»Rory, meinst du, ich könnte Feuerzauber benutzen?«

Sie warf einen Blick auf meine Flügel und zuckte dann mit den Schultern. »Vielleicht. Aber da musst du Nox fragen. Ich habe kein Feuer, also kann ich dir nicht helfen.«

Claude wartete vor dem Altersheim auf uns. Francis gab ein leises Quietschen von sich, während wir auf ihn zugingen. »Da ist dieser tolle Fahrer«, flüsterte sie mir zu.

Ich würde Claude nicht als Adonis bezeichnen, aber für jemanden, der so alt war wie er, machte er sich ganz gut. Und er hatte freundliche Augen.

»Guten Tag«, begrüßte er uns und zog seinen Hut.

»Dir ebenfalls einen schönen Tag!« rief Francis. Claude schaute ein wenig erschrocken, als sie auf ihn zukam und ihm einen Kuss auf die Wange drückte.

»Wir sehen uns bald wieder, Francis. Vergiss nicht, wenn du etwas Magisches im Heim siehst, nicht darauf reagieren«, ermahnte ich sie.

»Ich hab schon verstanden. Nicht reagieren.«

Rory schüttelte den Kopf. »Sonst werde ich deinetwegen gefeuert.«

Francis warf ihr einen entsetzten Blick zu. »Das

würde ich auf keinen Fall wollen, wo du doch so nett zu mir bist. Ich schwöre, ich werde das beste Pokergesicht aufsetzen, das du je gesehen hast, auch wenn ein magisches Biest vor mir steht.«

»Ich glaube nicht, dass es im Altersheim irgendwelche magischen Tiere gibt.«

»Das glaubst du doch selbst nicht. Ich wette, Ethel ist ein magisches Biest.«

»Ethel ist einfach nur verrückt.«

»Nein. Bleibt hier. Ich werde kurz reingehen, und ich bin sicher, sie wird mit Fell bedeckt sein und Flügel haben und...«

»Tschüss, Francis.« Rory unterbrach sie mitten in ihrer Rede und drehte sich um, um ins Auto zu steigen.

»Tschüss!« Francis winkte ihr begeistert hinterher.

»Wir sehen uns bald«, sagte ich zu ihr, dann folgten Claude, Behemoth und ich der Elfe.

Rory stieg mit Claude vorne ein und ich blieb mit Behemoth auf dem Rücksitz.

»Weißt du, du und Luzifer, ihr seid wirklich sehr interessant«, sagte die kleine Ziege.

»Hmmm.«

»Ich bin nicht ganz im Bilde. Aber ich würde es gerne sein.«

Je mehr Behemoth redete, desto größer war die Chance, dass ich etwas von ihm lernen konnte. Außerdem brauchte ich ihn, um Techa davon zu überzeugen, dass ich ein guter Mensch war, was bedeutete, dass ich ehrlich zu ihm sein musste. »Okay. Was willst du wissen?«

»Ich weiß nur eines mit Bestimmtheit. Luzifer hat die Macht der Sünden, die er nicht wollte, weggegeben, was ihn schwächer gemacht hat. Jetzt will er sie zurück und jemand versucht, ihn davon abzubringen, aber ihr wisst nicht, wer.«

»Wir wissen, dass Banks versucht, ihn aufzuhalten, aber der ist einfach nur ein Verrückter. Wir haben keine Ahnung, wer hinter dem Diebstahl seines Buches steckt. Aber deine Meisterin weiß es.«

Behemoth schüttelte den Kopf. »Nein. Sie weiß nicht, wer dahintersteckt, nur dass ein schleimiger Händler ihr das Buch verkauft hat.« Er erstarrte, als er bemerkte, dass er zu viel gesagt hatte. Schon wieder. »Bitte, sag ihr nicht, dass ich dir das erzählt habe.«

Ich lächelte ihn an. »Meine Lippen sind versiegelt. Dieser schleimige Händler hieß Max. Er hat versucht, mich zu töten. Nox hat ihn geschnappt, aber wer auch immer ihn für den Diebstahl des Buches angeheuert hat, hat ihn mit einem Fluch belegt, der seine Zunge bindet. Kannst du mir sagen, an wen Techa es weiterverkauft hat?« fragte ich hoffnungsvoll.

Behemoth gab einen zirpenden Laut von sich. »Nie und nimmer.«

»Wie kommt es also, dass ein Höllenziegenbock der Begleiter eines tugendhaften Flaschengeistes ist?«

»Sie hat mich an meinen Stein gebunden. Ich gehöre ihr.«

»Stört dich das?«

»Nein. Die Hölle ist ein seltsamer Ort und mir war

langweilig. Nur wenige Höllenkreaturen haben die Möglichkeit, Zeit in eurer Welt zu verbringen. Und ich kann dir sagen, es ist eine hervorragende Welt.«

»Ja. Sie ist ziemlich gut.« Ich stieß einen langen Seufzer aus.

»Das ist es, was ich nicht verstehe«, sagte er mit sanfter Stimme. »Warum will Luzifer in die Hölle zurückkehren, wenn er doch offensichtlich bei dir sein will? Du würdest die Hölle auch nicht mögen.«

»Genau das ist das Problem«, murmelte ich. »Er ist verflucht. Solange er seine wahre Rolle als Bestrafer von Sündern nicht übernimmt, werden ihm... Dinge vorenthalten. Wichtige Dinge.«

Die Ziege blinzelte mich an. »Was für Dinge?«

Ich schloss meine Augen. Nox würde mich wahrscheinlich umbringen, wenn ich es ihm sagte. Aber wir brauchten das Buch, und der beste Weg, daran zu kommen, war, Techa davon zu überzeugen, dass es in unser aller Interesse war, wenn Nox seine Macht zurückbekam. Und dass sie an seine Gründe dafür glaubte. »Sex. Wir können nicht körperlich zusammen sein, solange er verflucht ist. Nun, wir können es, aber es wird ihn letztendlich umbringen.«

»Oh. Das ist bedauerlich. »

»Ja.«

»Könnt ihr zusammen sein und keinen Sex haben?«

»Vielleicht.« *Nein.* Er war verdammt nochmal unwiderstehlich. »Aber selbst wenn wir das versuchen wollten, hat Examinus deutlich gemacht, dass er will, dass Nox seine Macht wiedererlangt. Außerdem ist jemand hinter ihm her. Und ich will meine Eltern finden, was durchaus damit zusammenhängen könnte. Seine Macht zurückzubekommen und den Fluch aufzuheben ist wirklich unsere einzige Möglichkeit. Die Sache mit dem Leben in der Hölle müssen wir später klären.«

»Hmmm. Ich beneide dich nicht um deine Situation. Obwohl es aufregend ist, dass du jemanden gefunden hast, den du so leidenschaftlich liebst. Nicht alle haben so viel Glück.«

»Ja, das ist wahr. Ich mag deinen Optimismus.« Der freche kleine Höllenziegenbock erwies sich doch noch als gute Gesellschaft.

»Die wütende Dame im Museum hat auch Glück gehabt.«

Ich riss meine Augen auf. »Was?«

»Sie hatte jemanden gefunden, für den sie leidenschaftliche Empfindungen hegte. Ich bin neidisch.«

»Woher weißt du das?«

»Ich konnte es spüren.«

»Ich glaube, ich auch«, sagte ich und spürte einen Anflug von Erregung. Ich wusste nicht, ob es die Lust-Kraft war, die es spürte, oder nur meine Intuition, aber ich war mir sicher, dass an Cornu mehr dran war, als sie zugeben wollte.

»Der gehörnte Dämon war eine Kreatur aus der Hölle, und da ich auch aus der Hölle stamme, bin ich sehr vertraut mit ihnen.«

»Hast du gemerkt, wie er sich anfühlt?«

»Ich konnte sehen, dass er sehr stolz darauf war, zu dem wütenden Engel zu gehören.«

»Und sie?«

»Sie hat ihn beschützt. Sie hatte auch Höllenmagie,

aber im Gegensatz zu uns war sie sehr stark. Es ist viel schwieriger für mich, jemanden so starkes zu sehen.«

Beschützend. Vielleicht war sie nur beschützend, weil sie ihr Spielzeug für sich behalten wollte. Aber könnte sie auch beschützend gewesen sein, weil sie ihn liebte?

»Claude? Können wir bitte nach Shoreditch fahren?«

Rory lehnte sich nach hinten und sah mich an. »Was ist denn in Shoreditch?«

»Ich glaube, hinter der Beziehung von Madaleine und Cornu steckte mehr, als sie zugeben wollte. Und sie haben Cornu nicht gefunden. »

Rory zog eine Augenbraue hoch. »Meinst du, *er* könnte wissen, wo das Buch ist?«

»Vielleicht. Wenn sie ihm wirklich vertraut hat, könnte er durchaus etwas wissen.«

Sie hielt meinem Blick einen Moment stand und nickte dann. »Es lohnt sich, dem nachzugehen. Ich sage Nox Bescheid, wohin wir fahren.«

VIERZEHN

Erst als ich in Madaleines Haus ankam, wurde mir klar, dass ich nicht wie der Teufel magische Kräfte zum Aufschließen von Türen hatte.

»Scheiße, Rory, kannst du durch verschlossene Türen gehen?«

Sie sah mich unbeeindruckt an, während pinkfarbene Strudel aus ihrer Hand und in das Schlüsselloch der schwarzen Tür am oberen Ende der Treppe schossen.

»Das ist cool«, sagte ich bewundernd. Rory erwiderte zwar nichts, aber ich war mir sicher, dass ihre Gesichtszüge ein wenig weicher wurden. Die Tür sprang auf und wir gingen hinein. Behemoth trottete hinter uns her. Ich ging direkt die Treppe hoch.

Wenn ich in einen Mann verliebt wäre und nicht wollte, dass jemand davon erführe, gäbe es zwei Orte, an denen ich mein Geheimnis verstecken würde. Erstens, in meinem Telefon. Zweitens, unter meinem Kopfkissen.

Wir hatten das Telefon nicht dabei, also blieb nur noch das Kissen.

Im Schlafzimmer roch es etwas muffiger als am Vortag und ich spürte wieder dieses unangenehme Gefühl des Verlustes. Madaleine war so stark gewesen, eine unsägliche Kraft. Die Angst vor demjenigen, der stark genug gewesen war, sie brutal zu ermorden, durchzuckte mich und ich eilte zum Bett.

»Bingo.«

Unter dem Kopfkissen lag ein kleines ledernes Notizbuch. Ich setzte mich gerade auf die Bettkante, als Rory das Zimmer betrat.

»Schön«, sagte sie und zog eine Augenbraue hoch, als sie sich in dem dunklen Raum umsah. »Hast du etwas gefunden?«

»Ja, vielleicht.«

Wieder schluckte ich das ungute Gefühl hinunter, dass ich in die Privatsphäre von jemandem eindrang, und schlug das Buch auf. Es war voll mit Bildern. Fotos und Skizzen. Langsam blätterte ich die Seiten um und betrachtete jedes Bild.

Viele Bilder waren von Orten, und ich fragte mich, ob es eine Art Reisetagebuch war. Ich erkannte das Taj Mahal, die Pyramiden von Gizeh und das Kolosseum in Rom. Die früheren Bilder in dem Buch sahen älter aus und waren verblasst. Auf ein paar von ihnen war Madaleine zu sehen, selten lächelnd, immer mit grimmigem Blick und in schwarz-weiß. Während ich die Seiten durchblätterte, begann ich ein Muster zu erkennen. Zuerst dachte ich, es seien nur unsinnige Kritzeleien, aber dann wurde mir klar, dass die Aufzeichnungen alle von der Architektur des jeweiligen Fotos inspiriert waren.

Einige der Bilder zeigten Essen, Statuen oder Kunstwerke.

Ich blätterte eine weitere Seite um und hielt inne. Cornu. Er stand neben ihr. Sein Lächeln war nicht raubtierhaft oder böse, sondern echt. Und ihres auch. Sie waren zusammen auf dem Empire State Building zu sehen.

»Er ist hier. In dem Buch«, murmelte ich. Ich blätterte weiter. Es gab vier Bilder von ihnen zusammen in London. Und zwei von ihnen waren an einem bestimmten Ort gemacht worden. »Wir müssen ins Ritz«, sagte ich.

Als wir fast eine Stunde später in dem kultigen Londoner Hotel ankamen, hatte sich davor eine Schlange gebildet. Ich war nicht auf das Gedränge vorbereitet und konzentrierte mich darauf, die Gefühle auszublenden, die alle um mich herum verspürten, während wir warteten. Der Typ hinter mir hatte Hunger und die Frau vor mir hatte lüsterne Gedanken über jemanden, den sie nicht kannte.

»Das ist ein Albtraum«, murmelte ich, schloss meine Augen und rieb mir die Schläfen. »Ich weiß nicht, wie Nox das nur aushält.« Ich öffnete meine Augen und hielt inne. Jemand stand an der Ecke des Gebäudes, er trug einen beigen Mantel und einen Schal, den er sich um das Gesicht geschlungen hatte. Meine Beine bewegten sich, bevor ich sie aufhalten konnte. »Bleib in der Schlange«, rief ich Rory zu und rannte in die Richtung, in der die Gestalt gerade um die Ecke verschwand. Als ich um die

Kurve schlitterte, konnte ich niemanden in einem Mantel dieser Farbe entdecken. Es gab viele Touristen und Pendler, die fast alle auf ihre Handys schauten, aber von der Person, die ich verfolgte, war nichts zu sehen.

»Verdammt«, murmelte ich.

»Wem bist du hinterhergelaufen?«

Ich schaute auf Behemoth hinunter. Ich hatte nicht bemerkt, dass er mir nachgelaufen war. »Ich glaube, jemand folgt uns.«

»Oh. In diesem Fall werde ich auf der Hut sein. Ich bin eine ausgezeichnete Wachziege.«

»Danke, Behemoth.«

Ich machte mich auf den Rückweg zur Schlange ins Ritz, wo Rory mit verschränkten Armen stand. »Schon wieder der Typ mit dem Mantel?«, fragte sie.

»Ja. Ich habe ihn nicht erwischt. Wahrscheinlich war es wieder nichts.« Ich versuchte, lässig zu klingen, aber ich war mir sicher, dass es etwas *war*.

»Hm.«

Wir standen weitere fünf Minuten schweigend da und ich fragte mich, ob die Person, die mir folgte, Freund oder Feind war. Es könnte der Mörder von Madaleine sein. Wenn sie mir etwas antun wollten, hätten sie es doch schon längst getan, oder? Aber andererseits hatte ich sie noch nie gesehen, wenn Nox bei mir war. Vielleicht wartete die Gestalt nur darauf, mich zu verletzen, und hatte mich nur noch nicht allein erwischt. Ein Gefühl der Verwundbarkeit machte sich in mir breit und die Kraft in meiner Brust flammte auf. Ich musste daran arbeiten, mich zu verteidigen, und nicht daran denken, dass ich Angst hatte.

»Du atmest schwer.« Nox Stimme ließ mich aufschrecken und ich spürte einen Anflug von Glück, als seine vertraute Aura mich überflutete.

»Hallo«, sagte ich und drehte mich zu ihm um. »Kannst du mir Feuerzauber beibringen?«

Sein Mund verzog sich zu einem Lächeln. »Gibt es eine zerstörungswillige Seite an Ihnen, die ich noch nicht gesehen habe, Miss Abbott?«

»Es gibt vor allem eine Seite von mir, die nicht getötet werden will«, antwortete ich, und sein spielerischer Blick verschwand. »Eigentlich wollen alle Seiten von mir nicht getötet werden.«

»Wir werden es so bald wie möglich versuchen«, sagte er.

»Ausgezeichnet.«

»Du glaubst also, dass Madaleine und Cornu es ernst meinten?« fragte mich Nox, als sich die Schlange nach vorne schob.

»Ja.«

»Und du glaubst, du könntest ihn hier finden?«

»Nein, wahrscheinlich nicht jetzt. Aber ich denke, wir können ihm hier eine Nachricht hinterlassen. Ich habe auch eine in ihrem Haus hinterlassen.«

»Was für eine Nachricht?«

»Dass ich weiß, dass er sie geliebt hat und wir ihren Tod rächen wollen, und dass er uns dabei helfen soll.«

Nox starrte mich an. »Und du glaubst, das wird funktionieren?«

»Wenn er sie geliebt hat, ja. Er wird traurig und wütend sein. Er wird alles tun wollen, um den Schuldigen zur Rechenschaft zu ziehen, und nur auf die richtige Gelegenheit warten.«

Nox verzog sein hübsches Gesicht. »Wenn du es so sagst, macht es absolut Sinn. Ich wäre nie auf die Idee gekommen, einfach... zu fragen.«

»Hättest du es etwa aus ihm herausgeprügelt?«

»Vielleicht. Er ist eine Kreatur der Hölle. Ich bin sein Meister. Er muss tun, was ich ihm sage.«

Ich schüttelte den Kopf. »Meister? Das klingt wie etwas aus einem Computerspiel.«

»Nenn es, wie du willst. Ich bin das mächtigste Wesen in der Hölle, abgesehen von einem Gott. Cornu gehört mir.«

»Nun, wenn ich recht habe, hat er gerade die Frau verloren, die er liebt. Vielleicht sollten wir uns also nicht wie Idioten benehmen.«

Nox Augen verdunkelten sich und er funkelte mich an. »Normalerweise erschlage ich diejenigen, die mich einen Idioten nennen«, sagte er. »Sie stellen mich auf die Probe, Miss Abbott.«

Ich wusste, dass er nur scherzte, aber er strahlte so viel wilde Gefahr aus, dass mein Magen Purzelbäume schlug.

»Auf keinen Fall, Mr. Devil, Sir«, sagte ich und bereute es sofort, als Bilder davon, wie er mich völlig nackt über sein Knie legte sich in meinen Kopf drängten.

Ich spürte, wie mein Gesicht heiß wurde, und schluckte schwer.

Ich wurde aus der Situation befreit, als das Paar vor uns ins Restaurant geführt wurde und der Oberkellner uns begrüßte. Er warf einen Blick auf Nox und seine Ohren wurden rot.

»Mr. Nox, Sir, es tut mir leid, dass Sie warten mussten. Ich dachte, Sie wüssten, dass Sie uns anrufen können, um einen Tisch vorzubestellen...«

Nox hob seine Hand und unterbrach den verstörten Mann. »Ist schon gut. Habt ihr einen Tisch für drei Personen?«

Der Oberkellner schaute nervös auf sein iPad. »Für Sie, Sir, natürlich. Ein Moment, bitte.«

Er eilte davon und kam 60 Sekunden später zurück. »Wenn Sie mir bitte folgen wollen.«

Der Raum, den wir betraten, sah genauso aus wie auf den Fotos in Madaleines Tagebuch. Jeder, der wie ich die Londoner Presse verfolgte, konnte ihn leicht wiedererkennen. Meine Liebe zum Essen hatte dazu geführt, dass ich Restaurantkritiken jahrelang wie Pornografie behandelt hatte.

Ich war ganz aufgeregt, als wir im hinteren Teil Platz nahmen, dessen Rückwand aus Spiegeln bestand. Ich hatte schon immer mal im Ritz essen wollen.

»Nun, da wir schon mal hier sind, was möchtet ihr essen?« fragte Nox, als der Kellner uns die Speisekarten reichte.

»Wir sollten Cornu eine Nachricht hinterlassen«, protestierte ich halbherzig.

Ich hatte meinen Zettel schon geschrieben, eine Kopie des Zettels, den ich in Madaleines Haus hinterlassen hatte, und ich schaute mich um, um einen geeigneten Platz zu finden, wo Cornu ihn finden könnte, wenn er hierherkäme. Und ich war mir sicher, dass er kommen würde. Hier gab es zwei gemeinsame Fotos von ihnen, das Ritz musste für sie etwas Besonderes gewesen sein.

Das Problem war, ihn irgendwo zu verstecken, wo er ihn auch finden würde - ich wollte nicht, dass ihn jemand anderer las. »Nox, kannst du den Zettel so verzaubern, dass nur Cornu ihn sehen kann?«

»Nein, aber ich kann es so einrichten, dass es nur für Höllenwesen sichtbar ist.«

Wie viele andere Dämonen würden in den nächsten Tagen wohl durch das Restaurant im Ritz gehen? »Ich denke, das sollte klappen.«

Ich zog einen blauen Umschlag aus meiner Handtasche, und als ich sicher war, dass niemand zusah, beugte ich mich vor und klebte den Umschlag mit Cornus Namen an die Spiegelwand. Nox winkte mit der Hand. Schatten kamen flüsternd aus dem Nichts und wirbelten um das Papier.

»Erledigt«, sagte Nox. »Ich werde den Oberkellner bitten, mir Bescheid zu sagen, wenn Dämonen vorbeikommen.«

»Ist er magisch?«

Nox warf mir einen mitleidigen Blick zu. »Das ist das Ritz. Natürlich gibt es hier Magie.«

Wir hielten ein Teekränzchen, aber mit Champagner statt Tee. Ich schmuggelte Essen für Behemoth unter den Tisch, Rory lachte tatsächlich über einen meiner Witze, und für eine glückliche Stunde bekam ich einen weiteren Eindruck davon, wie das Leben mit Nox sein könnte, wenn nicht ständig Menschen um uns herum sterben würden.

Ich wollte mit ihm zusammen sein, merkte ich, als ich Nox heimlich beobachtete. Ich wusste nicht, wie jemand so verdammt anmutig aussehen konnte, wenn er ein Scone aß. Zu wissen, dass er es nicht schmecken konnte, gab mir ein mulmiges Gefühl im Magen. Er war nicht vollkommen.

Ich würde alles tun, um ihn glücklich zu sehen. Und das war etwas, das ich noch nie wirklich gefühlt hatte. Schon gar nicht mit der Kraft, die ich jetzt in mir spürte.

Ich wollte nicht, dass er in der Hölle leben oder den Job machen musste, den er so sehr hasste. Aber so konnte er auch nicht weiterleben. Verflucht.

»Bist du okay?« Seine Stimme war leise, als er mich ansah, und ich nickte. »Wirklich? Du bist so still.«

»Ja. Behemoth und Rory sagten, die Sache mit dem Heiligen könnte ein Problem für dich sein.«

Seine Miene verfinsterte sich. »Es ist das gleiche Problem wie vorher. Du kannst nicht in der Hölle leben. Daran hat sich nichts geändert.«

Wie jedes Mal, wenn ich an die Möglichkeit dachte, nicht mit ihm zusammen sein zu können, kochte die Wut in meiner Brust hoch.

Seine Lippen verzogen sich zu einem kleinen Lächeln. »Ich kann dich spüren. Meine Kraft in dir, die reagiert.«

»Wirklich?«

»Ja. Der Gedanke, dass wir getrennt sind, macht dich wütend.«

»Ja.«

Er beugte sich vor und küsste mich. Nichts Übertriebenes. Aber er brachte trotzdem jede Faser meines Körpers in Wallung.

»Wir werden gleich morgen früh sehen, ob du etwas von dieser Kraft nutzen kannst.«

Aufregung ergriff mich. »Ich kann es kaum erwarten.«

»Gut.«

Nox Telefon gab einen Piepton von sich, er hob es hoch und überflog die Nachricht. »Ich muss ins Büro.«

»Und ich muss zurück zu meiner Wohnung, um ein paar Sachen zu erledigen und ein paar Klamotten zu holen, aber...« Ich brach ab, weil ich nicht genau wusste, wie ich das Thema meiner nächtlichen Unterbringung ansprechen sollte. Ich konnte mich nicht darauf verlassen, dass er mich auf unbestimmte Zeit in seinem Gästezimmer unterbringen würde, aber es war schon irgendwie zur Normalität geworden.

»Ruf Claude an, wenn du fertig bist, dann holt er dich ab und bringt dich zu mir.«

FÜNFZEHN

BETH

Ich brauchte ein paar Stunden, um meine Wohnung zu saugen und zu putzen und eine Tasche mit Kleidung zu packen. Ich mochte das Apartment, aber im Vergleich zu Nox Wohnung verblasste sie irgendwie. Schuldbewusst klopfte ich auf den Küchentisch. Diese Wohnung war mein Rettungsanker gewesen, als ich nach England gekommen war, und jetzt fühlte sie sich seltsam leer an.

Behemoth, der mir beim Putzen die ganze Zeit gefolgt war und von seinen ruhmreichen Taten in der Hölle erzählt hatte, schnatterte laut, als ich meine Reisetasche packte.

»Meine Herrin ruft«, sagte er. »Ich nehme an, sie möchte einen Bericht hören.«

Ein flaues Gefühl machte sich in meinem Magen breit.

»Ich muss in den Stein zurückkehren und dich bitten, ihn sicher zu verwahren und bei dir zu tragen, bis es mir erlaubt wird, zurückzukehren und dir das Urteil zu verkünden.« Ich schluckte.

»Okay.«

Ich fischte den eiförmigen Stein aus meiner Tasche und er wurde in meinen Händen sofort warm.

»Lebe wohl«, sagte Behemoth und verschwand mit einem kurzen Schein von dunkelviolettem Licht. Der Stein wurde für eine Sekunde lang sehr heiß und ich ließ ihn beinahe fallen, dann kühlte er wieder ab.

Ich sandte ein Stoßgebet für einen guten Ausgang gen Himmel, legte den Stein weg und hängte meine Tasche über meine Schulter. Ich freute mich schon darauf, wieder ins Herrenhaus in der Grosvenor Road zurückzukehren.

Die Sonne war schnell untergegangen und die Schatten der Wohnblocks verschlangen das meiste Licht, als ich die Feuertreppe hinunterstieg und in Richtung Altersheim ging. In meiner Tasche hatte ich ein paar DVDs, die ich Francis geben wollte. Ich wollte dortbleiben, während ich auf Claude wartete. Insgeheim war ich neugierig, herauszufinden, ob es in Lavender Oaks magische Tiere gab. Francis hatte nicht Unrecht - Ethel war ein bisschen seltsam.

Ein schwacher Geruch erregte meine Aufmerksamkeit. Schwefel. Ich erstarrte und atmete stärker ein. Höllenhunde rochen nach Schwefel.

Sicherlich hatte ich mir das nur eingebildet.

»Miss Abbott.«

Mein Herz raste und ich drehte mich nach der Stimme um.

»Banks?«

Es war niemand da.

»Du hast meinen Plan wirklich versaut, weißt du das?«

»Wo bist du?«

Banks war mächtig. Ich selbst hatte keine Magie und Rory und Nox waren nicht da. Mein Puls raste und das Adrenalin trieb mir den Schweiß aus den Poren.

Ich drehte mich langsam im Kreis, während meine Augen alles absuchten und ich nach irgendeiner Bewegung Ausschau hielt.

Nahe des nächsten Wohnhauses flackerte ein Feuer.

Die Vernunft bahnte sich ihren Weg durch meine Panik und ich riss mein Handy aus der Tasche meiner Leggings.

Bevor ich es entsperren konnte, flog es mir mit einem schmerzhaften Stromstoß aus den Händen. Die Kraft von Nox in mir reagierte auf die Magie und erwachte zum Leben.

Kämpfen! Siegen!

Ich verspürte den Drang, diesen Mann zu bestrafen, der versucht hatte, Nox zu verletzen und mich zu töten.

»Feigling!« Ich schrie das Wort heraus, bevor es mir bewusstwurde. Die Flamme am Rande des Backsteingebäudes flackerte auf und ein riesiges Biest trat aus dem Schatten hervor.

Ein Höllenhund. Flammend und mit knirschenden Kiefern stürmte er auf mich zu. Hinter ihm erschien eine Gestalt, die vom Feuer beleuchtet wurde.

Banks.

Er trug einen langen, schwarzen Trenchcoat und sein dunkler Dreitagebart unterschied ihn deutlich von dem gepflegten Polizisten, als der er sich bei unserer ersten Begegnung ausgegeben hatte.

»Wo ist die Aufseherin, die du entführt hast?« Ich blieb standhaft und versuchte, Banks und nicht den flammenden Hund anzustarren, der mir immer näherkam.

»Cheryl? Mach dir keine Sorgen um Cheryl.« Er zuckte mit den Schultern.

»Wie kontrollierst du die Höllenhunde?«

»Warum zum Teufel sollte ich dir das sagen? Ich bin hier, weil du etwas hast, das ich will.«

Ich schaute finster drein.

»Ich habe nichts.«

»Stimmt nicht. Du hast Nox.«

»Warum willst du Nox?«

Die Angst kroch mir den Rücken hinauf, während die Hitze des Höllenhundes auf meiner Haut brannte, aber anstatt wie angewurzelt stehen zu bleiben, bewegte die Angst meine Füße.

Ich wich zurück. Mir war bewusst, dass ich mich immer weiter von meiner Wohnung entfernte, aber ich hatte keine andere Wahl.

Banks folgte dem Hund, das Licht des Feuers ließ bedrohliche Schatten auf seinem Gesicht tanzen.

»Meine Angelegenheiten gehen dich nichts an. Wenn

du jetzt mit mir kommst, kannst du aus erster Hand erfahren, wie es Cheryl geht.«

Der Höllenhund knurrte und duckte sich. Langsam breitete sich ein Lächeln auf Banks Gesicht aus.

Meine Gedanken rasten und ich suchte verzweifelt nach einem Ausweg. Ich hatte kein Handy. Nox war nicht hier. Würde mich jemand hören, wenn ich schrie? Es könnte die Aufmerksamkeit der anderen Bewohner erregen, aber würde das helfen? Was, wenn jemand anders wegen mir verletzt wurde? Es war unwahrscheinlich, dass einer der Bewohner einen Höllenhund abwehren konnte.

Die Bestie stürzte los.

Ich warf mich zur Seite und begann loszurennen. Ich schaute nicht einmal in die Richtung, in die ich rannte, meine Beine bewegten sich so schnell sie nur konnten. Aber die Kreatur war riesig und sie war viel schneller als ich. Die Hitze verbrannte mir den Rücken, und ich machte eine scharfe Kurve zwischen zwei Wohnblocks. Ich hörte ein leises Quietschen und einen Aufprall, aber ich hielt nicht an, um nachzusehen, was passiert war.

Wenn ich es bis zur Hauptstraße schaffte, wo es viele Autos und Menschen gab, die Banks und der Höllenhund unmöglich ignorieren konnten, wäre ich vielleicht in Sicherheit. Ich rannte weiter und betete, dass ich die Bestie durch ein Wunder abhängen konnte.

Ein lautes Lachen drang an meine Ohren und eine Lichtexplosion brachte mich ruckartig zum Stehen. Banks trat aus der funkensprühenden Luft vor mir hervor, während ich panisch blinzelte.

Als ich mich umdrehte, sah ich den Höllenhund hinter mir. Ich saß in der Falle.

»Nox wird mich finden und sein Versprechen einlösen«, knurrte ich. »Er wird dich in Stücke reißen.«

Ein grausames Funkeln glänzte in Banks Augen. Er öffnete den Mund, um etwas zu sagen, aber dann veränderte sich sein Gesichtsausdruck und Schock verzerrte seine Gesichtszüge. Seine Augen wurden glasig und er sackte auf den Boden. Hinter mir ertönte ein knurrendes Geräusch, und als ich mich umdrehte, sah ich ein grünes Licht durch die Luft zischen, dann brach auch der Höllenhund am Boden zusammen.

»Wir haben nur wenige Sekunden, bevor sie wiederkommen. Du musst dich in Sicherheit bringen«, sagte eine Frauenstimme, bevor sie aus dem Schatten des nächsten Gebäudes hervortrat. Sie trug einen beigen Mantel und hielt eine kleine Armbrust, die grün leuchtete.

Jeder Muskel in meinem Körper spannte sich an und mein Magen zog sich zusammen.

»Mama.«

SECHZEHN

BETH

»An einen sicheren Ort, Bethany. Jetzt.«

Aber mein Gehirn war blockiert. Meine Augen konnten sich nicht von ihrem Gesicht abwenden und nahmen in der Dämmerung jedes einzelne Detail auf.

Jahrelang hatte ich gedacht, sie sei tot. Ich hatte um ihren Verlust getrauert. Und dann hatte mir leise Hoffnung den Glauben gegeben, dass ich sie vielleicht doch noch wiedersehen könnte.

»Du bist hier.« Meine Worte waren ein Flüstern. »Du bist am Leben.«

»Keine von uns beiden wird noch lange leben, wenn sie aufwachen.« Ihr strenger Tonfall ließ die Emotionen in mir hochkochen, und jahrelang verdrängte Erinnerungen überfluteten meinen Verstand.

»Wie? Wie kannst du hier sein?«

»Bethany, wir müssen uns in Sicherheit bringen, sofort!« Sie packte mich am Arm, während sie ihre Stimme erhob, und meine Benommenheit löste sich so weit, dass ich den lodernden Hund auf dem Boden vor uns bemerkte.

»Die Straße. Hast du ein Telefon?«

»Nein.«

»Wir holen uns ein Taxi.«

Ich ergriff ihre Hand und ein seltsamer Energieimpuls durchströmte mich, dann zerrte ich sie den Weg entlang. Sie begann neben mir zu joggen, dann zu rennen.

Auf jeder Straße in London gab es zu jeder Zeit Dutzende von Taxis, und zum Glück mussten wir kaum anhalten, als wir den Bürgersteig erreichten, um eines heranwinken zu können. Wir warfen beide einen hektischen Blick über die Schulter, als wir ins Auto stiegen, und als ich den Fahrer bat, uns so schnell wie möglich zur Grosvenor Street zu bringen, rollte er mit den Augen.

»Das hier ist kein Film, Süße«, brummte er und fädelte sich langsam in den Verkehr ein. Ich starrte aus dem Fenster, als ein orangefarbenes Licht hinter den Gebäuden aufleuchtete, die zu meiner Wohnsiedlung gehörten.

»Ich zahle das Doppelte, wenn du uns in zwanzig Minuten hinbringen kannst.«

»Was? Es ist eine vierzigminütige Fahrt.« Er sah mich stirnrunzelnd im Spiegel an.

»Das Doppelte«, wiederholte ich. »Wenn du es in der Hälfte der Zeit schaffst.«

Er warf mir einen langen Blick zu, dann gab er Gas.

~

Ich drehte mich in meinem Sitz um und starrte die Frau vor mir an, während mein Verstand eine Frage nach der anderen durchging, unfähig, die wichtigste auszuwählen.

Meine Mutter.

Sie war nicht einen Tag gealtert. Ihr blondes Haar war ordentlich zu einem Dutt gebunden, ihre schmalen Lippen und ihre klaren blauen Augen waren noch genau so, wie ich sie in Erinnerung hatte. Sie trug eine schwarze Hose und den beigen Mantel. Sie schaute mich mit demselben Blick an, den sie während meiner ganzen Kindheit und eines Teils meines Erwachsenseins benutzt hatte. Einen, der strenge Geduld ausstrahlte.

»Wo bist du gewesen?« Meine Stimme brach. Ich sah das leiseste Aufflackern von etwas Unbestimmtem in ihren Augen und sie atmete tief durch.

»Warum bist du mir gefolgt und hast dich vor mir versteckt?«

»Die Antworten werden dir nicht gefallen, Beth.«

Wut schoss durch mich hindurch. »Glaubst du, es hat mir Spaß gemacht zu glauben, dass ihr beide tot seid? Wo ist Papa?«

Diesmal war ich sicher, dass ich den Schmerz in ihrem Gesichtsausdruck sehen konnte. »Ich kann es dir nicht sagen.«

Ich starrte sie an.

»Was?«

»Ich kann es dir nicht sagen. Ich weiß, es klingt unglaubwürdig, aber ich kann es wirklich nicht.«

»Das darf doch nicht wahr sein!« Ich atmete tief durch und rieb mir mit den Händen über das Gesicht, weil mir bewusst war, wie nahe ich daran war, die

Kontrolle zu verlieren. Überforderung beschrieb nicht einmal annähernd das, was ich in diesem Moment fühlte.

»Mama, du bist gerade aufgetaucht, um mich vor einem verdammten Höllenhund zu retten, nachdem du fünf Jahre lang verschwunden warst. Sag mir, wo Papa ist und was zum Teufel hier los ist!«

»Es gibt keinen Grund zu fluchen«, sagte sie mit geschürzten Lippen.

»Willst du mich verarschen? Wenn es jemals eine Zeit zum Fluchen gab, dann ist es jetzt!« Meine Stimme war so laut geworden, dass der Taxifahrer uns einen Blick über die Schulter zuwarf.

»Beth, beruhige dich.«

»Nein! Warum habt ihr mich verlassen?« Meine Augen brannten, und meine restliche Kontrolle drohte, mich zu verlassen.

» Ist Papa am Leben?«

»Ja.«

Ich schnappte nach Luft, und meine Tränen liefen mir die Wangen hinunter.

Gott sei Dank. Gott sei Dank, er war am Leben. *Sie waren beide am Leben.*

Erleichterung überkam mich schließlich und durchbrach den panischen Schock. Jahrelange Trauer und enttäuschte Hoffnungen bäumten sich zu einer epischen Flutwelle von Emotionen auf und ein Schluchzen löste sich aus meiner Kehle. Mama streckte unbeholfen ihre Hand nach mir aus. Sie hatte Zuneigungsbekundungen noch nie wirklich gemocht. Aber in diesem Moment war mir das egal. Ich schlang meine Arme um sie und ließ meinen Tränen freien Lauf.

»Ich habe dich vermisst«, schniefte ich in ihre Schulter, während sie mir den Kopf tätschelte.

»Ich habe euch beide so sehr vermisst. Ich habe euch gesucht, jahrelang. Ich dachte, ihr wärt tot.«

»Es tut mir so leid, Beth.«

Ich lehnte mich zurück und wischte mir mit meinem Arm über das Gesicht.

»Wo wart ihr? Warum seid ihr weggegangen?«

»Ehrlich gesagt, Beth, kann ich es dir nicht sagen. Ich wünschte, ich könnte es.«

»Warum? Warum kannst du es mir nicht sagen?«

Sie starrte mich an, ihr strenges Gesicht war ausdruckslos.

»Ich wollte nicht gehen.«

»Wurdest du entführt?«

»Ja.«

»Von wem? Derselben Person, die Nox zu Fall bringen will?«

Ihr Mund wurde noch schmaler.

»Ich kann dir gar nicht sagen, wie enttäuscht ich von der Begleitung bin, die du gewählt hast, Bethany. Ich nehme an, dass du jetzt zu ihm gehst? Dass du den Teufel besuchen wirst?«

Sie sagte Teufel, als ob das Wort schmutzig wäre.

»Mama, wer hat dich und Papa entführt?«

»Wenn du mir immer wieder dieselben Fragen stellst, bin ich gezwungen, mich ständig zu wiederholen. Ich kann es dir nicht sagen.«

»Kannst du nicht oder willst du nicht?«

Sie seufzte erneut.

»Ich wusste, dass es schwer werden würde. Da du so

hartnäckig bist, werde ich es dir beweisen.« Ihre Stimme wurde zum Ende ihres Satzes hin belegt und sie holte tief Luft.

»Der Entführer...« Plötzlich kippte sie nach vorne.

»Mama?«

Ihr Kopf kippte nach hinten, sie wurde kreidebleich und ihre kleine Armbrust fiel auf den Sitz, während sie ihren Hals umklammerte.

Als ich sah, was passierte, wurde mir schlecht. Vor meinen Augen spaltete sich ihre Zunge und verwandelte sich in eine sich windende Masse winziger schlangen-ähnlicher Dinger, die ihren Mund füllten. Doch dann stieg Wärme in mir auf und umhüllte uns beide, und die schrecklichen Schlangenzungen wurden langsamer.

»Mama«, sagte ich wieder und hielt ihren Arm fest, ohne eine Ahnung zu haben, wie ich ihr helfen konnte.

Ich konnte nur zusehen, wie sie versuchte, nach Luft zu schnappen, bis die Schlangen wieder schrumpften und ihre Zunge sich endlich wieder zusammensetzte.

»Glaubst du mir jetzt?«, würgte sie, als sie wieder sprechen konnte.

»Ich habe einen Zungenbindefluch. Jeder, den sie geholt haben, wurde mit dem gleichen Fluch belegt«

Ich erinnerte mich daran, was mit Max Zunge passiert war, als er verhört worden war, und ich erschau-derte und streichelte ihr den Rücken. Sie hatte fünf Jahre in der Gefangenschaft eines Monsters verbracht.

»Wie konntest du entkommen? Warte, warst du eine Gefangene im Hauptquartier der Wache? Warum hast du im Radio gesagt, dass ich dich nicht finden darf?«

Sie versteifte sich plötzlich und die Armbrust neben ihr flackerte auf.

»Ich hätte dir nicht helfen sollen«, zischte sie. »Ich muss jetzt gehen.«

»Nein!« Ich hielt ihren Arm fest und Panik überflutete mich.

»Nein, ich habe dich gerade erst gefunden, du kannst nicht gehen!«

»Ich muss.«

»War die Nachricht von dir?« Ich zögerte, weil ich die nächste Frage nicht herausbekam. *Hast du Madaleine getötet?*

»Sprich nicht von diesen Dingen, Bethany. Ich muss gehen.«

»Bitte, Mama. Sag mir wenigstens... Sag mir wenigstens, ob es Papa gut geht? Vermisst er mich?« Ich wusste, dass ich wie ein verletztes Kind klang, aber das war mir egal.

Mamas Augen wurden weicher und ihre Strenge wich, während sie meine Hand drückte.

»Er würde sofort an meiner Stelle hier sein. Er hat dich jeden Tag vermisst. Genau wie ich.«

Tränen liefen mir über die Wangen.

»Ich habe so viele Fragen«, sagte ich und versuchte, meine Gedanken in eine sinnvolle Reihenfolge zu bringen.

»Es tut mir leid, Beth«, sagte sie.

»Halte die Hoffnung deines Vaters am Leben.«

Ein grüner Lichtstrahl umhüllte sie und sie verschwand.

SIEBZEHN

BETH

Als wir uns Nox' Haus in der Grosvenor Street näherten, war ich wie benommen. Meine Tränen hatten zwar aufgehört, aber eine Art Taubheit hatte mich ergriffen. Der Fahrer hatte es nicht in zwanzig Minuten geschafft, sondern nur in knapp dreißig. Ich zahlte ihm den Aufpreis und rannte die Stufen zur Haustür hinauf. Meine Beine waren schwer wie Blei, der Kampf mit Banks hatte seinen Tribut gefordert. Das Adrenalin schoss immer noch durch mich hindurch und ließ meine Hände zittern, als ich den Türklopfer ergriff. Es kam mir nicht einmal in den Sinn, meinen neuen Schlüssel zu benutzen.

Die Tür öffnete sich.

»Nox...«, begann ich, seine Miene verfinsterte sich augenblicklich, und er kam auf mich zu, um mich in seine Arme zu schließen.

»Das ist... Schwefel.« Er spannte sich an und Hitze strahlte von ihm aus. »Was ist passiert?«

»Banks. Mit seinem eigenen Höllenhund als Haustier.« Nox stieß mich von sich weg und sah mir ins Gesicht. Wut brodelte in ihm. »Und... meine Mutter hat mich gerettet. Sie hat Banks und den Höllenhund mit einer Art grüner Magie außer Gefecht gesetzt, und jetzt... Jetzt ist sie wieder weg.«

Ich sah, wie sich seine Augen weiteten und dann weich wurden.

»Komm rein.«

Nox führte uns in einen Raum im hinteren Teil des Erdgeschosses, in dem ich noch nie gewesen war. Es war ein Wohnzimmer mit zwei großen weißen Ledersofas und einem großen Zottelteppich in der Mitte. Hohe Art-Déco-Lampen standen in jeder Ecke und ein riesiger Kamin mit einer Marmorverkleidung nahm fast die ganze Rückwand ein. Das Feuerholz in der Feuerstelle war nicht angezündet.

Er setzte mich auf die Couch, dann ging er vor mir in die Hocke und fixierte mein Gesicht. Seine Hitze hatte nachgelassen, aber sein Blick war immer noch ernst. Er nahm meine Hand seine und eine wundervolle Wärme umhüllte mich. Mein Kopf wurde klarer und die Luft schien leichter in meine Lungen zu strömen.

»Erzähl mir genau, was passiert ist.«

»Banks hat vor meiner Wohnung gewartet. Er sagte, er wolle mich mitnehmen, um an dich heranzukommen. Er und der Höllenhund hatten mich eingekesselt, und dann hat meine Mutter mit einer grünen Armbrust auf ihn und den Höllenhund geschossen und sie außer Gefecht gesetzt.« Ich blinzelte zu ihm hinunter.

»Meine Mama, Nox. Meine Mama.«

Wieder stiegen mir Tränen in die Augen und meine

Kehle wurde trocken. Aber jetzt, wo ich bei Nox war, seine Wärme und seine Sicherheit mich einhüllten, war mein Verstand klar genug, um sich durch die überwältigenden Gefühle zu kämpfen und zu einer Erkenntnis zu gelangen.

Ich warf meine Arme um Nox und ließ den Tränen freien Lauf.

»Nox, sie sind am Leben! Sie sind beide am Leben. Papa ist ein Engel der Hoffnung, und er lebt.«

Nach einer Weile lehnte ich mich zurück. Nox Lächeln ließ meine Brust noch mehr anschwellen und endlich entwich ihr ein Lachen. Sein Lächeln war echt und seine Erleichterung war in seinen leuchtenden Augen deutlich zu sehen.

»Ich kann es nicht glauben. Ich habe sie gesehen. Ich habe meine Mutter gesehen, und sie leben beide.«

»Sag mir, was sie zu dir gesagt hat.«

Ich tat mein Bestes, um das Gespräch so genau wie möglich wiederzugeben. Das Lächeln von Nox verschwand allmählich, während ich sprach.

»Beth... Das passt alles zu deiner Theorie, dass die Heiligen entführt worden sind. Wer auch immer dahintersteckt, ist mächtig und gefährlich. Und es klingt nicht so, als wäre deine Mutter ihnen entkommen.«

»Was?«

»Deine Mutter ist ein Mensch. Damit ein Mensch eine solche Waffe benutzen kann, muss sie mit fremder Magie durchdrungen sein.«

Ich starrte ihn an und versuchte zu verstehen, was er sagte. »Jemand hat ihr also eine magische Waffe gegeben?«

»Ja.«

»Die Person, die ihr zur Flucht verholfen hat?«

»Oder ihr Entführer.«

»Das verstehe ich nicht.«

»Sie ist dir gefolgt, hat aber Abstand gehalten. Warum sollte sie das tun? Du bist ihre Tochter - sie hätte sofort zu dir kommen sollen, als sie dich gefunden hatte. Du hast sie im Radio sagen hören, dass sie nicht wollte, dass du sie findest. Jemand hat sie weggerufen, bevor sie dir vorhin im Auto zu viel sagen konnte. Das hört sich alles nicht gut an.« Seine Stimme war sanft, aber seine Worte fühlten sich in meinem Kopf wie Messerstiche an. Er hatte recht.

Mamas Mangel an Zuneigung war typisch, aber sie liebte mich und hatte mich immer geliebt. Wenn sie dem zungenschnürenden Monster, das sie gefangen hielt, entkommen wäre, hätte sie mich sicher sofort aufgesucht und sich nicht im Schatten vor mir versteckt.

»Aber sie hilft mir. Die Nachricht über das Museum und dass sie mich vor Banks gerettet hat…«

»Ich glaube nicht, dass sie geflohen ist, Beth. Ich glaube, sie ist nach London geschickt worden. Wahrscheinlich von ihrem Entführer.«

»Warum?«

»Sie kann dich benutzen, um an mich heranzukommen.«

»Was? Nein.« Ich schüttelte verwirrt den Kopf.

»Nein. Sie ist meine Mutter.«

»Deshalb hat sie die Regeln gebrochen und dich heute vor Banks gerettet. Aber Beth, sie muss ein bestimmtes Ziel verfolgen, und sie wird von jemandem mit starker Magie unterstützt. Es ist nicht einfach, einen Höllenhund oder einen Engel auszuschalten.«

»Meine Mutter ist ein guter Mensch. Der *beste* Mensch, sie ist tugendhaft, selbstlos und freundlich. Sie würde niemals unehrlich sein oder für einen Entführer oder Mörder arbeiten.«

Nox drückte meine Hand fester.

»Was würde sie tun, um deinen Vater zu retten?«

Ich starrte ihn an. Was *würde* sie tun?

»Ich will damit nicht sagen, dass sie ein schlechter Mensch ist oder dass sie dich nicht liebt. Aber wir müssen hier sehr, sehr vorsichtig sein. Sie ist die perfekte Falle.«

Wut mischte sich in meiner Verwirrung und ich zog meine Hand zurück.

»Falle? Sie ist keine Falle, sie ist meine Mutter. Sie hat mir gerade das Leben gerettet.«

»Und dafür bin ich ihr ewig dankbar«, hauchte er.

»Beth, ich verspreche dir hier und jetzt, dass ich alles in meiner Macht Stehende tun werde, um sie und deinen Vater zu retten. Alles.«

Seine Flügel entfalteten sich langsam hinter ihm und ein goldener Schein erhellte den Raum, als die schimmernden Federn sich weit ausbreiteten.

»Was machst du da?«

»Einen Schwur leisten. Ich mag ein gefallener Engel sein, aber ich bin trotzdem ein Engel. Mein Schwur ist unwiderruflich.«

Er streckte seine Hände wieder aus und nach einem kurzen Zögern nahm ich sie.

Bei der Berührung sprühten Funken und eine unbändige Kraft überkam mich, ein überwältigendes Gefühl der Überzeugung nahm alle meine Sinne ein. Echte, ungezügelte Hingabe strömte von ihm in mich hinein.

Er würde sein Wort halten. Er würde alles tun, was er konnte, um meine Eltern zu retten.

Er würde nicht ruhen, bis sie in Sicherheit waren. Er war bis zum Ende bei mir, egal was passierte.

Ich war nicht mehr allein.

»Danke«, flüsterte ich. Das Leuchten seiner Flügel hinter ihm war so hell, dass sein Gesicht dunkler erschien, abgesehen von seinen leuchtend blauen Augen. Ich streckte die Hand aus und fuhr mit den Fingern über seinen harten Kiefer, der sich so stark von den weichen goldenen Federn abhob. Es war atemberaubend, wie er vor mir kniete. Göttlich.

»Ich würde alles für dich tun, Beth.«

»Und ich für dich.«

Und ich wusste, dass es wahr war. Für uns beide.

Ich atmete tief ein und versuchte, mich zu konzentrieren. Ich sehnte mich danach, mich ihm hinzugeben und alles zu vergessen. Aber ich hatte gerade meine Mutter gesehen. Zum ersten Mal seit fünf Jahren.

Und was Nox gesagt hatte, war nicht zu leugnen. Irgendetwas stimmte nicht.

»Nox, ich weiß nicht, was ich tun soll«, hauchte ich.

»Ich denke du solltest etwas trinken.« Er stand auf und strich mir mit dem Daumen über die Wange. Seine Flügel zogen sich langsam auf seinem Rücken zusammen, ihr Leuchten wurde schwächer. Er trug eine Jeans und ein enges T-Shirt, und ich bemerkte vage, dass er barfuß war.

Er ging zu einem hölzernen Globus auf Rädern und hob den Deckel an, um eine Bar darin zu enthüllen. Ich sah zu, wie er eine bernsteinfarbene Flüssigkeit in zwei Gläser goss.

Ich wiederholte seine Worte und verstand nun auch ihren Sinn.

Mama ist nicht geflohen. Sie selbst hatte nie gesagt, dass sie geflohen war. Was war also ihr Plan? Wer hatte ihr die Magie gegeben?

»Hier.« Nox reichte mir eins der Gläser. Scotch, stellte ich fest, als ich den Geruch wahrnahm.

Dankbar kippte ich einen großen Schluck hinunter und genoss das Brennen, als er durch meine Kehle floss.

» Mama kann nicht mit Banks in Verbindung stehen, da sie ihn erschossen hat. Banks hat deutlich gemacht, dass er hinter dir her ist«, sagte ich.

»Warum?«

Nox ließ sich neben mich auf das Sofa fallen.

»Ich weiß es nicht. Ich weiß nur, dass ich ihn töten werde.«

Die tödliche Entschlossenheit in seinem Ton ließ mich zurückschrecken. Ein Teil von mir missbilligte die Vorstellung, dass er jemanden tötete. Der andere Teil von mir erinnerte sich an Banks Gesicht, als er versucht hatte, mich in der Zelle zu töten, und an die Furcht, die die Höllenhunde in mir ausgelöst hatten. Dieser Teil von mir wollte, dass Nox dafür sorgte, dass Banks nie wieder jemandem etwas antun konnte.

»Ich glaube, er hat Madaleine getötet. Damit er an ihre Seite kommt«, sagte ich.

Nox hob eine Augenbraue.

»Ich frage dich nur ungern, aber besteht die Möglichkeit, dass es deine Mutter gewesen sein könnte?«

Ich schüttelte den Kopf.

»Nein. Sie könnte zwar dort gewesen sein oder wissen, wer es gewesen war, aber ich glaube nicht, dass sie jemanden töten könnte.«

»Vielleicht nicht direkt. Aber könnte sie Madaleine dorthin gelockt haben? Für denjenigen, der ihr die Magie gegeben hat?«

Ich rutschte unbehaglich hin und her und nahm einen weiteren Schluck Whisky. »Nein.« Ich wechselte das Thema.

»Was für eine Art von Magie kann sie in einer Lichtwolke verschwinden lassen? Deine Brüder machen das doch auch, oder? Aber dich habe ich noch nie dabei gesehen.«

»In der Hölle kann ich mich so bewegen, aber nicht in deiner Welt hier. Technisch gesehen gehöre ich nicht hierher, im Gegensatz zu meinen Brüdern.« Den letzten Satz stieß er zwischen gepressten Zähnen hervor.

»Es handelt sich um ungewöhnliche Magie, ganz sicher. Noch dazu, wenn man sie auf jemand anderes überträgt. Flaschengeister könnten das.«

»Könnte Techa dahinterstecken?«

Nox runzelte die Stirn.

»Es hört sich an, als ob sie genauso begabt ist wie deine Mutter.«

»Vielleicht helfen sie sich gegenseitig?«

Nox schüttelte den Kopf.

»Wohl kaum.«

Ich seufzte.

»Glaubst du, ich werde sie wiedersehen?«

»Ja.«

»Bald?«

»Ja.«

»Ich kann dir gar nicht sagen, wie erleichtert ich bin, dass sie beide noch leben. Was auch immer ihre Aufgabe ist, sie hat mich heute gerettet. Ich habe jahrelang davon geträumt, ihr Gesicht wiederzusehen. Und heute habe ich es gesehen.« Ich nahm einen weiteren großen Schluck.

»Wir werden sie finden. Und in der Zwischenzeit erzählt Behemoth Techa hoffentlich alles, was sie hören muss, und wir werden herausfinden, wer das Buch hat.«

»Und wenn er es nicht tut?«

Nox nahm einen großen Schluck von seinem eigenen Glas, bevor er mich ruhig anblickte.

»Dann werde ich London selbst auseinandernehmen, um es zu finden.«

ACHTZEHN

BETH

»Guten Morgen, meine Schöne.«

Ein temperamentvoller irischer Akzent riss mich aus dem Tiefschlaf, ich drehte mich um und blinzelte meine Müdigkeit weg. Nox stand neben dem Bett im Gästezimmer.

»Hi.«

Er streckte seine Hand aus und strich mir die widerspenstigen Haare aus dem Gesicht. Ich hatte einen Moment lang Angst, dass er mich ungeschminkt und mit zerzaustem Haar sehen würde, aber als er sich zu mir herunterbeugte und meine Stirn küsste, war meine Angst verflogen.

»Wie fühlst du dich?«

Ich brauchte eine Sekunde, um mir meine Antwort zu überlegen.

»Glücklich. Die beste Nachricht, die ich mir erhoffen konnte, war, dass sie beide leben. Und das tun sie. Und das Beste ist, dass meine Mutter auf mich aufpasst. Sie hat mich gestern gerettet.«

Außerdem war ich nicht mehr allein auf der Suche nach ihnen. Nox hatte einen unwiderruflichen Schwur geleistet, dass er all das mit mir durchstehen würde, egal was passierte. Mein Herz schien in meiner Brust anzuschwellen, als ich zu ihm aufblickte.

Er lächelte.

»Zieh dich an. Wir haben heute eine Menge zu tun. Wir müssen sicherstellen, dass du niemanden mehr brauchst, der dich rettet.«

»Hm?«

»Malcolm hat endlich etwas in die Hände bekommen. Etwas für dich. Wir müssen es abholen und ihm erzählen, was wir jetzt über deine Mutter wissen.«

»Was ist es?«

»Eine Waffe. Und dann müssen wir sehen, ob du etwas von der wunderbaren Höllenmagie in dir nutzen kannst.«

Vor Aufregung setzte ich mich sofort auf.

»Werde ich wirklich versuchen, Magie zu lernen?«

»Ja. Wir sehen uns dann unten.«

Ich zog mich blitzschnell an und entschied mich für eine lässige Stretch-Jeans und ein T-Shirt, damit ich genügend Bewegungsfreiheit hatte, falls es nötig wurde.

Claude stand vor dem Haus und reichte uns beiden Keramikbecher, bevor er uns die Autotüren öffnete.

»Danke, Claude.«

Ich schnupperte an dem köstlichen Kaffee, während ich mich auf dem Ledersitz niederließ.

»Ich liebe diesen Wagen«, sagte ich. »In diesem Auto fühle ich mich immer sicher.«

Nox streckte seine Hand nach mir aus und legte sie auf mein Knie.

»Bei mir kannst du dich immer sicher fühlen.«

»Ich werde mich noch sicherer fühlen, wenn ich eine magische Waffe habe«, sagte ich vergnügt und klang dabei ein bisschen wie ein Kind an Weihnachten.

»Guten Morgen!« Mit einem kurzen Aufblinken von schwarzem und violettem Licht erschien Behemoth auf dem Sitz mir gegenüber.

»Ich bin zurück«, verkündete die kleine Ziege überflüssigerweise.

Mein Magen kribbelte.

»Das sehe ich. Hast du mit Techa gesprochen?«

»Das habe ich in der Tat.«

Ich hob meine Augenbrauen und wartete auf mehr. Aber Behemoth starrte mich nur an. »Was hat sie gesagt?«

»Dass sie keinen Grund sieht, dir zu helfen.«

Meine Hoffnung schwand.

»Warum bist du dann wieder hier?«, stieß Nox hervor.

»Weil du deinen Stein zurückhaben willst, nehme ich an«, seufzte ich und holte ihn aus meiner Handtasche.

»Nein. Ich bin zurück, weil ich überzeugt bin, dass du mehr Zeit brauchst. Es ist noch nicht genügend Zeit vergangen, um einen vernünftigen Bericht schreiben zu können. Ich konnte meine Herrin von meinem Urteil überzeugen, und sie hat mir erlaubt, meine Beobachtungen fortzusetzen. «

Diese Aussicht gab mir Hoffnung. *Hoffnung. Die Kraft*

meines Vaters. Ich strahlte Behemoth an, beugte mich vor und tätschelte ihm zwischen den Hörnern den Kopf.

»Du hast Recht, Behemoth. Wir hatten noch nicht genug Zeit zusammen verbracht. Ich danke dir.«

Er nickte zustimmend.

»In der Tat. Habe ich etwas verpasst, während ich weg war?«

»Ähm, ja. Nur ein bisschen.«

Als Nox an Malcs Bürotür klopfte, war ich seltsam froh, das blasse Gesicht des Vampirs zu sehen.

»Boss, Lady Boss«, begrüßte er uns mit einem Grinsen, als wir den abgedunkelten Raum betraten.

»Was diese Lady-Boss-Sache angeht, ich bin nicht dein Boss...« setzte ich an, aber Malc wedelte fröhlich mit den Händen und schüttelte dabei den Kopf.

»Zu spät! Jetzt habe ich mich daran gewöhnt, ich kann dich unmöglich anders nennen. Außerdem vögelst du den Boss. Das macht dich zum Lady Boss.«

Ich seufzte resigniert.

»Ist das eine Höllenziege?«, fragte Malc und starrte auf Behemoth hinunter.

»Ja. Wo ist die Waffe?«, sagte Nox.

»Cool«, sagte Malc und schaute auf die Ziege hinunter, die sich jetzt putzte. »Ich bin nicht cool, ich bin heiß. Und genial«, erwiderte Behemoth.

Malc grinste.

»Das bist du wirklich.«

»Malcolm. Die Armbrust. Bitte.«

»Tut mir leid, Boss.« Malc stand von seinem Stuhl auf, was ich noch nie zuvor gesehen hatte, und schlenderte um den Schreibtisch herum.

»Du bist viel größer, als ich dachte«, sagte ich.

»Zwei Meter zehn«, murmelte er und duckte sich.

»Los geht's.« Er richtete sich wieder auf, und in seiner Hand war eine kleine Armbrust zu sehen.

»Aber... Aber das ist genau wie die, die meine Mutter hatte!«

Malc blinzelte mich an, seine roten Augen leuchteten.

»Das ist sogar wahrscheinlich, ja. Deine Mutter ist ein Mensch. Das ist eine von nur zwei magischen Waffen, die ein Mensch benutzen kann. Die andere ist ein Streitkolben, und davon gibt es nur drei auf der ganzen Welt, also wäre ich tief beeindruckt, wenn sie so einen hätte.« Er runzelte die Stirn.

»Warte mal, hast du deine Mutter gesehen?«

»Das habe ich.« Ich erzählte ihm, was passiert war, und noch bevor ich fertig war, saß er wieder an seinem Schreibtisch und ließ seine Finger über die Tastatur fliegen.

»Zungenbindezauber sind übel «, sagte er, als ich fertig war.

»Schmutzige Magie.«

»Es war furchtbar mit anzusehen.«

»Sie war also die Person im Mantel, die dir gefolgt ist?«

»Woher wusstest du das?«

»Rory hat es mir jedes Mal erzählt, wenn du sie gesehen hast.«

»Hat sie das wirklich?«

»Jawohl.« Er nahm die Armbrust vom Tisch, wo er sie hingelegt hatte.

»Die leuchten normalerweise nicht grün und sollten keine Höllenhunde ausschalten können«, sagte Nox, seine Stimme war im Gegensatz zu Malcs aufgeregtem Geplapper tief.

»Diese hier wird gegen Höllenhunde wirksam sein, weil sie mit meiner Magie durchdrungen ist.«

Ich nickte begeistert, weil ich mich freute, etwas zu haben, das ich gegen die schrecklichen Kreaturen einsetzen konnte. Gleichzeitig betete ich, dass ich die Waffe nie brauchen würde.

»Aber Malcolm hat recht, es ist überraschend, dass die Waffe deiner Mutter funktioniert hat.«

»Ich frage mich, wer sie mit Magie ausgestattet hat«, überlegte Malc laut.

»Wir haben gehört, wie sie mit jemandem im Hauptquartier der Wachegesprochen hat. Die könnten ihr geholfen haben«, schlug er vor.

»Sie könnten auch ihre Entführer sein«, knurrte Nox.

»Ich kann mir nicht vorstellen, dass Michael Engel entführt, Boss«, sagte Malc unbeholfen.

»Diese Diskussion führt zu nichts«, sagte Nox, und Malc drehte sich wieder zu seinem Bildschirm.

»Ich suche nach grüner Magie und überprüfe die Überwachungsvideos von der Stelle, wo du sie in der Nähe des Ritz gesehen hast. Ich überprüfe auch noch einmal, was ich aus dem Museum habe. Vielleicht können wir herausfinden, wohin sie gegangen ist, nachdem sie aufgehört hat, dich zu verfolgen, Beth.«

»Gut«, sagte Nox und riss die Tür auf. Malc schob mir

die Armbrust über den Schreibtisch zu und wandte seine Augen von dem schwachen Licht der offenen Tür ab.

»Viel Glück«, flüsterte er.

»Danke«, sagte ich, schnappte mir die Waffe und eilte Nox hinterher.

»Wo lernen wir, wie man das benutzt?«, fragte ich und drehte die kleine Waffe in meinem Schoß um, als wir wieder im Auto saßen. Sie war leicht, ihr Körper war aus dunklem Harz und der kleine Bogen an der Vorderseite und der Abzug darunter bestanden aus einem glänzenden Bronzematerial. In der Rille an der Oberseite steckte ein schlanker Metallbolzen, der nicht herauszufallen schien, selbst wenn ich die Armbrust auf den Kopf stellte. Sie war so leicht, dass ich annahm, dass sie leicht mit einer Hand abgefeuert werden konnte.

»Bei mir zu Hause«, antwortete Nox. Er streckte die Hand aus und berührte die Armbrust. »Sie hat nur einen Bolzen, und der verlässt die Waffe nicht wirklich. Der Bolzen kanalisiert Magie und feuert sie an seiner Stelle ab.«

»Okay.«

»Hast du schon mal mit einer Armbrust geschossen?«

»Nein. Aber ich habe gelernt, mit einer Handfeuerwaffe zu schießen, bevor ich nach London kam.«

Er hob eine Augenbraue an.

»Gut. Dann kennst du dich mit Rückstoß und Rückschlag aus.« Ich nickte.

»Das ist bei der Armbrust dasselbe, also ziel tiefer.

Und um bevor du die Armbrust benutzt, ziehst du diesen Draht zurück.« Er berührte den straffen Draht, der den Bogen vorne mit dem Lauf verband.

»Verstanden.«

Wir schwiegen ein paar Augenblicke.

»Nox, wo in deinem Haus können wir üben? Ich will nämlich nichts von deinen schicken Sachen kaputt machen.«

Er warf mir ein schelmisches Lächeln zu.

»Es gibt viel von meinem Haus, das Sie noch nicht gesehen haben, Miss Abbott.«

»Wie schaffst du es nur, dass sogar das schmutzig klingt? Als ob du ein geheimes Sexverlies hättest, auf das sogar Madaleine stolz wäre«, murmelte ich.

»Ich habe kein geheimes Sexverlies. Aber wenn du dir eins wünschst, würde ich es gerne für dich einrichten.«

Als wir wieder in der Grosvenor Street ankamen, gingen wir zwar in den Keller hinunter, aber nicht in einen Kerker. Es war eine gut beleuchtete, moderne Sporthalle mit einem Bogenschießstand an der Rückwand.

»Du hast ein Fitnessstudio?«, fragte ich erstaunt, als ich eintrat.

»Ja, ich habe ein Fitnessstudio. Außerdem habe ich eine Sauna, einen Whirlpool, einen Pool, ein Kino, eine Bibliothek und einen Weinkeller.«

»Hm.«

Der Raum war mit hellem Holz getäfelt und wirkte dadurch ausgesprochen männlich und für ein Fitnessstudio seltsam gemütlich. Er war mit den üblichen Geräten wie Laufbändern und Hantelbänken ausgestattet, es roch nach gekühlter Luft.

Nox machte sich auf den Weg zum Bereich fürs Bogenschießen und ich folgte ihm.

»Wir müssen die Armbrust mit Magie durchtränken«, sagte er, und ich hielt die Waffe hoch, damit er sie mir abnehmen konnte. Er schüttelte den Kopf.

»Ich dachte, wir stecken deine Magie da hinein?« Ich runzelte die Stirn.

»Ich will zuerst sehen, ob du es schaffst, die Magie in dir in die Waffe zu kanalisieren.«

Ich starrte zweifelnd auf die Waffe hinunter.

»Ich kann es versuchen.«

»Hol den Stein von Behemoth. Er sollte helfen.«

»Okay.« Ich holte den Stein aus meiner Tasche, nahm sie von der Schulter und stellte sie auf dem Boden ab. Ich sah Nox an, den Stein in der einen und die Armbrust in der anderen Hand.

»Mach einfach genau das, was ich dir sage. Schließe deine Augen.«

Da ich bisher immer genau das getan hatte, was Nox mir sagte, schloss ich artig meine Augen.

»Gut. Jetzt suche nach meiner Magie in dir. Wo ist sie?«

Ich berührte mit einer Hand meine Brust.

»Hier.«

»Nimm sie wahr. Lass sie brennen.«

Ich tat, was er sagte, und ließ das Gefühl, das mir jetzt vertraut wurde, in mir aufsteigen.

Ich konnte es spüren, aber nur ein bisschen.

»Normalerweise kommt es nur, wenn du nicht da bist«, sagte ich zu Nox.

»Als ob es deine Abwesenheit wettmachen würde oder so.«

»Was ist normalerweise der Grund dafür, dass du es fühlst?«

»Wenn die Leute behaupten, dass wir nicht zusammen sein können«, gab ich verlegen zu.

Es schwieg lange, aber kurz bevor ich meine Augen öffnen wollte, sprach er weiter. »Denke daran. Wenn du die Magie in dir spürst, versuche, sie auf die Waffe zu lenken. Sieh die Waffe als eine Erweiterung von dir. Etwas, das dich gegen diejenigen verteidigt, die dir schaden wollen. Oder... Oder etwas, das du gegen diejenigen einsetzen kannst, die uns voneinander trennen wollen.«

Ich tat, was er sagte.

Ich dachte darüber nach, was Behemoth, Rory und Madaleine gesagt hatten, und dass wir nicht zusammenpassen würden. Ein gefallener Engel und ein Menschenmädchen, die durch einen tödlichen Fluch und einen unbekannten Feind getrennt waren.

Die Hitze stieg in meine Brust. Die Stimme in meinem Kopf, meine eigene, aber viel heftiger, begann zu sprechen.

Er gehört mir. Wir müssen zusammenbleiben. Wir werden zusammen sein. Und scheiß auf jeden, der versucht, das zu verhindern. Ich werde sie zu Fall bringen.

Die Armbrust brannte in meiner Hand und meine Augen öffneten sich. Goldenes Licht ging pulsierend von ihr aus, Schatten wirbelten über den Draht und schlängelten sich um den Lauf.

Ich sah zu Nox auf, der finster lächelt.

»Glückwunsch. Du hast jetzt eine Armbrust mit Höllenmagie.«

»Wirklich?«

»Wirklich. Außerdem sind deine Flügel verdammt schön.«

Er zeigte auf einen Ganzkörperspiegel auf der anderen Seite der Halle und ich keuchte auf.

Ich musste ihm Recht geben. Meine winzigen durchsichtigen Flügel waren nicht mehr winzig und durchsichtig. Sie waren nichts im Vergleich zu denen von Nox, aber sie waren solide. Ich ging langsam auf den Spiegel zu und staunte. Die Federn waren weniger dicht als die von Nox und weniger hell, und es gab viel weniger Schatten, die sich über sie bewegten. Ich zwang sie, sich zu regen, und versuchte, meine Schulterblätter innerlich zu spüren.

Ich spürte, wie kühle Luft über meinen Rücken strich, und hörte die Flügel in meinem Spiegelbild raschelten.

»Oh mein Gott«, hauchte ich.

»Ich habe sie bewegt!«

Nox gluckste.

»Stell dir vor, du füllst einen ganzen Raum mit ihnen. Stell es dir vor und lass deine Schultern spielen.«

Ich tat es, und langsam öffneten meine Flügel sich weiter. Ein bewunderndes »*Ooh*« entfloh meinen Lippen. Ich hatte die leuchtende Armbrust in meiner Hand schon fast vergessen. Ich wirbelte herum und sah Nox an.

»Kann ich fliegen?«

Sein Gesicht wurde ernst.

»Nur sehr wenige geflügelte Wesen können tatsächlich fliegen, und es ist extrem gefährlich, es zu versuchen.«

Meine Schultern sackten ein wenig zusammen.

»Das ist also ein Nein.«

»Du musst nicht fliegen können. Du hast mich.«

Nox eigene Flügel brachen hinter ihm hervor und mein Lächeln kehrte zurück. Ich schritt auf ihn zu und seine Federn raschelten leise.

Ein Klingeln ließ mich innehalten und Nox runzelte die Stirn, bevor er sein Handy aus der Tasche holte.

»Im Moment kommen nur Rorys Anrufe durch, und sie weiß, dass ich heute nicht gestört werden will. Wenn sie anruft, dann ist es wichtig«, sagte er entschuldigend.

Ich nickte und er hob das Telefon an sein Ohr.

»Ja?«, bellte er in den Hörer. Ich sah, wie die Verärgerung aus seinem Gesicht wich. Er schaute mich an.

»Die vom Ritz haben gerade angerufen. Ich glaube, sie haben deinen Dämon gefunden.«

NEUNZEHN

BETH

Nox meinte, es sei schneller, zum Ritz zu laufen als zu fahren, und er hatte Recht. Mit unserem zügigen Tempo waren wir in nur acht Minuten dort.

»Sie können da nicht hineingehen, Sir«, sagte ein Wachmann, der auf dem Bürgersteig stand und versuchte, den Eingang des Restaurants zu blockieren. Vor ihm, zerzaust und leicht schwankend, stand Cornu.

Ich ging langsam auf ihn zu, da ich die Aufmerksamkeit des Dämons noch nicht auf mich ziehen wollte. Aber Nox trat hinter mich und Cornus Augen blitzten sofort zu uns auf, seine undeutlichen Proteste gegenüber dem Wachmann verstummten. Ich sah, wie er sich verkrampfte, und wusste, dass er gleich weglaufen würde.

Eine Hitzewelle strömte hinter mir hervor und Cornu stöhnte leise auf. Schattenhafte Ranken legten sich um ihn und hielten ihn still. Der Wachmann runzelte die Stirn.

»Geht es dir gut? Hast du Schmerzen?«

Mir wurde klar, dass es, wenn man die Schatten nicht sehen konnte, so aussah, als hätte Cornu einen Anfall oder einen Herzinfarkt oder so etwas. Ich ging schnell zu ihm hinüber und sobald ich näherkam, schlug mir der Whiskygeruch entgegen, der von Cornu ausging.

»Es geht ihm gut«, sagte ich zu dem Wachmann und legte meine Hand auf Cornus Arm. Unter seinem dünnen Hemd war seine Haut heiß und feucht und er stöhnte.

»Er hat nur ein bisschen zu viel getrunken. Wir kümmern uns um ihn.«

Der Wachmann öffnete sichtlich besorgt den Mund, aber als er Nox hinter mir sah, nickte er schließlich.

Die Schatten flackerten auf und Cornu drehte sich unbeholfen um, als wäre er eine willenlose Marionette. Gemeinsam machten wir uns auf den Weg die Straße hinunter. Am Ende des Blocks erreichten wir den Green Park und ich steuerte direkt auf eine freie Bank zu. Die Schatten verschwanden und Cornu ließ sich auf die Bank sinken.

»Was zum Teufel willst du?«, knurrte er. Seine Augen waren rot und eingefallen, und seine Kleidung war eindeutig nicht mehr frisch.

»Das mit Madaleine tut mir leid«, sagte ich mitfühlend und setzte mich neben ihn.

»Blödsinn.« Er blickte zu Nox auf. »Du wolltest ihr ihre Macht wegnehmen.«

Nox wollte gerade zum Sprechen ansetzen, als ich von der Bank aufsprang.

»Gib mir ein paar Minuten allein mit ihm. Bitte.«

Nox beäugte mich kurz, dann sah er den Dämon an.

»Wenn du versuchst, wegzulaufen, wird es sehr weh tun«, sagte er drohend.

Cornu stieß einen wütenden Laut aus, starrte auf den Boden und weigerte sich, Nox anzusehen. Es war eine Trotzreaktion und ich spürte, wie Nox wütend wurde. »Bitte«, wiederholte ich, diesmal eindringlicher, und starrte ihn an.

Nox wirbelte herum und stürmte auf eine große Eiche zu. Behemoth blieb wie gewöhnlich bei meinen Knöcheln. Ich setzte mich wieder auf die Bank.

»Ich weiß, dass sie dich geliebt hat«, sagte ich leise. Cornus Augen wanderten zu mir herüber.

»Wie?«

»Ich sah es in ihrem Gesicht und hörte es in ihrer Stimme.«

Er schüttelte den Kopf.

»Sie wollte nicht, dass es jemand erfährt. Ich bin nur ein Dämon, und sie...« Er atmete zitternd ein. »Sie war eine verdammte Göttin unter den Engeln. Sie war unglaublich.«

»Ich habe sie bewundert. Sie war vieles, was ich auch gerne wäre.«

Cornu schaute mir ins Gesicht, seine Augen glitzerten vor unvergossenen Tränen.

»Du könntest niemals sie sein. Niemand könnte das.«

»Ich weiß. Lass mich dir helfen, sie zu rächen.«

Seine Augen verengten sich, sein Gesichtsausdruck wurde misstrauisch.

»Luzifer wollte ihr Leben zerstören. Ich weiß nicht, warum sie ihm geholfen hat.«

Sie *hatte* also versucht zu helfen? Das war interessant.

»Hat sie mir einen Zettel geschrieben, dass ich ins Museum gehen soll?«

Cornu zuckte mit den Schultern.

»Wir sind dorthin gegangen, weil sie gehört hatte, dass das Buch der Sünden dort hindurchgekommen ist. Ich wünschte, wir hätten es nicht getan.«

»Was ist passiert?« Ich hatte die Frage so sanft wie möglich gestellt, aber er verkrampfte sich trotzdem neben mir.

»Ich weiß es nicht. Ich wurde in die Hölle zurückgeschickt.«

»Von Madaleine?«

»Nein. Das würde sie nie tun. Ich bin nur neben ihr hergelaufen, vorbei am Dreifaltigkeitsbild, und dann, Bumm, war ich in der Hölle. Ich habe über eine Stunde gebraucht, um einen Weg zurück zu finden, und als ich zurückkam...«

»Hast du eine Ahnung, wer es gewesen ist? Oder warum?«

»Luzifer und sein verdammtes Buch. Deshalb waren wir im Museum. Es ist seine Schuld.« Er blickte hinüber zu Nox und Rory, die sich unter dem Baum unterhielten.

»Jemand versucht auch, ihn zu töten. Wir wollen ihn aufhalten. Ich glaube, es ist dieselbe Person. Wir haben denselben Feind, Cornu.«

Er schwieg einen Moment, dann sprach er leise weiter.

»Was wollt ihr von mir? Ich muss tun, was dieser Arsch Luzifer von mir verlangt, und ohne Madaleine hat es für mich keinen Sinn mehr zu kämpfen.«

»Madaleine hat ihre Sünden-Seite nicht verkauft,

oder?« Cornu lehnte sich nach vorne, die Ellbogen auf den Oberschenkeln, und stützte den Kopf in die Hände. Seine Hörner ragten zu beiden Seiten heraus, während er sich wütend mit den Fingern durch die Haare fuhr.

»Es war ihre. Das sind ihre Geheimnisse, die gehören nicht dir.«

»Es tut mir leid, Cornu. Wirklich. Aber nur so können wir sicherstellen, dass Madaleines Mörder gefasst wird.«

Er sah mich von der Seite an.

»Wird er leiden?«

Ich schluckte unbehaglich. Mir gefiel der Gedanke nicht, dass jemand leiden musste. Aber wenn wir denjenigen erwischten, der dahintersteckte, bestand kaum eine Chance, dass Nox es auf die leichte Schulter nehmen würde. Und wenn es Banks war, würde ich meine Meinung über leidende Menschen vielleicht sogar ganz auf den Kopf stellen. Dieser Mann hatte eine Tracht Prügel verdient.

»Nox ist für seine Strafen bekannt«, sagte ich ausweichend.

»Ich will dabei sein.«

Ich holte tief Luft.

»Das kann ich nicht versprechen. Wir wissen nicht einmal, wer es ist…«

»Ich will dabei sein«, wiederholte er starrköpfig.

»Wenn du versprichst, dass ich dabei sein kann, wenn Nox ihren Mörder bestraft, gebe ich dir die Seite.«

Mein Puls beschleunigte sich und ich spürte, wie mein Körper sich erwartungsvoll versteifte.

»Weißt du, wo sie ist?«

Er nickte.

Ich biss mir auf die Unterlippe, während ich nachdachte. Nox könnte ihn einfach dazu bringen, uns die Seite zu übergeben. Indem er mir sagte, dass er wusste, wo sie war, hatte er sich in die Karten schauen lassen. Und zuzusehen, wie ein Mensch vom Teufel bestraft wurde, war ziemlich makaber. Aber Cornu war ein Dämon, eine Kreatur aus der Hölle, und das war seine Welt. Die Frau, die er liebte, war gerade ermordet worden.

Ich schaute in sein verzweifeltes Gesicht und ertappte mich bei einer Antwort.

»Okay. Ich verspreche, ich werde mein Möglichstes tun. *Wenn* wir denjenigen fangen, der es gewesen ist.« Ich betonte das *wenn*.

»Schwörst du? Wirst du Luzifer dazu bringen, dass er mir erlaubt, dabei zu sein?«

»Ich kann Nox zu nichts zwingen, aber ich werde mein Bestes versuchen.«

Cornu kam langsam und leicht schwankend auf die Beine.

»Ruf Luzifer her.«

ZWANZIG

BETH

»Cornu wird uns zu Madaleines Seite bringen«, sagte ich, als ich Nox am Baum erreichte. Der Dämon warf Nox einen wütenden Blick zu, während er bei der Bank von einem Fuß auf den anderen trat.

»Er weiß, wo sie ist?«

»Ja.«

»Und er gibt sie uns freiwillig?« Ich konnte die Zweifel in Nox Tonfall hören und konnte ihn verstehen. Der Hass dieses Dämons auf ihn strömte aus jeder seiner Poren.

»Irgendwie schon«, sagte ich unbeholfen und weigerte mich, seinem Blick zu begegnen.

»Ich erzähle es dir später.«

Nox öffnete seinen Mund, betrachtete mich einen Moment und schloss ihn dann wieder.

»Geh voran.«

Gemeinsam gingen wir zurück zu Cornu.

»Ich habe einen Wagen in der Nähe«, sagte Nox.

»Wohin gehen wir?«

»Nicht nötig.« Cornu hob seine Hand und schlug sich selbst hart auf die Brust.

»Ich bin das Versteck. Sie hat die Seite in mir versteckt.«

Ich stand zwischen Nox und Cornu.

»Was soll das heißen?«

»Madaleine wurde aus gutem Grund als Wirtin für den Zorn ausgewählt. Sie war einer der mächtigsten gefallenen Engel, die ich kannte, und hatte vor nichts Angst. Nicht einmal vor ziemlich fieser Höllenmagie«, sagte Nox leise. Er fixierte Cornu mit seinem Blick.

»Sie hat die Seite an dich gebunden?«

Er schüttelte den Kopf.

»Nein. Sie ist in meinem Zuhause, in der Hölle. Ich bin der Schlüssel.«

»Wie funktioniert das?«, fragte ich.

Nox sah mich an.

»Madaleine hat die Seite in der Hölle versteckt und dafür gesorgt, dass sie nur über Cornu zugänglich ist. Sie war schlau. Nur ein sehr mächtiges Wesen aus der Hölle könnte ihm die Seite entreißen.«

»Ein sehr mächtiges Wesen aus der Hölle, wie du zum Beispiel«, zischte Cornu.

»Es gab keinen Ort, an dem sie die Seite hätte verstecken können, ohne dass du herankommst.«

»Es muss nicht wehtun«, sagte Nox zu dem Dämon. »Wenn du mit uns zusammenarbeitest.«

Cornu grinste ihn an.

»Es gibt nichts, was mich jetzt noch verletzen könnte. Nicht mehr.«

Nox verstummte.

»Bringen wir es hinter uns«, sagte er.

»Welche Beschwörungsformel hat sie benutzt?«

Die Luft hinter Cornu flirrte und schwarze und tiefrote Blitze wirbelten durcheinander, während Nox fremdartige Worte herunterleierte, die ich für Latein hielt. Behemoth schnatterte aufgeregt neben mir und Cornus Hörner färbten sich scharlachrot, während sich sein Gesicht vor Schmerz verzog. Instinktiv machte ich einen Schritt nach vorn, um einzugreifen und etwas zu tun, um ihm zu helfen, aber Behemoth beruhigte mich in meinen Gedanken.

»Luzifer weiß, was er tut.«

»Ist das die Hölle hinter Cornu?«

»Ja.«

Ich beobachtete, wie Nox seine Arme hob, die goldenen Flügel weit ausbreitete und die Schatten wie Tornados um ihn herumwirbelten. Ich sah mich im Park um. Zahlreiche Leute saßen im Gras, aßen oder lasen Bücher. Ein Paar ging mit einem weißen, flauschigen Hund spazieren. Niemand konnte den verdammten Engel der Hölle sehen, der in ihrer Mitte stand.

Plötzlich stürzten sich alle schattenhaften Tornados auf Cornu und er verschwand. »War das beabsichtigt?«

Rory antwortete mir nicht.

Nox blieb genau dort stehen, wo er war, Hitze strahlte von ihm aus und er hielt die Augen geschlossen. Mit einem Donnerschlag, der so laut war, dass ich nach Luft schnappte, tauchte Cornu wieder auf und stürzte in einem rot-schwarzen Blitz auf den Boden. Er rollte sich auf Hände und Füße und erbrach sich. »Oh mein Gott, geht es dir gut?«

Er wippte zurück auf seine Fersen, als ich mich ihm näherte. Er stank nach Schwefel und Schweiß rann ihm über Gesicht und Hals. Aus seinen Hörnern pulsierte eine seltsame dunkle Materie.

»Hier.« Er streckte seine Hand aus, in der sich ein kleines, eingerolltes Stück Papier befand. »Halte dein Versprechen. Bitte.« Ich schaute in sein blasses, erschöpftes Gesicht, als ich ihm die kleine Schriftrolle abnahm.

»Das werde ich.«

Sobald Nox mir das Stück Papier abgenommen hatte, flogen Schatten von der kleinen Seite, als würden sie herausgesaugt und dann von einem unsichtbaren Wind aufgepeitscht werden.

Nox klatschte die Hände zusammen, und als er sie auseinanderzog, brannte blaues Licht hell zwischen seinen Handflächen. Die Schatten stürzten sich in das Licht, drehten sich wie ein Wirbelwind, und auf einen Schlag sah ich sie über seine schimmernden Federn huschen, wirbelnd und ziellos.

Ich atmete tief aus, als das Licht verschwand.

Wir hatten es geschafft. Wir hatten eine weitere verlorene Sünde gefunden.

〜

Nox schwieg, bis wir zum Auto gelangten und allein waren. Na ja, sozusagen allein. Wenn man Behemoth nicht mitzählte.

»Was hast du Cornu versprochen?« In seiner Stimme lag ein Unterton, den ich bisher nicht kannte. Einen Moment lang hatte ich Angst, dass die Macht des Zorns in ihm zurückgekehrt war, aber er klang nicht wütend.

»Dass er dabei sein kann, wenn du den Mörder von Madaleine bestrafst. Ich weiß, dass das vielleicht nicht möglich ist, aber er tat mir leid.«

Nox starrte mich an und seine Augen leuchteten beängstigend. Er hatte einen wilden, fast ungezähmten Blick, und ich schaute kurz zu Behemoth, der auf dem ledernen Autositz saß und Nox ebenfalls anstarrte.

»Geht es dir gut?«

»Ich habe seine Seele gesehen.«

»Cornus?«

»Ja. Er ist ein Dämon. Er sollte keine Seele haben.«

»Okay... Was heißt das? Dass er eigentlich kein Dämon ist?«

»Nein. Er *ist* ein Dämon.« Nox intensiver Blick wanderte von mir zu Behemoth. »Ich will, dass du gehst.«

Behemoth blinzelte, dann schüttelte er langsam seinen gehörnten Kopf.

»Es tut mir leid, Luzifer. Das kann ich nicht.«

Nox starrte einen Moment ins Leere, dann antwortete er.

»Auch gut. Claude! Halt den Wagen an.«

In dem Moment, als der Wagen zum Stehen kam, riss Nox die Tür auf, packte mich am Arm und zog mich aus dem Auto. Ich hatte nicht einmal Zeit, zu sehen, wo wir waren, bevor sich seine Flügel entfalteten, er sich bückte und mich hochhob.

Ich keuchte, als er in die Hocke ging und dann in die Luft schoss.

»Nox! Wohin gehen wir?« Ich musste über den rauschenden Wind hinweg schreien und drückte mein Gesicht an seine Schulter, als er eng nach links und dann nach rechts abbog.

»Wo wir allein sein können. Wirklich allein.« Wir flogen so schnell, dass ich nichts sehen konnte, weil meine Haare um mein Gesicht peitschten und die eisige Luft meine Augen tränen ließ.

Nur wenige Augenblicke später wurden wir langsamer und ich konnte schwer atmend über seine Schulter spähen.

Big Ben.

Mit einem leisen Aufprall landete er auf der riesigen Uhr.

»Nox! Wir dürfen nicht hier oben sein!« Er ließ mich aus seinen Armen gleiten, so dass ich stand, zog mich aber sofort zu sich heran und hielt mich an meinen Oberarmen fest.

»Sieh mich an.«

Ich tat es, immer noch atemlos. Er sah noch wilder aus als im Auto.

»Was ist los?«

»Er hat sie geliebt.«

»Was?«

»Er hat sie geliebt. Er will nicht ohne sie leben.«

»Cornu?«

»Ja. Er sollte nicht in der Lage sein, so zu lieben. Man braucht eine Seele, um so zu lieben.«

»Du hast doch gerade gesagt, er hätte eine Seele.«

»Das tut er jetzt. Aber er wurde nicht mit einer erschaffen.«

Ich runzelte verwirrt die Stirn.

»Du meinst, Madaleine hat ihm irgendwie eine Seele verschafft?«

»Nein. Die *Liebe* hat ihm eine Seele geschaffen.«

EINUNDZWANZIG

NOX

Was ich in Cornu gesehen hatte... Er hatte jemanden verloren, den er wahrlich geliebt hatte. Die Frau, für die er sein Leben gegeben hätte, war ihm genommen worden, für immer. Und das hatte ihn zerrüttet. Die zerbrechliche Seele, die ihm von dieser Liebe geschenkt worden war, war in tausend Stücke zersplittert.

Meine Angst, Beth zu verlieren, durchströmte mich wie ein Schwall heißer Lava, sodass mir die Ohren klingelten und mein Verstand aussetzte. Sie war alles, was ich durch den Nebel sehen konnte.

»Ich will dich für die Ewigkeit bei mir haben. Ich würde die ganze verdammte Welt in Schutt und Asche legen, wenn du mich darum bittest. Ich bin zu nichts fähig, wenn du nicht glücklich bist. Ich werde dich retten und beschützen. Vor allem. Und ich glaube, dass du auch mich retten kannst.«

Sie starrte mir ins Gesicht und in ihren schönen Augen sah ich die aufrichtigen Gefühle, von denen ich nicht genug bekommen konnte.

»Ich glaube, ich habe mich in dich verliebt.« Ihre Stimme zitterte, als sie sprach und mit der Hand meine Wange umfasste. Die Welt stand still, während das Klingeln in meinen Ohren lauter wurde.

»Liebe.« Ich wiederholte das Wort, während sich der Nebel in meinem Kopf verdichtete und ihr Gesicht im Gegensatz dazu kristallklar vor mir schwebte. »Liebe.« Die Erkenntnis traf mich mit voller Wucht. Sie übertraf alle Gefühle, die ich je empfunden hatte, und stellte Lust, Gier und Zorn in den Schatten - die stärksten Kräfte, die ich je besessen hatte. Sie erfüllte mein ganzes Wesen, und es war herrlich. »Ich hätte nicht gedacht, dass der Teufel zur Liebe fähig ist«, hauchte ich, umfasste ihr Gesicht mit meinen Händen und zog sie noch näher zu mir. »Ich habe mich geirrt.«

Sie schloss den Abstand zwischen uns und presste ihre Lippen auf meine. Meine Lustkraft hatte schon immer jeden Kuss intensiver gemacht, wenn ich meine Seele und mein Verlangen offenbarte. Aber dieser Kuss war auf einem ganz anderen Level.

In meiner Brust loderte ein Feuer auf, während der Nebel sich vollständig lichtete und ich mich völlig in ihrer Leidenschaft verlor. *Ihrer Liebe.*

Etwas in mir hatte sich verändert.

Ich brauchte sie. Ich brauchte sie so, wie ich die Luft zum Atmen brauchte. Nur dass ich sie im Gegensatz zur Luft tatsächlich schmecken konnte. Und ihr Geschmack war einmalig. Für mich gemacht. Für mich bestimmt. Schicksalhaft. Sie gehörte mir und nur mir.

Von nun an war mir alles gleichgültig. Jede Gefühlsregung, die nicht mit ihr verbunden war, war sinnlos. Sie musste in Sicherheit sein. Sie musste glücklich sein. Und wenn sie es an meiner Seite sein könnte, dann würde das klaffende Loch in meiner Seele endlich heilen. Ich würde vollkommen sein.

Sie bewegte ihren Kopf, die Hände immer noch auf meinem Gesicht, und starrte mir in die Augen. »Ich liebe dich«, sagte sie, als wären die Worte eine köstliche, verbotene Frucht.

»Ich liebe dich«, hauchte ich zurück. Worte, von denen ich nie gedacht hätte, dass ich sie überhaupt äußern *könnte*.

Ich schlang meinen Arm fest um sie, schlug mit den Flügeln und hob von der Spitze der riesigen Uhr ab.

ZWEIUNDZWANZIG

BETH

Ich war völlig außer Atem, als Nox uns von der Spitze des Big Ben hob. Ich war so aufgeregt und benommen, dass ich nicht mehr klar denken konnte.

Nox gehörte mir. Er liebte mich.

Ich hatte zwar gehofft, dass er mich bereits so lange liebte wie ich ihn, aber ich hatte es nicht für möglich gehalten. Was immer er in Cornu gesehen hatte, hatte all seine Zurückhaltung zunichte gemacht.

Ich schmolz in seiner Umarmung dahin; meine Hände legten sich um seinen Hals, als wir immer höher über London stiegen. Sein Mund fand meinen, während seine Flügel schlugen, und ich schmeckte süße Sinnlichkeit. Mein gieriger Körper wollte all das haben.

Ich brauchte ihn. Er gehörte mir und ich gehörte ihm, und in meinem Kopf gab es nichts Wichtigeres, als eins mit ihm zu sein. Um ihm zu zeigen, wie sehr ich ihn liebte, wie real und ehrlich meine Gefühle waren.

Er küsste mich noch inniger und jeder einzelne Nerv in meinem Körper fühlte sich an, als stünde er in Flammen. Ich bewegte mich in seinem Griff und suchte nach Stimulation, Reibung, irgendetwas, um das Gefühl in meinem Inneren zu beruhigen. Um die Entfernung zwischen uns zu überbrücken. Um das ungezähmte Verlangen in mir, das mit jeder gekonnten Bewegung seiner Zunge noch stärker wurde, zu lindern.

Ich wusste, dass er mich nicht fallen lassen würde. Er drückte mich fest an sich und meine Beine legten sich um seine Taille, bis unter seine Flügel.

Er wurde langsamer und seine wilden Küsse wanderten erst an meinem Kiefer und dann an meinem Hals entlang.

Ich war mir der Tatsache, dass um uns herum die Dämmerung einsetzte, nicht wirklich bewusst. Ich liebte London, und der Anblick der Lichter, die die Stadt zum Leben erweckten, während ich in den Armen des Mannes, den ich liebte, hoch über der Stadt schwebte, erfüllte mich mit überwältigender Freude. Ich hatte das Gefühl, zu träumen. Ein Traum, aus dem ich hoffentlich nie wieder aufwachen würde.

Nox lockerte seinen Griff um mich und ich riss meinen Blick von der Schönheit unter mir los, um ihm in die Augen zu sehen. Es gab noch unendlich mehr Schönheit hier, direkt vor mir.

Er erwiderte meinen Blick mit purem Verlangen.

»Nox.« Ich flüsterte seinen Namen wie ein Gebet. Jede Berührung seines Mundes auf meiner Haut setzte mich in Brand und verbannte alle Zweifel, die ich hatte, alle Ängste und die Vorstellung, dass ich ihn jemals würde gehen lassen müssen.

»Ich liebe es, wenn du meinen Namen sagst«, knurrte er.

»Ich will ihn jedes Mal hören, wenn ich dich zum Höhepunkt bringe. Jedes Mal.«

Seine Worte brachten mich dazu, seinen Namen erneut zu hauchen.

»Ich muss dich berühren«, sagte er gegen meine Lippen, während sich seine Arme so eng um mich schlangen, dass mir die Rippen weh taten.

Ich griff nach oben, um mir die fliegenden Haare aus dem Gesicht zu wischen. »Tu es.«

Ein Lächeln überflog sein Gesicht, und er ließ eine Hand an meiner Taille hinuntergleiten.

Geschickt öffnete er meine Jeans und schob seine Hand hinein. In Sekundenschnelle teilte er meine empfindlichste Stelle mit seinen Fingern und streichelte meine Nässe. Seine Augen starrten in meine, während die Stadt in der Dunkelheit hinter seinen glühenden Flügeln zum Leben erwachte.

Ein Traum. Es war alles ein wundervoller Traum.

Er war ein Traum.

Mein Traum.

Er gehörte mir.

Seine Finger tauchten in mich ein und umkreisten meine Klitoris, als hätte er es schon tausendmal getan. Er wusste genau, was er tat und was ich mochte.

»Fühlt sich das gut an?«

Ich ließ meinen Kopf gegen seine Schulter sinken, der Wind übertönte mein Stöhnen.

Als ich nicht antwortete, sprach er wieder.

»Sieh mich an. Ich will sehen, wie du in meinen

Armen schwach wirst. Ich will sehen, wie ich deine Augen zum Leuchten bringe.«

Ich bekam kaum mehr Luft. Er nickte einmal und presste seine Lippen auf meine, während seine Hand wieder in mein Höschen eindrang. Als er seine Finger einen nach dem anderen sanft bewegte, spürte ich, wie die Lust in mir anstieg. Er fing jeden meiner keuchenden Laute mit seinem Mund auf und seine Augen machten seine Leidenschaft deutlich.

»So ist es gut. Zerschmilz in meinen Armen.«

Seine Worte brachten mich um den Verstand. Meine Augen rollten in meinem Kopf zurück.

»Ich liebe es, dich kommen zu sehen«, flüsterte er mir ins Ohr.

Ich keuchte seinen Namen und schrie ihn dann heraus. Er stieß seine Zunge in meinen Mund und brachte das Fass endgültig zum Überlaufen. Ich zitterte unaufhörlich, eine Endlosschleife der Lust, die nicht nachlassen wollte.

»Gut«, murmelte er und drückte meine Lippen auf seine. »Sehr gut.«

So war ich noch nie gekommen, noch nie in meinem ganzen Leben.

»Du bist umwerfend«, knurrte er.

Ich lehnte meinen Kopf zurück und sah ihn an. Mir fehlten die Worte. Worte, Atem, Gedanken. Alles.

»Woran denkst du?«, fragte er mich, und seine Stimme klang leidenschaftlich.

»Dass ich dich liebe.«

Seine Augen leuchteten auf, dann drückte er mich fest an sich und ging in den Sturzflug.

Ich schrie auf, als die Luft an uns vorbeirauschte und das Adrenalin durch mich hindurchschoss, was meinen erregten Zustand nur noch verstärkte.

In Sekundenschnelle waren wir auf dem Boden und ich umklammerte ihn, während er mich vorsichtig absetzte. Erst dann wurde mir bewusst, dass wir uns auf seinem Dach befanden, auf der kleinen Rasenfläche.

In Windeseile rissen wir uns gegenseitig die Kleider vom Leib, und nur Sekunden später lagen wir Haut an Haut im Gras. Ich war außer mir vor Erregung, als Nox sich von mir löste, seine muskulöse Brust hob und senkte sich rasch.

Er musterte mich von Kopf bis Fuß und ich sah mein eigenes Verlangen so intensiv in seinen Augen widergespiegelt.

Er bewegte seine Hand zu seiner Erektion, und ich starrte wie gebannt darauf.

»Ich werde dich hart rannehmen. Ich will spüren, wie jeder Zentimeter deines Körpers um mich herum bebt. Wirst du wieder für mich kommen, Beth? Wirst du meinen Namen schreien, während ich dich nehme?«

Ich nickte. »Ja, ja«, sagte ich mit zitternder Stimme.

»Ich will es hören.«

»Ich werde mit dir kommen. Ich werde deinen Namen schreien.«

»Meins«, knurrte er. »Sag es noch einmal.«

»Deins«, sagte ich, und meine Stimme war nicht mehr als ein Flüstern. »Ich gehöre dir.«

»Nochmal«, sagte er, seine Stimme war voller Verlangen.

»Deins.« Ich sagte so laut, dass es die ganze Stadt hören konnte.

»Meins.«

»Immer.«

Er trat vor und ergriff meine Hand, führte sie zu seinem Mund und küsste meine Handfläche, meine Finger, mein Handgelenk und jeden Zentimeter dazwischen.

»Ich gehöre auch dir, Beth.«

Ich stöhnte auf, als seine Küsse meinen Unterarm hinaufwanderten und die kühle Nachtluft die Sanftheit seiner Berührung noch verstärkte.

»Ich gehöre dir«, sagte er mit dem Gesicht an meiner Brust.

Seine warme Zunge strich über meine Brustwarze und schickte Impulse der Lust direkt in mein Zentrum, was mich noch lauter stöhnen ließ.

Er legte seinen Arm um meine Taille und hob mich hoch. Ich schlang meine Beine um seine Hüften und er ließ uns auf den Boden sinken, sodass ich mit gespreizten Beinen auf seinem Schoss saß. Sein harter Schwanz drückte gegen meine immer noch geschwollene Klitoris und ich keuchte.

Er fuhr mit seiner Hand die Kurve meiner Wirbelsäule hinauf, bis er mein Haar erreichte, mit der anderen Hand zog er meinen Hintern zu sich.

»Ich werde niemals damit aufhören, Beth. Und ich werde dem Gefühl deiner Muschi um mich herum nie überdrüssig werden. Du wirst das immer spüren. Du wirst niemanden so sehr brauchen, wie du mich brauchst. Dein Körper wird sich immer nach mir sehnen, und wenn ich dich berühre, wirst du dich immer daran erinnern. Ich werde dich in jeder Hinsicht zu meinem Eigentum machen.«

»Nox.«

»Sag mir, was du willst.«

»Ich will, dass du mich füllst. Mach mich zu deinem Eigentum. Zeig mir, wie sehr du mich liebst.«

Er legte eine Hand in meinen Nacken und neigte mein Kinn, damit ich ihn ansah. Das Mondlicht fiel auf sein Gesicht, seine Augen waren voller Verlangen. »Ich liebe dich wirklich. Ich werde es immer tun - für immer, Beth. Für immer.«

Seine Stimme war gefühlvoll und ich konnte die Wahrheit hinter seinen Worten spüren. Ich konnte spüren, wie sehr er mich liebte, und ich konnte sein Bedürfnis spüren, mich zu verzehren.

»Bitte, Nox. Bitte.«

Er ließ meinen Nacken los, packte mich an der Taille und hob mich höher auf seinen Schoß. Ich spürte, wie seine Eichel durch meine Nässe glitt, und erstarrte.

»Du bist so feucht für mich.«

Er rieb seine Spitze an meiner Klitoris, und ich stöhnte auf, wobei sich meine Hüften gegen ihn hoben und senkten, auf der verzweifelten Suche nach mehr Stimulation.

»So ist es gut«, raunte Nox und beobachtete mich, als ich mich gegen seine Erektion presste und meine Brüste gegen seine harte Brust drückte.

»Ich will, dass du nochmal kommst.«

Mein Körper pulsierte vor Lust. Ich wollte ihn so sehr

in mir haben, aber ich konnte mich vor Lust nicht zurückhalten.

»Komm für mich.«

Seine Worte brachten mich um den Verstand und ich schrie auf, als mein Orgasmus über mich hereinbrach.

»Meins«, hauchte Nox und stieß dann in mich hinein.

Ich keuchte, als ich spürte, wie er mich Stück für Stück ausfüllte, mich langsam nahm und seine Größe in mir wachsen ließ. Mein überempfindlicher Körper bebte um ihn herum und meine Nägel gruben sich in seine Schultern.

»Sieh mich an.«

Das tat ich. Ich starrte in seine hellen, schönen Augen, die so voller Liebe waren.

Er drang bis zum Anschlag in mich ein und sein Körper zitterte mit meinem.

»Du fühlst dich so gut an, Beth. So gut.«

Er zog meinen Kopf zu sich, küsste mich und stieß seine Zunge in meinen Mund, und ich verlor jegliche Kontrolle über meinen Körper. Meine Hüften begannen sich von selbst zu bewegen und ich ritt auf ihm, wobei sich mein Körper abwechselnd um seinen Schwanz zusammenzog und wieder löste.

»Verdammt, Beth. Du bist so schön.«

Ich erwiderte den Kuss und ritt ihn schneller, denn mein Verlangen nach ihm überwältigte mich.

Bevor mein Orgasmus überhaupt vorbei war, wurde ich bereits wieder von Lust übermannt. Ich spürte, wie ich um seinen Schwanz herum pulsierte, und dann stieß er zu, wurde schneller und schlug mit seinen Hüften gegen meine. Ich krallte mich in seine Brust und grub meine Finger aus Verzweiflung in ihn hinein. Ich spürte, wie sich seine Muskeln unter meinen Fingern anspannten und seine Stöße schneller und verzweifelter wurden.

Ich wollte, dass er mit mir zusammen in den Abgrund stürzte. Ich wollte für immer mit ihm zusammen sein.

»Beth...«, hauchte er, seine Stimme war voller Begierde.

»Beth...«

Ich stöhnte auf, meine Nägel gruben sich in sein Fleisch, ich wollte ihn festhalten, aber das war nicht genug. Ich wollte mehr. Ich wollte ihn. Seinen Körper. Sein Herz. Seine Seele.

»Du gehörst mir, Beth. Ich werde dich nie wieder loslassen.«

Ich spürte, wie seine Hand zwischen unsere Körper glitt und sein Daumen meinen Kitzler fand. Er begann, den kleinen Punkt zu umkreisen. Mein Körper reagierte stürmisch darauf und ich spürte, wie mein Orgasmus immer stärker wurde, ebenso wie seiner. Ich bewegte mich mit jedem seiner Stöße mit und als er in meine Klitoris kniff, drehte ich völlig durch.

Ich schrie auf, und dann kam ich, immer wieder. Mein Körper spannte sich an und ich verkrampfte mich um ihn.

»Scheiße«, knurrte er.

»Komm für mich«, flüsterte ich, während sich mein Körper vor Freude über seine Stöße krümmte und zitterte. Sein Körper spannte sich an. Er zog mich an sich und hielt mich fest, dann brüllte er und zuckte zwischen meinen Beinen. Ich spürte, wie er in mir pulsierte und pochte, während die Wärme seines Spermas mich erfüllte.

Ich brach völlig erschöpft in seinen Armen zusammen, während die Wellen der Lust immer noch durch mich hindurchflossen, und er schlang schweratmend beide Arme fest um mich.

Ich gehörte ihm, und er gehörte mir.

DREIUNDZWANZIG

BETH

Ich hatte gar nicht bemerkt, dass ich eingeschlafen war, bis ich aufwachte, weil ich mich eng an Nox drückte. Ich bewegte mich vorsichtig, um ihn nicht zu wecken, doch er hielt mich fest.

»Hey«, sagte ich und lehnte mich an ihn.

»Hi.« Ich rollte mich unter seinem Arm, so dass ich ihm zugewandt war, und küsste seinen Hals.

»Beth, wir müssen reden.«

Er musste gespürt haben, wie ich erstarrte, denn er setzte sich sofort auf, zog mich hoch und näher zu sich. Er fasste mir an die Wange und starrte mir in die Augen. Seine Augen leuchteten in der Dunkelheit und mein Magen kribbelte. Ich liebte ihn. Keine Frage, kein Zweifel, kein Bedauern. Ich liebte ihn.

»Du gehörst zu mir. Für immer«, sagte er.

»Und wir müssen darüber reden, wie wir das hinbekommen. Ich kann unmöglich zurück in die Hölle gehen.«

Ich sog die Luft ein und Erleichterung machte sich in meiner Magengrube breit. »Was können wir tun?«

»Wir müssen den Fluch brechen. Ich glaube, die Auswirkungen unseres Zusammenseins werden immer stärker.«

»Oh nein, ich habe dir wehgetan...« begann ich, aber er strich mir mit dem Daumen über die Lippen und brachte mich zum Schweigen.

»Es wurde mehr Kraft übertragen als vorher. Deine Flügel sind wirklich etwas Besonderes«, lächelte er. »Umwerfend, um ehrlich zu sein.«

Ich schluckte. Jetzt, wo er es erwähnte, spürte ich die brennende Macht in meiner Brust stärker als je zuvor.

»Was passiert, wenn wir den Fluch brechen?«, fragte ich erneut, denn ich wusste wirklich nicht, was ich sonst noch sagen sollte.

»Vier Dinge. Besser wären fünf.« Er strich mit einer Hand langsam meinen Nacken hoch und runter und schob sie jedes Mal in mein Haar, wenn er es erreichte. Er hielt seine andere Hand hoch und begann, die Punkte mit seinen Fingern aufzuzählen, während er sprach. »Nummer eins. Wir finden heraus, wer versucht hat, mich zu entmachten. Sie werden gezwungen sein, sich mir direkt zu stellen oder sich zurückzuziehen, wenn ich wieder meine volle Kraft habe. Nummer zwei: Wir finden deine Eltern. Nummer drei: Ich nutze mein fabelhaftes Verhandlungsgeschick, um einen Deal mit Examinus auszuhandeln. Nummer vier: Wir machen dich unsterblich.«

Ich holte tief Luft.

»Das ist eine ganz schön lange Liste.«

»Das stimmt. Aber wir können es schaffen.«

»Was ist mit Banks?«

»Der ist Nummer fünf.«

Ich nickte verständnisvoll.

»Nox, glaubst du wirklich, dass Examinus dich aus der Hölle lässt?« Als ich nämlich erwähnt hatte, dass Examinus ihn gehen lassen würde, hatte Nox das vehement als ausgeschlossen bezeichnet. Ich verstand nicht, was seine Meinung geändert hatte. Ein von Liebe getriebener Optimismus vielleicht?

»Es gibt verschiedene Mittel und Wege.«

»Ach ja?«

»Ja, wenn du recht hast und sich mein Bruder tatsächlich um mich sorgt.«

»Wie meinst du das?«

»Wenn Gabriel bereit ist, zu helfen, können wir vielleicht ein Druckmittel gegen Examinus finden, und dann kann ich mit ihm verhandeln.«

Seine Einstellung hatte sich definitiv geändert.

»Vor ein paar Tagen dachtest du noch, Gabriel wäre derjenige, der dich umbringen wollte.«

»Das könnte immer noch so sein. Aber wenn er es nicht ist und du ihn genauso gut durchschaust wie Cornu und Madaleine, dann ist er unsere beste Chance. Und ich bin stets geneigt, Ihren Instinkten zu vertrauen, Miss Abbott.«

Eine herrliche Decke aus Wärme umhüllte mich bei seinen Worten. Der Respekt eines Mannes wie Nox war für mich die beste Droge der Welt.

»Und dann werden wir einen Weg finden, dich unsterblich zu machen.«

Ich wich seinem Blick aus und biss mir auf die Lippe. Ich war mir wirklich nicht sicher, was ich davon halten sollte. Die Vorstellung war mir zu fremd, um sie überhaupt verarbeiten zu können.

Er nahm meine Hand und drückte sie an seine Brust. An sein Herz.

»Ich möchte, dass es so lange dir gehört, wie es schlägt, Beth.«

Ein golfballgroßer Kloß setzte sich in meiner Kehle fest. »Aber...«, fing ich an, aber er drückte meine Hand fester gegen seinen starken Körper.

»Ich könnte es nicht ertragen, dich zu verlieren. Und du willst nicht wissen, zu welcher Zerstörung ich fähig wäre, wenn ich in Cornus Zustand geraten würde.« Er schenkte mir ein verschmitztes Lächeln, um die Stimmung etwas aufzuheitern. »Du bist somit verpflichtet, so lange zu leben wie ich, Beth, um die Menschheit vor meinem Zorn zu bewahren.«

Ich warf ihm einen skeptischen Blick zu, aber eigentlich war ich dankbar dafür, dass er das Gespräch auf eine spielerische Art und Weise fortsetzte. Auch wenn wir beide wussten, dass ein Funken Wahrheit in seinen Worten steckte. Die Erinnerung an Cornus gebrochenen Geist brachte den Kloß zurück.

»Nox?«

»Ja, Beth.«

»Ich liebe dich.« Diese Worte waren wie eine Droge, die mich an einen Ort verschlugen, an dem ich unbesiegbar war. Ein sicherer Ort, an dem ich meine Gedanken ganz allein auf ihn konzentrieren konnte, an dem alles möglich war. Welten erobern, uns gegenseitig

Vergnügen bereiten, bis uns nichts mehr einfiel. Tanzen. *Alles, was wir wollten.*

»Ich liebe dich«, antwortete Nox, und meine Augen brannten. Liebesgeschichten hatten mich schon immer zum Weinen gebracht, aber ich hatte mich daran gewöhnt, dass es die Geschichten anderer war. Von diesem Mann geliebt zu werden, im echten Leben... Diese Liebesgeschichte gehörte mir allein.

Alles hatte sich verändert. An dem Tag, an dem ich sein Büro zum ersten Mal betreten hatte, war die Veränderung ganz schnell gegangen, aber seitdem ganz langsam. Und jetzt war mein Schicksal fest mit seinem verbunden. Ich würde ihm überall folgen, denn ich wusste, dass er dasselbe für mich tun würde. Ich würde nie genug von ihm bekommen, und erstaunlicherweise wusste ich, dass es ihm genauso erging. Für ihm war ich nicht die langweilige Beth. Ich war mir auch nicht mehr sicher, ob ich *selbst* Beth noch langweilig fand.

Seine Kraft in mir hatte meine verlorene Hoffnung geweckt. Sie hatte die Teile meiner Seele gefunden, die Stück für Stück, Jahr für Jahr zerbrochen waren, während ich nach meinen Eltern gesucht hatte und immer wieder gescheitert war. Die Hoffnung in mir hatte sich gegen die Art und Weise gewehrt, wie ich mich hatte benutzen lassen, und war letztendlich zu erschöpft gewesen, um weiterzukämpfen.

Und diese neue Kraft hatte all diese Teile wieder zusammengefügt, um ein Feuer zu entfachen, das schon viel zu lange erloschen gewesen war.

Meine Hoffnung war wieder da, stark, wild und

unumstößlich. Und sie reichte jetzt weit über die Suche nach meinen Eltern hinaus.

Ich war Nox würdig. Mit mir war er vollkommen. Die einzige Frau. *Seine Frau.*

Und ich war bereit, für meinen Mann zu kämpfen.

VIERUNDZWANZIG

BETH

Am nächsten Tag wachte ich erst auf, als das helle Tageslicht meine Augenlider zwang, sich zu öffnen.

»Raus aus den Federn, meine Schöne.«

Ich spürte ein Gewicht neben mir und blinzelte mir den Schlaf aus den Augen. Nox saß auf der Bettkante, bekleidet mit einer Anzughose und einem Hemd. Die Vorhänge waren offen und Sonnenlicht durchflutete den Raum.

»Hallo. Gehst du zur Arbeit?« murmelte ich verschlafen.

»Ich komme gerade von dort «, sagte er und beugte sich vor, um meine Wange zu küssen.

»Was? Wie spät ist es?«

»Zwei Uhr mittags.«

»Scheiße!« Ich setzte mich zu schnell auf, sodass mir ein bisschen schwindelig wurde, und Nox lachte.

»Hast du Angst, dass dein Chef dich feuert, weil du zu spät kommst?«

Ich holte aus und versetzte ihm einen Schlag. Durch die Bewegung rutschte das Bettlaken von meiner Brust. Nox Blick wanderte gierig an meinem Körper hinab, dann schaute er mir wieder ins Gesicht.

»Eine Wiederholung der letzten Nacht würde mich wahrscheinlich umbringen, also steckst du besser diese schönen Brüste weg, bevor ich etwas Dummes mache«, knurrte er.

Ich tastete nach dem Laken.

»Ist es sehr schlimm?«, fragte ich, von Schuldgefühlen geplagt.

»Es war es wert.«

Ich setzte mich aufrechter hin und drückte das Laken vor meine Brust. *Keine Selbstzweifel. Kein Bedauern.*

»Ich habe dich bloß geweckt, weil Behemoth mit dir reden will.«

»Oh Gott.« Nervosität durchströmte mich. Was, wenn unsere Liebeserklärung uns die Spur zum Buch gekostet hatte?

Erinnerungen an die letzte Nacht spulten sich in meinem Kopf ab und ich umklammerte das Laken fester.

Er liebt mich. Ich liebe ihn. Wir werden uns ewig lieben.

Wenn wir die Spur verloren hatten, so war es das wert gewesen. *Voll und ganz war es das wert gewesen.*

»Wo ist er?«

»Unten. Es hat sich herausgestellt, dass er noch nie Kaffee probiert hat. Ich muss dich warnen: Wenn du dachtest, dass die Ziege vor der Einnahme von Koffein bereits aufgedreht war, dann mach dich auf etwas gefasst.«

. . .

Nox hatte nicht übertrieben. Behemoth war verrückt geworden.

»Ich bin froh, dass du hier bist«, plapperte er los, als ich die Küche betrat. Er lief im Kreis neben Beelzebub herum, der mit heraushängender Zunge dalag und die Ziege anstarrte. Nox schob mir einen Kaffee über den Tresen und verschränkte dann grinsend die Arme vor der Brust. Ich bedankte mich bei ihm und drehte mich anschließend zu Behemoth um.

»Wie ich sehe, sind Beelzebub und du Freunde geworden.«

»Ja. Er ist nicht sehr klug, aber dafür hat er andere Qualitäten. Und er ist fast so schnell wie ich.« Der Zwergziegenbock änderte die Richtung und trabte nun gegen den Uhrzeigersinn im Kreis.

»Aha. Nox sagte, du wolltest mich sprechen? Bin ich in Schwierigkeiten?«

»Techa möchte dich sehen.«

Ich schaute Nox an und sah, wie er sich anspannte.

»Wann?«, bellte er.

»Jetzt. Hier. Wenn du erlaubst?«

Nox Gesicht verfinsterte sich, aber ich ging dazwischen, bevor er noch etwas Dummes sagen konnte. »Bitte, Nox. Lass es uns hinter uns bringen.«

Er sah mich kurz an, dann nickte er.

Es wurde eiskalt und dann erschien Techa in einem lila Schleier neben Behemoth. Er hörte sofort auf zu traben.

»Was für eine angenehme Überraschung«, sagte Nox sarkastisch.

»Ich bin nicht wegen dir hier«, sagte sie und wandte

sich mir zu. Ich machte mich auf eine Standpauke gefasst. »Mir wurde berichtet, dass du gegenüber einem armen Geschöpf wahres Mitgefühl gezeigt hast, was andere nicht getan hätten. Und Behemoth glaubt, dass du wirklich versuchst, Luzifer aus den richtigen Gründen wieder an seinen Platz zu bringen.« Sie warf Nox einen Seitenblick zu und gab mir einen Umschlag.

»Das sind Eintrittskarten für eine Wohltätigkeitsauktion im Britischen Museum, die heute Abend stattfindet. Die Auktion wird von demselben Sammler veranstaltet, der das Buch von mir gekauft hat. Das ist *die* Chance, ihn festzunageln. Mit etwas Glück.«

»Danke«, sagte ich und atmete so erleichtert auf, dass ich die Worte nicht richtig aussprechen konnte.

»Ich sollte *dir* danken, denn durch dich werde ich London endlich von diesem Schandfleck befreien.« Sie winkte Nox zu und er schenkte ihr eines seiner unverschämtesten Lächeln. Sie verdrehte die Augen.

»Den Stein des Behemoth, bitte«, sagte sie dann und streckte ihre Hand aus.

Ich verspürte starken Widerstand und meine anfängliche Erleichterung verblasste.

»Aber...«

»Du musst nicht mehr beobachtet werden.«

»Genau. Ja, natürlich. Ja.« Ich tastete in meiner Tasche nach dem schwarz-goldenen Stein. Als ich ihn in der Hand hielt, wurde er heiß, und ich krümmte unfreiwillig meine Finger um ihn.

Techa sah mich verwundert an und wandte sich dann an Behemoth. »Ist sie besorgt wegen ihrer Kräfte?« Sie stellte ihm die Frage, als ob ich gar nicht da war.

Behemoth blinzelte.

»Nein. Ich glaube, sie ist besorgt darüber, mich nicht mehr an ihrer Seite zu haben.«

»Wirklich?«

Ich nickte. »Irgendwie habe ich ihn liebgewonnen.«

Der wunderschöne Flaschengeist betrachtete mich.

»Behemoth, möchtest du länger in der Gesellschaft dieser Sterblichen bleiben?«

»Ein bisschen länger kann nichts schaden«, entgegnete die Ziege.

»Gut. Er kann bei dir bleiben, bis du das Buch zurückgeholt hast.«

»Vielen Dank«, sagte ich und legte so viel Aufrichtigkeit wie möglich in die beiden Worte. Dieses Mal waren sie deutlich hörbar.

»Melde dich, wenn du etwas brauchst, Behemoth«, sagte sie noch, bevor sie wieder verschwand.

Ich blinzelte und sah zwischen Nox und der Ziege hin und her.

»Ich dachte, sie wäre sauer, weil wir dich gestern verlassen haben.«

»Das gab mir die Gelegenheit, ihr zu erzählen, wie du Cornu behandelt hast. Sie war genauso beeindruckt, wie ich es mir vorgestellt hatte«, sagte Behemoth und fing wieder an, im Kreis zu gehen.

Ich sah den kleinen Höllenziegenbock an und drehte den Stein in meiner Hand um. Er strahlte wieder eine angenehme Wärme aus.

»Bist du sicher, dass es dir nichts ausmacht, noch eine Weile bei uns zu bleiben?«

»*Mir* macht es schon was aus«, sagte Nox reumütig, aber dann lächelte er.

»Soll ich ehrlich sein?«, sagte Behemoth, blieb stehen und sah mich mit seinen riesigen Augen an.

Ich nickte ihm zu. »Sollst du«, sagte ich.

»Die Anwesenheit des Herrn der Hölle ist für jede Höllenkreatur angenehm und ich will nicht leugnen, dass dies deine Gesellschaft besonders begehrenswert macht, aber das ist nicht der Grund, warum ich bleiben will. Ich habe das Gefühl, dass du mich brauchen könntest.«

»Dich brauchen?« Ich zog die Augenbrauen hoch und hielt mich mit der Frage zurück, was er denn genau für mich tun konnte, was Nox nicht auch konnte.

»Ja. Ich habe den starken Verdacht, dass meine Groß-artigkeit bald gefragt sein wird.«

»Das hat also nichts mit meiner Freundin zu tun, die dich immer streichelt.«

»Nein. Überhaupt nichts.«

»Na gut.«

»Da ich dich nicht mehr beobachten muss, kannst du mich auch in den Stein schicken, wenn du mal deine Ruhe haben willst. Allerdings verbringe ich auch liebend gern Zeit hier im Haus. Ich unterhalte mich gerne mit deinem Haustier.«

Ich schüttelte amüsiert den Kopf und musste grinsen.

»Darf ich die Tickets sehen?« Nox streckte seine Hand aus und ich reichte ihm den Umschlag. Er überflog sie schnell.

»Der Sammler ist in London ein sehr bedeutender Mann. Das ist ein großes Ereignis.« Er sah mich mit leuchtenden Augen an. »Du wirst ein Kleid brauchen. Wir treffen uns um sieben, Rory und Behemoth leisten dir so lange Gesellschaft.«

»Ich bin mir sicher, dass sie Behemoth im Liberties of London lieben werden.«

Zum Glück liebten die Verkäuferinnen und Verkäufer im Liberties Behemoth tatsächlich. Er konnte ein richtiger kleiner Charmeur sein, wenn er wollte.

Rory war nicht gerade glücklich darüber, dass sie mir wieder beim Kauf eines Kleides helfen musste. Aber immerhin sah sie nicht so genervt aus wie sonst.

Sie behandelte das Einkaufen wie eine militärische Operation, und ich vermutete, dass die Angestellten wussten, womit sie es zu tun hatten, denn sie reagierten sofort auf sie und schnappten sich die Artikel aus den Regalen, als ob diese nur für sie dort hingelegt worden wären.

Sie kaufte sich auch ein Kleid für den Abend, und nach einer Stunde im Laden war ich mir sicher, dass sie insgeheim ebenfalls Spaß hatte.

Als ich das Kleid eine Stunde später in meinem Zimmer bei Nox anzog, war ich froh, dass ich meinem Bauchgefühl - und Rorys Rat - gefolgt war und etwas gekauft hatte, das mein neues Selbstbewusstsein widerspiegelte. Noch vor einem Monat hätte ich so ein Kleid auf keinen Fall getragen.

Es war scharlachrot und die obere Hälfte bestand aus einem enganliegenden Top aus sehr feinem, durchsichtigem Stoff. Über meine Brüste verlief eine Reihe von scharlachroten und weinroten Pailletten, die in einem feinen Farbverlauf bis zu meinem Hals hinauf- und zu meinem Bauchnabel hinunterreichten. Der Rock des Kleides begann an meinen Hüften und war so weit, dass ich mich wie in einem historischen Roman fühlte. Oder in einem Disney-Film. Der untere Teil des bodenlangen Rocks war mit einer großen Rüsche beschwert, und der Drang, mich um meine eigene Achse zu drehen, brachte mich fast um. Ich wurde schwach und wirbelte herum. Der Rock blähte sich auf, erreichte sein volles Volumen und flog in einem roten Wirbelsturm um mich herum.

Ich konnte mein begeistertes Lachen nicht unterdrücken, während ich vor dem Schrankspiegel eine letzte Pirouette drehte. Ich zuckte mit den Schulterblättern und starrte gebannt auf das Rascheln meiner goldenen Flügel. Gold und Rot waren eine *tolle* Kombination.

»Ich liebe dieses Kleid.«

»Das sehe ich«, sagte Behemoth.

Ich verbrachte fast eine Stunde damit, mich zu frisieren und zu schminken, während Behemoth die ganze Zeit liebenswürdig mit mir plauderte. Ich versuchte, mich an den Disney-Prinzessinnen-Look zu halten und steckte mir die Haare hoch, nachdem ich mir Locken verpasst hatte. Fehlte nur noch ein Diadem, dann wäre alles perfekt, dachte ich, als ich mein Spiegelbild betrachtete.

Der durchsichtige Stoff an meinem Bauch und

meinen Schultern machte das Kleid ein bisschen sexy, aber vor allem sah es... kühn aus.

Ich fühlte mich darin fantastisch.

»Und? Wie sehe ich aus?«

»Ich bin eine ausgezeichnete Höllenbestie, aber nicht besonders bewandert in Sachen Menschenmode. Aber ich glaube, dass jetzt alle Männer Sex mit dir haben wollen.«

Es klopfte an der Schlafzimmertür. Mein Magen kribbelte vor Nervosität, als ich die Tür öffnete, aber es war nicht Nox. Es war Rory.

»Nun. Wie ich sehe, habe ich es wieder mal toll hinbekommen «, sagte sie und musterte mich prüfend.

»Du siehst aus wie Belle, wenn sie blutrot tragen würde.« Wenn ich Belle war, dann war Nox das Biest. Ich beschloss, den Vergleich zu ignorieren.

»Behemoths Einschätzung war, dass Männer mit mir Sex haben wollen«, erzählte ich ihr amüsiert.

»Wenn sie wollen, dass Nox ihnen die Eier abreißt, können sie es gerne versuchen.«

»Stimmt. Und du siehst umwerfend aus«, sagte ich bewundern, um das Thema zu wechseln. Das tat sie auch. Sie trug ein weißes Satin-Kleid, seidig und schwer. Die Schulterträger fielen fast bis zu den Ellenbogen hinab und bildeten einen schönen Gegensatz zum starren Bustier des Kleides. Der lange Rock hatte auf der linken Seite einen hohen Schlitz.

»Danke. Bist du bereit?«

»Bereiter geht nicht. «

»Wo ist Nox?«, fragte ich, als wir uns der Eingangstür des Hauses näherten. Ich hatte keine Spur von ihm gesehen und konnte seinen typischen Geruch nicht wahrnehmen.

»Er klärt etwas.«

»Was denn?«

Rory schaute über ihre Schulter zu mir und ich war überrascht, eins ihrer seltenen Lächeln zu sehen, bevor sie sprach.

»Eine Überraschung. Für dich.«

FÜNFUNDZWANZIG

BETH

Vor dem Haus stand eine weiße Limousine und es war ein komisches Gefühl, nicht in Claudes Auto zu sitzen. Es dauerte nicht lange, bis wir das Britische Museum erreichten, und ich wurde nervös, als wir uns dem wunderschön beleuchteten Gebäude näherten. Die Fassade war überwältigend und sah mit dem massigen, dreieckigen Bogen über dem Haupteingang wie ein antiker griechischer Tempel aus. Das Gebäude war auch ohne die bernsteinfarbenen Lichter, die die Säulen vom Dach aus beleuchteten, atemberaubend – aber mit ihnen sah es magisch aus. Vor der flachen Treppe war ein roter Teppich ausgerollt, auf dem Hunderte von Paparazzi standen.

»Scheiße, ich wusste nicht, dass das so eine große Sache ist«, sagte ich, während sich mein Magen vor Nervosität umdrehte.

»Sie sind nicht alle menschlich«, sagte Rory.

»Dieser Abend ist auch ein magisches Ereignis. Oben für sie, unten für uns.«

Das Auto kam zum Stillstand und ich riss mich zusammen, als jemand die Tür von außen öffnete. Langsam und vorsichtig stieg ich aus dem Auto aus. Die Kameras blitzten sofort auf und ich verzog instinktiv das Gesicht, um die grellen Blitze abzuwehren.

»Wer zum Teufel ist das?« hörte ich jemanden sagen.

»Kein Ahnung.«

Jemand rief einen Namen, den ich glaubte, einem Popstar zuordnen zu können, und alle Kameras schwenkten weg. Ich holte tief Luft und Rory nahm eine stolze Haltung ein.

»Mr. Nox!« Die Kameras schwenkten zurück und ein vertrauter Geruch erreichte mich noch vor seiner Wärme. Nox trat aus der Dunkelheit hinter dem Auto hervor. Und verdammt noch mal, er sah umwerfend gut aus.

Nox im Smoking hätte mit einer Gesundheitswarnung versehen werden sollen. Das Verlangen pulsierte durch mich hindurch, er lächelte mir zu, und ich wusste, dass er wusste, was sich in mir abspielte. Dank seiner Macht wusste ich genau, was er über mein Kleid dachte. Lust strahlte von ihm aus und die Bilder der vergangenen Nacht schossen mir durch den Kopf, sodass ich meine Schenkel zusammenpresste.

Als er uns erreicht hatte, legte er einen Arm sanft um meine Taille und küsste mich auf die Wange.

»Du siehst göttlich aus«, raunte er mir ins Ohr.

»Du siehst auch verdammt gut aus.« Er sah aus wie James Bond, eine dunklere Version von James Bond, und deutlich verruchter.

Er reichte mir seinen Ellbogen und wir schritten über

den roten Teppich, während die Leute ihn mit Fragen bombardierten. Die meisten Fragen bezogen sich darauf, wer ich war. Er ignorierte sie alle.

Am Ende des Teppichs blieb Nox stehen, drehte sich zu den Kameras und zog mich eng an sich.

»Lächle«, sagte er. »Ich möchte, dass jeder sieht, wie schön du bist und weiß, dass du mir gehörst. « Sein Mund bewegte sich kaum, als er die Worte sagte, um sicherzugehen, dass sie nur von mir gehört wurden. Ich strahlte ihn an und seine Augen füllten sich mit Licht.

»Perfekt.«

Wir posierten für die Kameras, und mit Nox Arm um mich und in dem wunderschönen Kleid fühlte ich mich pudelwohl, mehr als ich es mir je hätte vorstellen können.

Direkt hinter uns setzte Rory ihr bestes gelangweiltes Gesicht auf, während Behemoth wie ein Pfau herumtänzelte. Ich wusste nicht, wie viele der Paparazzi ihn oder Rory sehen konnten, aber das schien ihm egal zu sein. Er war ein Naturtalent.

Als ein Filmstar am anderen Ende des roten Teppichs eintraf, nutzten wir die Gelegenheit, um endlich hineinzugehen. Ich bewunderte die Eingangshalle. Im Gegensatz zur Außenfassade war sie völlig modern. Wir befanden uns in einem ringförmigen Raum, in dessen Mitte sich eine weiße Gipsstruktur mit hohen schwarzen Fenstern befand. Alles war weiß, bis auf die Decke, die aus Glas bestand und von einem Gitter aus Bleistreifen durchzogen war. Sie wölbte sich über uns und gab uns das Gefühl, in einer runden Röhre zu stehen.

»Es ist fantastisch«, sagte ich und starrte hinauf.

»Warst du noch nie hier?«, fragte Nox.

»Analytikerin bei der LMS zu sein war harte Arbeit«, grinste ich ihn an. »Für so etwas war keine Zeit.«

»Warte, bis du die ägyptischen Mumien siehst.«

»Sind die echt? Sind da wirklich tote Menschen drin?«

»Ja. Ganz alte.«

Ich verzog das Gesicht.

»Guten Abend, Mr. Nox. Ich freue mich, Sie hier zu sehen. Haben Sie Ihre Einladung dabei?« Eine junge Frau im Smoking streckte Nox erwartungsvoll ihre Hand entgegen. Er nahm die Einladungen aus seiner Tasche und reichte sie ihr.

»Wunderbar. Der Sammler freut sich sehr, dass Sie kommen konnten. Ihre Party findet heute Abend im Erdgeschoss statt. Sie erhalten ein Schild für die Auktion, sobald Sie eintreten.«

Wir bedankten uns bei ihr und folgten ihrem ausgestreckten Arm zu einer Tür auf der linken Seite des Gebäudes. Als wir sie durchschritten, wurden uns von noch eleganter gekleideten Angestellten Gläser mit Champagner gereicht.

»Das ist der Stein von Rosetta«, sagte Nox, als wir uns einem massiven Gestein hinter Glas näherten. Als wir vor ihm standen, sah ich, dass das ganze Ding mit Inschriften bedeckt war.

»Mit dem, was sie über Jahrhunderte auf diesem Stein gefunden haben, kann jede Sprache zurückverfolgt oder übersetzt werden.«

»Wow. Ist es Magie?«

Nox schüttelte den Kopf.

»Nein. Nur intelligente Menschen und ihre Geschichte. Aber der Mann, der sich um den magischen Teil des Museums kümmert, ist als Sammler bekannt, und er hat mehr magische Artefakte als die meisten anderen. Ich vermute, dass heute Abend ein paar davon zum Verkauf stehen werden.«

»Hast du was im Auge?«

Seine Augen blitzten. »Das habe ich tatsächlich, ein Buch «, knurrte er halb, und ich erinnerte mich an den eigentlichen Grund, warum wir hier waren. Bei diesem dramatischen Auftritt war das leicht zu vergessen.

SECHSUNDZWANZIG

BETH

Wir folgten der sich langsam bewegenden Menschenmenge in den hinteren Teil des Raumes, wo eine Cocktailbar zwischen zwei riesigen Statuen griechischer Götter aufgebaut worden war. Kleine runde Tische und hohe Hocker waren strategisch zwischen kleineren Statuen und Displays platziert worden. »Ich habe eine Überraschung für euch«, sagte Nox.

»Was denn?«

Er zeigte mit dem Finger zur Bar. Dort stand, hübsch in einem goldenen Rüschenkleid gekleidet, Francis.

Ich schaute erfreut zu Nox und dann wieder zu Francis. Claude stand neben ihr; er hielt ihren Ellbogen sanft in einer Hand und stieß mit der anderen gerade mit ihr an.

»Haben die zwei etwa ein Date?«

Nox grinste und nickte, sein kindischer Gesichtsausdruck brachte mich zum Schmelzen.

»Ist das meine Überraschung?«

»Gefällt sie dir?« Als Antwort drückte ich meine Lippen auf seine. »Sie ist perfekt.«

»Beth!« Alle schauten zu Francis hinüber, die meinen Namen rief, als sie mich bemerkte.

»Amüsierst du dich auch gut?«, fragte ich sie, als wir sie erreichten.

»Willst du mich verarschen? Wie soll man sich denn hier schlecht amüsieren? Der Schnaps ist umsonst!«

Ich lachte. »Du siehst toll aus.«

»Ich weiß! Ich habe dieses Kleid schon seit Jahren nicht mehr getragen. Um ehrlich zu sein, geht es hinten nicht ganz zu, aber Claude hat mir versichert, dass er gut mit Sicherheitsnadeln umgehen kann, falls ich ihm erlauben sollte, es später auszuziehen.«

Claude wurde ganz rot im Gesicht, blickte zu Nox und kippte seinen Drink hinunter.

Wir fanden einen Tisch, um den wir alle herumstehen konnten, und ich sah mir die beeindruckende Halle genauer an. Überall waren Leute, die ich wiedererkannte, aus Filmen, aus dem Fernsehen, von den Covern ihrer Alben oder aus den sozialen Medien.

Ich selbst hatte nie viel Zeit in den sozialen Medien verbracht. Rezepte und Buchgruppen waren so ziemlich das ganze Ausmaß meiner Online-Interaktionen. Aber die viralen Videos entgingen mir nicht ganz, und ich erkannte eine Frau, von der ich wusste, dass sie einen riesigen Make-up-Kanal hatte, und einen Mann, der online Videospiele mit Millionen von Zuschauern spielte.

Eine Frau in einem atemberaubenden schwarzen Kleid, das sich wie flüssige Spitze bewegte, kam zu uns herüber, blinzelte Nox einmal zu und würdigte weder mich noch Rory eines weiteren Blickes. Ich vermutete, dass sie nicht magisch war, denn ihre Augen wanderten nicht zu meinen Flügeln, wie es bei vielen anderen Gästen der Fall war.

»Es ist schön, Sie zu sehen, Mr. Nox«, schwärmte sie. »Sind Sie wegen etwas Bestimmtem hier?«, flötete sie weiter.

»Nein. Ich habe mir den Katalog nicht angesehen«, antwortete Nox.

Sie schnappte nach Luft, dann kicherte sie. »Das kannst du doch nicht einfach so laut sagen!«, flüsterte sie spöttisch. »Du böser Junge.«

Ihr Lächeln wurde raubtierhaft und die Hitze in meiner Brust immer größer. Ich konnte die Lust spüren, die von ihr ausging, wenn sie Nox anschaute. Ich merkte, dass auch Gier in ihr steckte. Sie wollte mehr als seinen Körper. Sie wollte auch seinen Reichtum und seinen Status. Ich trat vor und verschränkte meinen Arm mit dem von Nox.

»Hi«, lächelte ich. »Ich bin Beth.«

»Oh. Ich bin Suzy Fairport. Mir gehört Digital Media Diaries. Was machst du so, Beth?«

Sie forderte mich heraus. Sie hatte einen guten Job. Ich sollte ihn überbieten oder meinen Rückzug antreten.

»Forschung.«

»Welcher Art?«

Ich suchte nach einer Antwort, die nicht klang wie: »Ich versuche, verlorenen magischen Scheiß für den Teufel aufzuspüren«.

»Finanzielle.«

Verständnis blitzte in ihrem Gesicht auf.

»Bei LMS Financial Services?«

Ich nickte.

»Mr. Nox hier ist also dein Chef.« Sie lächelte selbstgefällig, als sie merkte, dass ich nur eine Angestellte des wahnsinnig sinnlichen und reichen Junggesellen vor ihr war.

»Und ihr Liebhaber«, sagte Nox.

Ich spürte, wie meine Lippen sich zu einem Lächeln verzogen, als die Frau betreten dreinschaute.

»Ach. Nun ja. Schön für dich!«, sagte sie etwas unbeholfen. »Nun, ich muss gehen. Auf Wiedersehen.«

Und schon war sie weg.

»Wir werden wohl noch einige solcher Frauen loswerden müssen«, sagte ich leise zu Nox, immer noch grinsend.

Er schenkte mir sein eigenes schelmisches Lächeln.

»Du hast es erfasst.«

Gemeinsam wehrten wir in der nächsten halben Stunde eine Flut von flirtenden Frauen ab. Ich drosselte meinen Champagnerkonsum etwas, weil ich befürchtete, dass ich bei meiner öffentlichen Anpreisung von Nox zu übermütig werden könnte. Aber ich fing an, es zu genießen. Eine umwerfende Frau nach der anderen entschuldigte sich und ging, nachdem ich eindeutig klargemacht hatte, dass Nox mit mir zusammen war. Und verdammt, ich fühlte mich dabei wundervoll.

Ich schaute hinüber zu dem kleinen Tisch, an den sich Claude und Francis gesetzt hatten. Francis hatte den

Kopf nach hinten gelegt und lachte sich über irgendetwas kaputt, und Claudes Augen funkelten, als er sie dabei beobachtete.

»Weißt du, da könnte tatsächlich etwas laufen.«

»Soll ich ihnen auf die Sprünge helfen?«, fragte Nox, seine Augen blitzten. Ich schlug ihm spielerisch auf den Arm.

»Wage es nicht, dich einzumischen.«

Er hob die Augenbrauen.

»Dafür ist es zu spät. Ich habe sie heute Abend schließlich zusammengebracht.«

Ich strahlte ihn an.

»Ich weiß.« Ich schaute wieder zu den beiden hinüber. »Aber im Ernst, das Letzte, was Francis braucht, ist zusätzliche Lust. Sie ist so schon eine Klasse für sich.«

»Ich hole uns noch ein paar Drinks«, sagte Nox, aber als ich mich bei ihm bedanken wollte, verschwand seine entspannte Haltung und sein Blick wurde todernst.

»Was ist los?«

»Die Herrscherin über Neid ist hier. Ich kann die Macht spüren.«

»Oh mein Gott, wirklich?« Ich konnte die Aufregung nicht aus meiner Stimme heraushalten. »Nox, das ist ja großartig!«

Rory lehnte sich vor. »Hast du gerade gesagt, dass der Herrscher über Neid hier ist?«

Nox nickte.

»Irgendetwas stimmt aber nicht, die Sündenkraft fühlt sich nicht wie gewöhnlich an.«

Ich runzelte die Stirn.

»Weißt du, wie sie aussieht?«

»Nein. Ich habe sie zuletzt vor sechs Jahrzehnten gesehen. Ihr Aussehen hat sich seither bestimmt verändert.«

»Alles, was wir von ihr wissen, ist, was sie auf Social-Media teilt«, sagte Rory.

»Was bewirkt ihre Kraft?«

»Sie macht andere neidisch«, antwortete sie, als wäre ich ein dummes, zehn Jahre altes Kind. Ich warf ihr einen finsteren Blick zu.

»Ach, echt jetzt. Du weißt, was ich meinte. Kann sie noch was anderes, wovon wir wissen sollten, oder macht sie die Leute um sie herum nur neidisch?«

Nox antwortete mir. »Die Macht des Neides lässt die Menschen irrational handeln. Sie lässt sie glauben, dass diejenigen, die Erfolg haben, ihn nicht wirklich verdient haben. Sie ruft nicht nur ein Gefühl der Eifersucht hervor, sondern auch Wut, Empörung und Selbstgerechtigkeit.«

»Klingt charmant«, sagte ich.

»Ich habe es nie sehr genossen.«

Es war leicht, zu vergessen, dass Nox die Quelle aller Macht der Sünden war. Wieder einmal blitzte das Gemälde in meinem Kopf auf. Er stellte den Wächter der Dunkelheit dar, der gegen das Licht ankämpfte. Das Böse, ob er es nun wollte oder nicht, sollte ihn erfüllen.

Ich nahm einen weiteren Schluck von meinem Sekt.

Nox spannte sich an, Hitze strömte aus ihm heraus und ich schaute mich aufmerksam um, als sich plötzlich seine Kraft in mir regte. Ich konnte etwas spüren. Jemanden.

Neid.

Neid tropfte den Menschen um uns herum förmlich aus jeder Pore. Ich konnte ihre Gedanken nicht hören, ich spürte nur, dass sie alle innerlich genau das wollten, was alle anderen hatten.

»Guten Abend, Luzifer. Ich bin überrascht, dich heute Abend hier zu sehen.«

Die Stimme gehörte einem außergewöhnlich feinen älteren Herrn mit einem gepflegten, dunklen Bart, kalten, eisblauen Augen und einem Zylinder auf dem Kopf. Irgendwie war sein Smoking gerader und ordentlicher als alle anderen, die ich heute Abend gesehen hatte. Neben ihm stand eine Frau mit gewellten blonden Haaren und einem langen, smaragdgrünen Kleid. Sie hatte ein Gesicht wie eine Puppe, arrogant, aber perfekt und wunderschön. Und sie war die Quelle der Kraft, die ich spüren konnte.

»Guten Abend«, sagte Nox und seine Augen huschten zwischen den beiden hin und her. »Ich habe unverhofft eine Einladung erhalten. Ich glaube, Sie haben etwas, das mir gehört.«

Das war also der Sammler. Meine Nerven lagen blank, als mir klar wurde, wie wichtig dieses Gespräch war.

»Das tue ich in der Tat.«

Mir stockte der Atem. *Hatten wir es tatsächlich gefunden?*

»Ich hätte es gerne wieder zurück.« Nox klang völlig gelassen, ganz geschäftsmäßig. Was überraschend war, wenn man bedachte, dass der Mann, mit dem er sprach, die eigentliche Ursache der Diebstähle seines Eigentums war.

»Das kann ich gerne arrangieren, sofern der Preis stimmt.« Der Sammler lächelte ihn an, es war ein kaltes, grausames Lächeln.

»Treffen Sie mich nach der Auktion. Bei der Sphinx. Wir werden das Ganze unter vier Augen besprechen.«

»Gut«, sagte Nox, dann nickte er der blonden Frau zu. »Lange nicht gesehen«, sagte er.

Sie schenkte ihm ein Lächeln, das so kalt war wie das des Sammlers.

»Luzifer.«

»Ich habe nach dir gesucht.«

»Und ich bin dir aus dem Weg gegangen. Der Vampirfreak, der bei dir wohnt, ist mir auf die Nerven gegangen.« In ihrer Stimme und ihrem Gesicht lag eine gewisse Spannung, die mich dazu veranlasste, Nox zuzustimmen. Irgendetwas war faul. Doch je mehr ich sie studierte, desto mehr wünschte ich mir nichts sehnlicher, als so auszusehen wie sie. So zu leben wie sie. *So zu sein wie sie.*

Ich riss mich zusammen, nahm einen weiteren Schluck, verdrängte dieses Gefühl und konzentrierte mich stattdessen ganz auf Nox.

»Bist du also hier, um etwas zu kaufen?« Nox Frage war lässig, und der Sammler lachte auf.

»Ach ja, die Spiele, die wir spielen«, lächelte er. »Die Herrscherin des Neids ist gut im Spielen. Eigentlich ist sie die Beste. Aber ich fürchte, diesmal habe ich sie übertrumpft.«

Ich konnte den Hass in ihren Augen sehen, als sie ihn anblickte.

Eine Energie begann um uns herum zu kribbeln, die sich greifbar und gar nicht so unangenehm anfühlte.

»Ich arbeite jetzt für den Sammler«, sagte die Herrscherin über Neid. Ihre Worte klangen giftig.

»Bis die Schulden abgearbeitet sind«, nickte er. »Als Käufer und Verkäufer von Waren habe ich die Erfahrung gemacht, dass ein kleiner Anflug von Neid Wunder wirkt, wenn es darum geht, einen guten Preis zu erzielen.«

»Sie benutzen sie, damit Menschen mehr Geld für Ihren Kram bezahlen?« Ich konnte mir den Ausruf nicht verkneifen, und alle sahen mich an.

»Ich habe gehört, dass Luzifer ein neues Haustier hat«, sagte der Sammler und musterte mich von oben bis unten, bis sein Blick auf meinen Flügeln verweilte. »Ausgerechnet eine Sterbliche. Eine Sterbliche mit goldenen Flügeln.«

»Wirst du gegen deinen Willen festgehalten?«, fragte Nox die Herrscherin des Neids, wobei er den Sammler ignorierte, aber zum ersten Mal einen Hauch von Wut in seiner Stimme preisgab.

Neid starrte Nox einen Moment an und schüttelte dann den Kopf. »Es ist eine rein geschäftliche Angelegenheit.«

»Sie hat unterschrieben, Luzifer. Gerade du solltest doch wissen, wie Geschäfte laufen.«

Nox sah ihn an und ich war wieder mal überrascht, wie ruhig er war. Ich fühlte mich nicht ruhig. Ich war erzürnt.

Dieses Arschloch hat die Herrscherin des Neids auf eine Auktion gezerrt, damit sich alle gegenseitig überboten, und sie wollte eindeutig nicht hier sein.

»Da wir gerade von Geschäften sprechen: Wenn wir über die Rückgabe meines Buches verhandeln, können wir vielleicht auch über den Vertrag der Herrscherin über Neid sprechen.«

Das hübsche Gesicht der Herrscherin verzog sich wütend.

»Ich habe Gerüchte gehört, dass du nach den Engeln suchst, denen du deine Sünden gegeben hast, aber ich hatte nicht gedacht, dass es stimmt. Was willst du von mir?«

Nox starrte sie nur an und ihr Gesicht wurde blass.

»Nein. Du kannst nicht ernsthaft erwarten, dass ich sie einfach aufgebe. Sie ist mein Leben, Luzifer. Ich bin, was du aus mir gemacht hast. Du kannst nicht einfach eines Tages auftauchen und mir alles wegnehmen.«

Ihre Wut war von Angst untermalt und einen Moment lang tat sie mir leid.

»Das war von Anfang an der Deal, Neid. Das wusstest du, als du den Papierkram unterschrieben hast.«

Der Sammler strich sich über seinen dünnen Bart.

»Wie faszinierend. Das könnte teuer für Sie werden, Luzifer.«

»Dann ist es ja gut, dass ich geradezu unanständig reich bin.«

Der Sammler lachte.

»In der Tat. Ich sehe Sie nach der Auktion. Viel Spaß!«

BETH

»Ist es falsch, dass ich Mitleid mit ihr habe?«, fragte ich, als sie weggingen und die Herrscherin über Neid uns über die Schulter einen scharfen Blick zuwarf.

»Sie tut mir leid, weil dieses Arschloch sie unter seiner Kontrolle hat.«

»Aber nicht, dass du ihr die Macht wegnehmen willst?«

»Es ist nicht ihre Macht.«

Rory trat dicht an uns heran. »Wir konnten sie also die ganze Zeit nicht finden, weil der Sammler sie festhielt?«

»Es scheint so.«

»Warum sollte er dich dann heute Abend zu ihr lassen?«

»Er will sie weiterverkaufen?«

»Du kannst Leute nicht verkaufen«, schnauzte ich und beide sahen mich an.

»Beth, Engel, Heilige oder Gefallene sind meist unsterblich und haben eine unbegrenzte Lebensspanne.

Sie handeln oft damit, denn Zeit ist ihre einzige unbegrenzte Ressource.«

Ich versuchte, mir einen Reim darauf zu machen. »Du bietest Zeit an, wenn du kein Geld hast?«

»Im Wesentlichen, ja. Neid hat sich selbst in Schwierigkeiten gebracht und bot sich und ihre Macht für eine gewisse Zeit an, um ihre Schulden zu begleichen. Und Rory hat ein gutes Argument. Ich bin der Einzige, der Neid sehen und ihre Macht erkennen kann und weiß, wer sie wirklich ist. Wenn er sie die ganze Zeit versteckt gehalten hat, warum sollte er sie dann ausgerechnet heute Abend präsentieren, wenn ich hier bin?«

»Eine Falle«, sagte Rory mit ernster Stimme.

»Wir wurden von Techa hergeschickt - könnte sie uns in eine Falle gelockt haben?«

Behemoth schnaubte. »Niemals. Und sie hätte mich auch nicht bei dir gelassen, wenn das der Fall gewesen wäre.«

»Gutes Argument.«

»Neid sagte selbst, dass sie Gerüchte darüber gehört hat, dass ich nach ihr suche. Der Sammler ist ein äußerst gieriger Mann. Vielleicht hat er darin nur eine Gelegenheit gesehen, mehr Geld aus mir herauszuholen.«

Ich hoffte inständig, dass dies der Fall war. Wenn wir heute Abend das Buch und die Neid-Seite vom Sammler bekommen könnten, wäre das ein großer Schritt vorwärts. Dann bliebe uns nur noch Stolz.

Die Kellner bewegten sich durch die Menge und wiesen den Leuten den Weg durch eine von zwei Türgruppen - ich nahm an, dass sie in magisch und nicht-magisch unterteilt wurden. Wir wurden durch die Tür auf der linken Seite geschickt, von wo eine breite Treppe hinunter in einen großen Raum mit vielen runden Tischen und einer kleinen, erhöhten Bühne an einem Ende führte. Die hohen Fenster waren mit schweren, roten, goldverzierten Samtvorhängen verhängt und über unserem Kopf hing ein kunstvoller Kronleuchter. An den Wänden hingen Gemälde, viele von ihnen abstrakt und farbenfroh, dazwischen ein paar entspannende Porträts, die die Farben etwas auflockerten.

Eine junge Frau händigte uns nummerierte Schilder aus und wir wurden zu einem Tisch geführt, auf dessen Platzkarten unsere Namen standen.

»Warum habe ich keinen?«, brummte Behemoth.

»Ich glaube nicht, dass Zwergziegen hier ihre eigenen Plätze bekommen. Sorry.«

»Unverschämt«, schnaubte er und schob sich unter die Tischdecke.

»Schmollst du da unten etwa?«, fragte ich ihn, als ich mich auf den mir zugewiesenen Platz setzte.

»Nein.«

»Gut. Denn großartige Höllenbiester schmollen nicht.«

»Da könntest du recht haben«, sagte er widerwillig und kroch wieder unter dem Tisch hervor.

»Kannst du mir einen Gefallen tun? Kannst du den Raum ein bisschen auskundschaften und nachsehen, ob du etwas Ungewöhnliches findest?«

Seine Augen blitzten, während er aufgeregt mit den Füßen stampfte.

»Ich mache mich sofort auf den Weg«, sagte er und trabte zielstrebig davon.

Nox sah mich an. »Hast du das nur gemacht, damit er sich besser fühlt, weil er keinen Platz hat?«

»Ja. Er ist süß. Ich mag ihn.«

Nox beugte sich vor und küsste mich sanft auf die Wange. »Du überraschst mich.«

»Sie haben meinen Namen falsch geschrieben«, sagte ich und hob mein Namensschild auf.

»Da steht Beth Appott, statt Abbott.« Als ich die Karte in meiner Hand bewegte, bemerkte ich, dass auf der Rückseite etwas geschrieben stand. Mir stockte der Atem. Es war die gleiche Handschrift wie vorher.

Die Schrift, die genauso aussah wie die meiner Mutter.

Kaufe die Rubinhalskette. Was auch immer du tust, du musst die Rubinhalskette kaufen.

»Nox«, zischte ich. Ich zeigte ihm die Karte.

»Was sollen wir tun? Meinst du, die Botschaft ist von meiner Mutter?«

»Ich weiß es nicht. Biete einfach auf die Halskette. Kaufe sie«, antwortete er mit tiefer, heiserer Stimme.

Ich nickte.

»Beth!« Behemoths Stimme erklang in meinem Kopf

und ich sah mich um. Der Raum war voller Gäste, aber ihn konnte ich nicht sehen.

Ich antwortete ihm laut, fühlte mich ein bisschen dumm dabei und wusste nicht, ob er mich hören konnte.

»Behemoth?«

»Cornu ist hier.«

»Was?«

»Ich weiß nicht, wie er reingekommen ist, aber er sitzt an einem Tisch auf einem Platz, der einen ganz anderen Namen hat als er.«

»Ist er betrunken?«

»Nein. Er sieht sogar ziemlich gut aus.«

Nox zog die Augenbrauen hoch. »Verdammte Dämonen. Wenn er heute Abend etwas vermasselt, schicke ich ihn geradewegs zurück in die Hölle.«

Noch bevor ich etwas erwidern konnte, wurde das Licht gedimmt und das Podium mit kleinen Scheinwerfern erhellt. Der Sammler trat auf die Bühne und blieb hinter einem Rednerpult aus Holz stehen. Er war offenbar unser Auktionator für den heutigen Abend.

»Willkommen, meine liebenswerten magischen Gäste«, sagte er in seinem holprigen Akzent. »Wir sind heute Abend hier zur Auktion des Jahrhunderts versammelt.«

Es dauerte eine Weile, bis die Auktion in Fahrt kam, aber als es dann so weit war, wurde hitzig geboten. Die Herrscherin über Neid stand neben dem Sammler und präsentierte jeden Gegenstand, der zum Verkauf stand. Wenn das Publikum nicht reagierte, drängte der Sammler sie weiter in den Raum vor, damit sie zwischen den Tischen umhergehen und die Angebote vorführen konnte.

Ich sah zu, wie die ersten Objekte verkauft wurden: eine riesige Standuhr, die mit blauen Adlern bemalt war, für fünftausend Pfund, ein Kleid, das die Farbe wechselte, für zweitausend Pfund und ein Breitschwert, das fast so groß war wie ich, für zehntausend Pfund.

»Und als Nächstes haben wir diese atemberaubende Halskette. Was halten wir davon?«

Das Licht wurde gedimmt und dann wieder aufgehellt, um die Halskette zu enthüllen. »Ein Anhänger, bestehend aus zwei quadratischen Rubinen, die in Weißgold gefasst sind.«

Der Raum füllte sich mit Keuchen und aufgeregtem Geplapper. Die Kette war umwerfend. Ich war so davon verzaubert, dass ich das erste Gebot gar nicht mitbekam. Nox griff mit seiner Hand unter den Tisch und ich zuckte zusammen, als er in meinen Oberschenkel kniff.

»Wenn das die Halskette ist, solltest du besser anfangen zu bieten«, flüsterte er.

»Stimmt«, sagte ich, meine Kehle war trocken.

Meine Hand schoss in die Luft und der Kollektor zeigte in meine Richtung.

»Zehntausend«, sagte er.

»Bitte was?« Ich hatte nicht bemerkt, wie hoch bereits geboten worden war, und mir wurde schlecht, als ich Nox ansah. Er grinste mich an.

»Fünfzehntausend«, sagte eine Stimme weiter vorne.

»Dreißigtausend«, rief eine Stimme vom anderen Ende des Raumes.

Meine Kehle war wie zugeschnürt und ich konnte vor lauter Herzpochen kaum etwas hören.

»Nox, ich kann mir das nicht leisten!«

»Aber ich kann. Und das heißt, du kannst.«

Die gewohnte Hitze flammte in meiner Brust und das Verlangen nach dem schönen Schmuckstück war genauso stark wie der Wunsch, allen anderen zuvorzukommen.

Ich wusste, dass es die Gier in mir war, und zweifellos trug auch der Einfluss von Neid dazu bei.

Aber noch stärker als die Sündenkräfte war die Anweisung meiner Mutter, ich solle mir die Halskette besorgen. Ich war mir so sicher, dass die Nachricht von ihr stammte.

»Die Dame bietet fünfzigtausend Pfund.« Ich warf einen Blick auf die Bühne. Am vorderen Tisch hielt eine Frau in einem schönen Designerkleid ihr Schild hoch und nickte dem Sammler zu. Nox ergriff wieder meinen Oberschenkel und ich hob meins.

»Höre ich fünfundfünfzig? Fünfundfünfzig?« Er zeigte auf mich. »Fünfundfünfzig hier. Gibt es noch mehr?«

»Sechsundfünfzig«, sagte eine schroffe Stimme weiter vorne.

»Sechzig«, sagte ich mit zitternder Stimme und hielt meine Hand weiterhin in die Luft.

»Fünfundsechzig«, sagte die Frau am Eingang.

»Sechsundsechzig«, sagte ich, während meine Handfläche schwitzte.

»Siebzig«, sagte die schroffe Stimme.

»Einundsiebzig«, sagte ich.

»Achtzig.«

»Einundachtzig«, sagte ich.

»Neunzig«, sagte sie, und ich konnte das Lächeln in ihren Worten hören. Ich verlor die Hoffnung. Dieser Mitbieter wollte die Halskette bekommen. Ich senkte mein Schild und starrte es niedergeschlagen an, denn ich wusste, dass ich verloren hatte.

»Warum hast du aufgehört?« zischte Nox.

»Das ist eine riesige Menge Geld«, flüsterte ich, und Nox nahm meine Hand und küsste sie.

»Biete weiter.«

Ich schüttelte den Kopf und versuchte meine Gier zurückzuhalten.

»Ich kann nicht. Das kannst du dir auf keinen Fall leisten.«

»Doch, das kann ich. Und du musst es kaufen. Biete weiter.«

Ich sah zu, wie die Frau vor der Bühne auf fünfundneunzigtausend erhöhte.

»Hunderttausend«, sagte Nox neben mir.

»Nein!« sagte ich, aber gleichzeitig legte Nox seine Hand um meine und hob unser Schild an. Der Sammler drehte sich zu uns um.

Ich starrte Nox mit offenem Mund an.

»Hunderttausend für dieses atemberaubende Stück.« Der Sammler zeigte mit seiner Hand auf mich.

»Von der jungen Dame bei Mr. Nox. Noch jemand?«, fragte er und sah sich im Raum um.

Neid ging langsam an der Frau am vorderen Tisch

vorbei und ließ das funkelnde Schmuckstück vor ihr baumeln. Doch der Mund der Frau verzog sich zu einem schmalen Strich und sie schüttelte den Kopf. Neid änderte die Richtung und ging auf den Besitzer der schroffen Stimme zu. Es herrschte komplette Stille.

»Zum ersten...«

Ich hielt den Atem an.

»Zum zweiten... Zum dritten. Verkauft. Die Rubinhalskette geht an die Dame an Tisch vierundvierzig.«

Das Licht wurde gedimmt und die Auktion ging weiter. Ich packte Nox Arm.

»Wooooooow!«, rief Francis von der anderen Seite des Tisches. »Beth, du hast da einen Volltreffer gelandet! Und ich meine die Kette *und* den Typen, der sie für dich bezahlen kann!«

»Wozu hast du so viel Geld ausgegeben?« zischte ich Nox an und versuchte, sie zu ignorieren. »Was ist, wenn es wertlos ist, oder ein Trick, oder...« Nox unterbrach mich, indem er mir seinen Finger an die Lippen hielt.

»Ich werde bis zum Ende der heutigen Nacht weit mehr als nur das verloren haben und morgen dafür das Zehnfache verdienen.«

Ich starrte ihn an. Die Gier durchströmte mich wieder und die Vorstellung, so viel Geld zu haben, schoss mir unmittelbar durch den Kopf.

Benimm dich! sagte ich der fehlgeleiteten Kraft. *Wir haben die Halskette gekauft, weil wir sie brauchen. Mama glaubt, dass wir sie brauchen. Nicht, weil sie so verdammt schön ist...*

»Und wenn sich herausstellt, dass sie nichts wert ist, wirst du verdammt fantastisch aussehen, wenn du sie trägst und sonst nichts«, hauchte Nox und seine Hand strich über die Innenseite meiner Schenkel.

Ich holte tief Luft, als ich mir seine Worte bildlich vorstellte. Ich, wie ich nackt auf ihn zuging, der Rubin an meiner Kehle glühend.

Er hatte Recht. Ich sah wirklich verdammt fantastisch aus.

»Sehe ich so für dich aus?«, flüsterte ich.

»Nein. So siehst du in Wirklichkeit aus. Du bist umwerfend.«

Ich wurde ganz rot vor Freude über seine Worte. »Danke.«

»Wenn wir das Buch und die Seite von Neid zurückhaben, habe ich etwas mehr Zeit, um dich davon zu überzeugen.«

ACHTUNDZWANZIG

BETH

»Ich wünschte, sie wären nicht hier«, sagte Nox.

Wir standen bei der Sphinx, wie es uns aufgetragen worden war, waren jedoch nicht allein. Rory und Behemoth waren sozusagen eine Selbstverständlichkeit, aber Francis und Claude wurden wir einfach nicht los. Sie standen drei Meter entfernt vor einer kleinen Skarabäus-Statue und unterhielten sich angeregt.

Francis bemerkte, dass ich zu ihr schaute, und winkte mir fröhlich zu. »Sag einfach Bescheid, wenn du unsere Hilfe brauchst, Süße!«, rief sie unnötig laut.

»Mach ich.« Ich drehte mich wieder zu Nox. »Ich bin mir sicher, dass sie nicht im Weg sein wird«, sagte ich, ohne den Zweifel in meiner Stimme zu verbergen. »Sie kommt nicht oft aus dem Haus.«

»Ich mache mir keine Sorgen, dass sie mir in die Quere kommen könnte. Ich mag sie. Ich möchte nicht, dass etwas passiert, was sie beunruhigt. Oder dich.«

Mein Herz schwoll an. Ich war so froh, dass er Francis mochte. »Sie ist ziemlich robust. Wenn ihre Geschichten wahr sind, hat sie in ihrem Leben fast so viele Ausschweifungen erlebt wie du.«

Er schenkte mir ein trockenes Lächeln.

»Er sollte schon längst hier sein. Er lässt mich absichtlich warten.«

Nach dem Ende der Auktion waren alle anderen zu einer Afterparty in einer nahegelegenen Bar eingeladen worden. Wir waren die einzigen, die sich daraufhin tiefer in das Museum begeben hatten, anstatt es zu verlassen. Nun, das stimmte nicht ganz.

»Versteckt sich Cornu immer noch hinter der Säule?«, fragte ich Nox.

»Ja.«

Der Dämon wusste sicher, dass Nox ihn spüren konnte, aber bis jetzt hatte er sich uns nicht zu erkennen geben wollen. Nox hatte vorgeschlagen, ihn einfach in Ruhe zu lassen, anstatt zu riskieren, dass der Sammler auf unseren Stalker aufmerksam wurde. Wahrscheinlich wollte Cornu nur keine Gelegenheit verpassen, seine Rache zu vollziehen.

»Luzifer.« Der Sammler erschien im Torbogen am anderen Ende des Raumes. Neben ihm stand die Herrscherin über Neid, die leuchtende Handschellen trug. »Ich entschuldige mich für meine Verspätung; ich musste mich um einen Fluchtversuch kümmern. « Neid warf ihm einen bösen Blick zu und ich fühlte mit ihr. Wahrscheinlich hätte ich auch versucht zu fliehen, wenn man mich verkaufen und mir meine magischen Kräfte nehmen wollte.

Der Sammler und die Herrscherin des Neid blieben vor uns stehen und er warf einen kurzen Blick auf Francis und Claude. Sie waren still geworden und starrten unsere Gruppe an.

»Ich muss sagen, du pflegst in letzter Zeit eine merkwürdige Gesellschaft«, sagte er mit einem kleinen Kopfschütteln. »Ist das etwa ein Miniatur-Höllenziegenbock?«

»Ja. Er ist nicht zu verkaufen.«

»Schade. Ich glaube, das gehört Ihnen, Madame«, sagte er und nickte der Herrscherin über Neid zu. Widerwillig hielt sie die große schwarze Schachtel mit der Rubinhalskette hoch.

»Oh. Danke.« Ich griff danach. Die Schachtel war zu groß für meine Handtasche, und Neid schüttelte den Kopf.

»Zieh sie einfach an.«

Ich wollte ihr widersprechen, aber als ich die Halskette betrachtete, beschloss ich, ihr rechtzugeben. Schließlich war die Kette wunderschön. Ich nahm sie aus der Schachtel und legte sie mir um den Hals.

»Nun zum Geschäft«, sagte der Sammler und richtete seine Aufmerksamkeit von mir auf Nox. »Willst du das Buch der Sünden kaufen?«

»*Mein* Buch der Sünden, welches gestohlen und illegal weiterverkauft wurde. Ja.«

Der Sammler lachte. »Ich kann unmöglich an meinen Fingern abzählen, wie viele illegal beschaffte Gegenstände du selbst im Laufe der Jahrhunderte durch meine Hallen getragen hast, Luzifer.«

»Nenne deinen Preis«, sagte Nox. Ich konnte hören, wie sich eine gewisse Spannung in seine Stimme einschlich.

»Zwei Millionen. Und eine Probe vom Berg Ignis.«

Ich biss mir auf die Zunge. *Zwei Millionen.*

»Eine Million«, konterte Nox. »Und ich will Neid. Du kannst stattdessen eine Probe vom Berg Calidum haben.«

»Zwei Millionen und du kannst die Herrscherin über Neid haben. Und ich habe bereits Proben vom Berg Calidum, die hat jeder. Sie sind für mich wertlos. Entweder der Berg Ignis oder das Geschäft ist geplatzt.«

»Es ist nicht einfach, Stücke vom Berg Ignis zu bekommen.«

»Dessen bin ich mir sehr wohl bewusst. Deshalb will ich sie ja auch.«

Es herrschte langes Schweigen und ich war mir sicher, dass jeder mein Herzklopfen hören konnte.

»Gut«, lenkte Nox schließlich ein. »Aber nicht mehr als eineinhalb Millionen.«

»Eins sieben fünf.«

»Ich will zuerst das Buch.«

»Unterschreibe bitte hier.« Der Sammler zog eine Schriftrolle aus seinem Ärmel und entfaltete sie mit einer schwungvollen Bewegung. Schwarze Tinte floss über die Seite und verdichtete sich zu einem Gekritzel, das ich gerade noch als die Bedingungen entziffern konnte, auf die sie sich gerade geeinigt hatten.

Nox zog einen Stift aus der Innentasche seines Smokings und winkte mit der Hand. Die Schriftrolle flog aus der Hand des Sammlers und schwebte nun vor ihm.

Kaum war sie unterschrieben, strahlte ihn der Sammler an. »Du kannst jetzt gehen«, sagte er zur Herrscherin über Neid. »Ich werde das Buch holen. Wartet hier.«

Er marschierte zurück in den Flur und Neid blickte Nox trotzig an.

»Die Seite, bitte«, sagte er zu ihr.

»Als ob ich die bei mir hätte«, fauchte sie.

»Ich weiß, dass du sie bei dir hast. Gib sie mir jetzt.«

»Ich habe sie nicht«, wiederholte sie lautstark.

»Ich befreie dich aus der Schuldverschreibung und sorge dafür, dass du für die nächsten drei Jahre finanziell abgesichert bist, wenn du mir jetzt die verdammte Seite gibst.«

Sie starrte ihn mit zusammengekniffenen Augen an.

»Du hast dreißig Sekunden Zeit, Neid. Ich muss dir keine Gegenleistung anbieten, ich könnte dich einfach zwingen. Aber das möchte ich lieber nicht.«

»Du versuchst, meine Würde zu retten, was?«, sagte sie sarkastisch. Aber die Kampflust hatte sie bereits verlassen, sie ließ die Schultern hängen. Sie beugte sich vor, die Hände immer noch gefesselt. »Weißt du, vielleicht ist es gar nicht so schlecht, diese verdammte Macht loszuwerden. Vielleicht habe ich dann endlich mal meine Ruhe.«

»Du brauchst sie bestimmt nicht mehr«, sagte ich. »Hast du jetzt nicht eine tolle Fangemeinde im Internet? Ich bin sicher, dass deine Fans dir treu bleiben werden. Sie werden wahrscheinlich gar nicht merken, dass sich etwas geändert hat.«

Sie hob ihren Kopf und schaute zu mir auf. Ich sah, wie sie den Riemen ihrer Sandale löste.

»Danke für deine klugen Worte, du verdammte Optimistin«, murmelte sie, riss sich den Schuh vom Fuß und zog am Stiletto-Absatz. Zu meiner Überraschung löste er sich mit einem Schnappen vom Rest des Schuhs und schwang an einem Scharnier auf. Sie drehte ihn um und ein kleines zusammengerolltes Stück Papier glitt heraus. Sie zögerte kurz, dann reichte sie es an Nox weiter.

Seine Flügel schlugen sofort hinter ihm aus und ich hörte Francis keuchen.

Nox begann rasend schnell auf Lateinisch zu lesen, die Schatten um ihn herum wurden immer dichter. Er verschwendete keine Zeit. Ich vermutete, dass er nicht wollte, dass der Sammler anwesend war, wenn er seine Macht zurückeroberte.

Schatten erwachten um die Herrscherin des Neid herum zum Leben, strömten aus ihrem Körper heraus. Angst erfüllte ihre schönen Augen, bevor sie sich schlossen und ihr Kopf nach hinten kippte.

Nox klatschte die Hände zusammen und helles, blaues Licht erschien zwischen ihnen, als er sie auseinanderzog. Die Schatten stürzten darauf zu, verschmolzen mit dem Licht und wirbelten darum herum, bevor sie sich auf seinen Flügeln ausbreiteten. Wie zuvor schien die dunkle Macht mit seinen Federn zu verschmelzen. Im nächsten Moment war alles vorbei.

Die Herrscherin über Neid öffnete ihre Augen und Nox Flügel legten sich langsam zusammen, während er den kleinen Zettel in seine Innentasche steckte.

»Danke. Ich werde dein Geld morgen überweisen lassen.«

Neid starrte ihn für einen Moment an und hielt dann ihre gefesselten Handgelenke hoch. Nox sagte etwas auf Lateinisch und berührte sie, woraufhin sich die Fesseln auflösten. Sie ging in die Hocke und schlüpfte wieder in ihre Sandale, dann wirbelte sie herum, ohne uns eines Blickes zu würdigen. Das Klicken ihrer Absätze wurde langsam leiser, während sie aus der Halle schritt.

Nox Augen leuchteten, als ich ihn ansah. »Einer fehlt noch«, hauchte ich und versuchte, meine Stimme ruhig zu halten. Nox strahlte unbändige Kraft aus und wirkte noch verlockender, als er es den ganzen Abend schon gewesen war.

Bevor er darauf antworten konnte, hörten wir Schritte, diesmal nicht auf Stöckelschuhen.

»Das Buch der Sünden«, verkündete die Stimme des Sammlers, während er hinter der Sphinx-Statue hervortrat.

Ich runzelte die Stirn und verengte meine Augen, als er nähertrat.

Gier strömte aus ihm heraus, so stark und mächtig, dass es mir schwerfiel, mich auf etwas anderes zu konzentrieren. *Warum fühlte er so viel Gier?* Sie war nicht da gewesen, als Nox das Pergament unterzeichnet hatte.

Ich spürte die Wärme von Nox neben mir und schaute ihn von der Seite an. Er war so still wie die Statuen um uns herum. *Er spürte es auch.*

»Wie versprochen«, sagte der Sammler, blieb vor der viereinhalb Meter großen Sphinx stehen und hielt ein braunes, in Leder gebundenes Buch hoch. Ganz langsam ging er in die Hocke und legte das Buch auf den gefliesten Boden. »Ich übergebe dieses Buch hiermit von meinem Besitz in deinen.«

»Warum legt er es auf den Boden, anstatt es dir zu überreichen?«

»Weil das eine Falle ist«, knurrte Nox. Lauter, damit der Sammler ihn hören konnte, fuhr er fort. »Er legt es auf den Boden, weil er will, dass ich es aufhebe. Sein Teil der Abmachung ist erfüllt. Er hat das Buch an mich weitergegeben. Schade, dass es noch nicht in meinen Händen ist. Ich hätte das Kleingedruckte lesen sollen.«

Die Augen des Sammlers leuchteten triumphierend, als er zu uns aufsah. Schatten bildeten sich um Nox, wirbelten zu dichten Tornados auf und stürzten sich auf das Buch. Doch bevor sie es erreichten, funkelte gelbes Licht um es herum.

»Das muss ich leider an mich nehmen.« Eine weitere Gestalt trat hinter der Sphinx-Statue hervor: Banks. Banks?

Der Geruch von Schwefel überkam mich und die Halle war plötzlich zehnmal heißer. Ich drehte mich um und griff nach Nox, während jeder einzelne Instinkt in meinem Körper Alarm schlug.

Ein Höllenhund schlich hinter Banks her.

Nox Flügel hoben sich von seinem Rücken und Rory bewegte sich schnell zu Francis und Claude. Ihre Hände glühten rosa.

Die Stimme des Sammlers schallte durch den Flur. »Kann ich jetzt gehen?« Er beobachtete den Höllenhund und bewegte sich langsam in die entgegengesetzte Richtung.

»Nein«, sagte Banks.

»Du hast gesagt, ich muss Luzifer nur hierherbringen«, protestierte er.

Der Höllenhund knurrte und der Sammler verstummte.

Nox Stimme klang hart wie Granit. »Beth, ich gehe hier nicht ohne das Buch weg. Aber du musst. Jetzt.«

»Zu spät, Luzifer«, sang Banks.

Sein Blick traf meinen und Nox knurrte tief in seiner Brust. Er bewegte sich blitzschnell und trat vor mich, so dass er zwischen Banks und mir stand. Schatten ergossen sich über sein goldenes Gefieder, während er seine Flügel wie einen Schild ausbreitete.

»Zeit, dem ein Ende zu setzen, Banks.« Das Versprechen eines langsamen und schmerzhaften Todes lag in jedem seiner Worte. Die Schatten übertrugen die Geräusche von Schreien und Bilder des Feuers und ließen meine Knie zittern. Kraft flammte in mir auf, das fürchterliche Gefühl ließ nach.

Banks lachte, während das Buch in der Luft schwebte, immer noch umhüllt von seiner Macht.

»Oh, kleiner Luzifer. Du hast wirklich so wenig Ahnung, womit du es zu tun hast. Du hast recht - wir werden es zu Ende bringen. Aber du wirst dabei verlieren.«

Nox bewegte sich vorwärts und näherte sich ihm. Der Höllenhund neben Banks duckte sich.

»Willst du nicht selbst gegen mich kämpfen?«, rief Nox. »Oder seid ihr beide feige? Ich weiß, dass du sie mit diesem Symbol kontrollierst. Wer hat dir die Macht dazu gegeben Banks?«

»Ich muss dich nicht selbst bekämpfen. Ich kann dich später in Stücke reißen, wenn du erst einmal in meiner Gefangenschaft bist, Sündenmacht für Sündenmacht.«

Nox lachte herablassend. »Du kannst es nicht mit meiner Sündenmacht aufnehmen, du schwacher kleiner Narr. Du bist nur ein gefallener Engel, und ich bin dein verdammter Herr!«

Banks Augen weiteten sich und ein irres Grinsen breitete sich auf seinem Gesicht aus. »Oh, aber ich kann es sehr wohl. Examinus wird so froh sein, dass du die Herrscherin des Neid gefunden hast«, zischte er.

Nox erstarrte.

Examinus?

»Gloria sollte sie für ihn finden, aber das macht die Sache jetzt viel einfacher.«

Gloria?

Gloria war meine Mutter.

NEUNUNDZWANZIG

BETH

»Ich denke, ich sollte ihr schon etwas Anerkennung zollen, denn ohne sie hätten wir es nicht geschafft, den Sammler hier zu bestechen.«

Ich fühlte mich krank, meine Beine zitterten und mein Herz raste.

»Warum?« Mein Stimme war nur ein Krächzen.

»Examinus braucht das Buch, die Sünden und Luzifer hier. Den kompletten Satz. Er wusste, dass du zu dumm bist, um herauszufinden, dass Max im Naturkundemuseum war. Er konnte ja wohl kaum in die Menschenwelt eindringen und den Geist selbst befragen, oder? Also schickte er Gloria. Die einzige Person, der dein kleiner sterblicher Liebling nicht widerstehen konnte.«

»Du lügst.«

»Ach ja? Gloria!«, sang er. mein Atem stockte in entsetzter Erwartung. Mit einem kleinen Zischen von grünem Licht erschien meine Mutter neben ihm.

»Nein. Nein, das kann nicht sein. Du hast auf ihn geschossen!« Ich schrie den letzten Satz halb heraus und meine Augen brannten, als ich von Verwirrung und Verrat übermannt wurde. Mamas Gesicht war hart; ihre Lippen waren fest zusammengepresst, als sie mich ansah.

»Examinus hat sie für diesen kleinen Schnitzer bestraft«, knurrte Banks. »Als ich dich ohne den Höllenziegenbock sah, dachte ich, du hättest versagt, und beschloss, die Sache selbst in die Hand zu nehmen. Der einzige Grund, warum deine Mutter noch am Leben ist, ist, dass du uns anschließend direkt zum Buch geführt hast.«

»Warum?«, brüllte Nox und erschreckte mich damit so sehr, dass meine Benommenheit ein wenig nachließ. »Warum tut er das?«

»Er kann es dir selbst sagen, sobald er hier ist.«

Noch bevor ich wieder atmen konnte, stürzte sich der Höllenhund auf mich. Schatten sprangen aus Nox heraus, aber anstatt den Höllenhund zu treffen, hüllten sie mich ein. Ich spürte, wie ich vom Boden gehoben und aus dem Weg der Bestie gehievt wurde. Der Höllenhund stieß mit Nox zusammen. Sie rollten über den Boden, während ich stolpernd zum Stehen kam. Ich hörte, wie Banks zu singen begann, und versuchte, meine panische Angst zu beruhigen und meine Beherrschung wiederzuerlangen. Feuer loderte in mir auf, wütend und gewaltig. Es war, als würde es meine Ängste, meine Verwirrung und meinen Verrat bündeln und sie alle in eine Zelle in meinem Hinterkopf sperren, wo sie mich nicht mehr beeinflussen konnten.

Ich hatte die Wahl zwischen Kampf und Flucht.

Und ich hatte vor zu kämpfen.

· · ·

Gerade als ich meine Hand in meine Handtasche steckte, um meine Armbrust herauszuholen, ertönte das Geräusch von splitterndem Glas, gefolgt von Francis Schreien.

Während Nox mit dem flammenden Höllenhund kämpfte, drehte ich mich um und rannte auf Francis und Claude zu. Aber meine Schritte gerieten ins Stocken, noch bevor ich die Hälfte des Weges zurückgelegt hatte.

Das Glas aller Vitrinen an den Wänden zerbarst gleichzeitig und die schweren Steinsarkophage öffneten sich. Eine üble Vorahnung ergriff mich, als ich die erste bandagierte Hand einer Mumie nach uns tasten sah.

Ich hörte, wie Rory hinter mir etwas rief. Aber ich konnte die Worte nicht verstehen, weil Francis immer noch kreischte. Claude versuchte, sie von den Wänden wegzuziehen, wo die Mumien waren, doch sie bewegte sich nicht vom Fleck.

Behemoth stürmte auf Francis zu und stieß mit seinem Kopf gegen ihre Beine, um sie in Bewegung zu setzen. Sie hörte auf zu schreien, warf ihm einen erschrockenen Blick zu und rannte dann, so schnell sie konnte, auf mich zu.

»Rory holt sich das Buch!«, sagte Behemoth in meinem Kopf.

Ich fing Francis auf und schaute über ihre Schulter, wo eine Mumie auf uns zustürmte, gefolgt von drei weiteren.

Ich zielte mit der kleinen Armbrust und spürte, wie sie in meiner Hand heiß wurde.

Ich feuerte.

Die Mumie wich zurück, als ein goldener Lichtstrahl

ihre Schulter zerfetzte. Die Bandagen lösten sich und enthüllten darunter verfaulte dunkle Haut.

Ein weiterer magischer Blitz, diesmal aus einem schwarzen Schatten bestehend, traf die Mumie dahinter. Ich riss meinen Kopf nach links und bemerkte, dass Claude mit seiner eigenen Armbrust zielte.

»Beth, sieh mal!« Francis zerrte an meinem Arm und ich schoss noch einmal auf eine herannahende Mumie, bevor ich mich umdrehte.

Nox kämpfte immer noch mit dem riesigen Hund. Sie waren umgeben von einem flammenden Symbol. Banks Symbol, erkannte ich.

Angst um Nox durchströmte mich, als die Kreatur knurrend nach ihm schnappte. Die Art und Weise, wie Nox damals mit dem Höllenhund auf dem Boot auf der Themse gekämpft hatte, hatte nichts mit diesem Kampf gemein. Lag es daran, dass er zu schwach war? Oder weil dieser Höllenhund anders war?

Ich sah, wie Behemoth den Höllenhund biss und rammte, wann immer er eine Gelegenheit dazu bekam.

Ich blickte wieder hinter uns, und ein neuer Schauer des Schreckens durchfuhr mich. Da waren jetzt mindestens zehn weitere Mumien, die alle aus ihren Särgen kletterten. Eine von ihnen nahm sogar eine antike Waffe in Form einer Sense aus einer zerschlagenen Vitrine. Claude schoss auf die Mumie und sie fiel zu Boden. Ich zielte wieder mit meiner eigenen Waffe und schoss auf zwei, die sich zu unserer Linken näherten und Grimassen schnitten, während sich ihre Verbände auflösten. *Wo zum Teufel war Rory?*

»Was machen wir, was machen wir, was machen

wir...« Francis verzweifeltes Rufen wurde abrupt unterbrochen, als etwas über den Boden zu unseren Füßen rutschte. Sie schrie auf und ich sprang zurück, bevor ich erkannte, was es war. Ein in Leder gebundenes Buch.

»Lauf!« Rory sprintete um das Feuer herum auf uns zu, Cornu direkt hinter ihr.

Ich bückte mich, um das schwere Buch aufzuheben, und erstarrte, als ich mich wieder aufrichtete.

Die Sphinx war auferstanden.

Die viereinhalb Meter hohe Statue stellte sich auf die Beine und das Geräusch von krachendem Stein war ohrenbetäubend.

»Nox!«, schrie ich.

»Lauf«, bellte er zurück. Er stand über dem Höllenhund, aber die Flammen leckten jetzt so hoch, dass ich kaum mehr von ihm sehen konnte als das Gold seiner Flügel.

»Ich will dich nicht verlassen!«

Rory und Cornu holten uns ein und ich warf einen kurzen Blick auf Rorys verbranntes Kleid und den Ruß auf Cornus Gesicht, bevor ein Feuerstoß meine Aufmerksamkeit wieder auf Nox lenkte.

»Warum kann er ihn nicht töten?«

Zum ersten Mal, seit ich sie kannte, sah ich Angst in Rorys Gesicht.

»Ich weiß es nicht. Wir müssen das Buch in Sicherheit bringen.«

Ich hielt es ihr hin.

Ich wollte Nox nicht verlassen. Ich wusste, dass es dumm und gefährlich war und wahrscheinlich ein

Fehler. Aber er gehörte mir, und ich würde ihn nicht verlassen. »Geh«, sagte ich entschlossen.

Sie zögerte für den Bruchteil einer Sekunde, bevor sie mir das Buch abnahm.

»Ich werde Hilfe holen.«

Sie sprintete an mir vorbei, wobei rosa Licht um sie herum leuchtete, und ich zielte mit meiner kleinen Armbrust auf die Mumien, an denen sie vorbei musste, um zu entkommen.

Doch plötzlich schrie sie auf und ihr Körper wurde in die Luft geschleudert. Ich konnte nur hilflos dabei zusehen, wie sie über das Feuer sauste, direkt auf Banks zu, als ob sie von ihm magnetisch angezogen würde. Er riss ihr das Buch aus der Hand und schnippte mit den Fingern. Sie prallte mit voller Wucht gegen die Seite der steinernen Sphinx, rutschte über den Boden und kam gefährlich nahe an den Flammen zum Stehen.

»Es reicht!« Banks klang schadenfroh, als er den Befehl brüllte. Die Mumien erstarrten und die Flammen um Nox und den Höllenhund erstarben schlagartig zu Glut.

Nox Hemd war versengt und zerrissen und ich konnte Blut an seiner Schläfe sehen. Ich wollte mich bewegen, aber Banks dröhnende Stimme ertönte erneut. »Ich sagte, *es reicht*.« Sein ganzer Körper glühte jetzt gelb und ich hätte schwören können, dass er ein paar Meter größer geworden war. Die große steinerne Sphinx ragte riesig neben ihm auf, meine Mutter stand davor. Der Sammler stand auf der anderen Seite, sein Gesicht war fast weiß und sein Blick starr auf die Mumien hinter uns gerichtet.

»Examinus braucht mehr Platz für seinen Auftritt.

Wir werden ins Atrium überwechseln«, verkündete Banks.

»Nein! Das kannst du nicht tun!« Der Sammler klang entsetzt.

Banks drehte sich mit einem schiefen Lächeln zu ihm um. »Ich denke, du wirst feststellen, kleiner Mann, dass ich alles tun kann, was ich will.« Er hob seine Hand und der Sammler zuckte schreiend zusammen.

Der Höllenhund sprang auf und riss dem Sammler mit einer schnellen und tödlichen Bewegung den Kopf von den Schultern.

NOX

»Niemand sollte sterben!«, schrie Beths Mutter Banks an. Ihre Augen waren voller Hass, und ich war mir sicher, dass es zwischen den beiden kein Bündnis gab. Ob sie mit Examinus verbündet war oder nicht, war jedoch eine andere Frage.

Bevor Banks reagieren konnte, rannte Cornu auf ihn zu.

»Du warst es«, brüllte der Dämon und zeigte auf Banks, sein Blick war jedoch auf den toten Sammler gerichtet. »Du hast Madaleine auf dieselbe Weise getötet, mit dieser Bestie. Ich habe es gesehen. Genauso.«

Der Höllenhund duckte sich wieder und wartete auf Befehle, während seine Nase in Richtung der Blutlache zuckte.

»Sie war schwach. Schwächer als ich dachte.«

Cornu stürzte sich brüllend auf Banks. Ich schleuderte meine eigene Kraft auf den Dämon und erreichte ihn gerade noch, bevor Banks ihn mit einem gelben Lichtblitz zurück in die Hölle schicken konnte.

»Das reicht jetzt, Banks! Kämpfe selbst gegen mich, du verdammter Feigling! Lass den Hund aus dem Spiel!«

Banks drehte sich zu mir um und seine Augen leuchteten gelb, während seine Magie aus ihm herausströmte.

»Ich will nicht gegen dich kämpfen, du bist zu schwach. Deshalb war Madaleine leicht zu töten. Ihre Macht war mit deiner verbunden. Und du bist einfach nur noch erbärmlich.«

Cornu schrie aus dem Schattengefängnis, mit dem ich ihn am Boden festhielt.

»Hast du Madaleine für ihre Sünden-Seite getötet?«

»Ich dachte, sie würde die Seite bei sich haben«, sagte Banks achselzuckend. »Und wenn nicht, hättest du sie zurückgeholt. Du wärst in jedem Fall der nächste gewesen.«

Wut, die so heiß war, dass ich dachte, sie würde mich von innen heraus verbrennen, strömte durch meinen Körper. »Hast du sie auf Examinus Befehl hin getötet?«

»Examinus lässt mich machen, was ich will. Er vertraut mir. Seit Jahrzehnten. Er versprach mir, mich zum neuen Herrn der Hölle zu machen. Vorausgesetzt ich finde mehr Sündenseiten als du. Ansonsten...«

»Du hast versagt«, knurrte ich. »Du hast es geschafft, einem sterblichen Mann *eine* Seite zu stehlen und musstest ihn dafür noch ermorden.«

Etwas flackerte in seinen Augen und er öffnete seinen Mund, schloss ihn aber gleich wieder. »Das Spiel ist noch nicht vorbei, Luzifer. Und Examinus hat zugestimmt, den Spielstand nach der Trägheits-Seite auszugleichen. Er hat mir ein wenig geholfen, nicht nur in Form eines Komplizen.« Er warf einen Blick auf Beths

Mutter, dann flammte das gelbe Licht um ihn herum wieder auf.

»Er hat deine Kraft verstärkt. Jetzt verstehe ich. Und du gibst sie an die Höllenhunde weiter, die unter deiner Kontrolle stehen.«

Deshalb konnte ich die verdammte Kreatur nicht zurück in die Hölle schicken. Ich kämpfte gegen die Macht eines Gottes, nicht gegen die eines bescheuerten Engels und einer wilden Bestie aus meinem eigenen Reich.

Examinus hatte seine stärkste Waffe verloren: mich. Als ich jahrzehntelang keine Anstalten gemacht hatte, auf meinen Fluch zu reagieren und meine Macht und Position zurückzuerobern, hatte er nach jemandem gesucht, der meinen Platz einnehmen konnte.

» Du willst den Job ja gar nicht, warum beschwerst du dich also?«

»Du bist ein verdammter Verrückter. Ein verdammter, schwacher Verrückter, und der Herr der Hölle hat unvorstellbare Macht. Das würde nie gutgehen.«

»Schwach? Verrückt? Du hast deine Macht buchstäblich an ein sterbliches Mädchen weitergegeben, weil du deinen Schwanz nicht in der Hose behalten konntest. Hört sich das für dich weniger schwach und verrückt an?«

»Ich wurde im Gleichgewicht zu meinen Brüdern erschaffen. Ich bin der Einzige, der in der Lage ist, die Sünden in dieser Welt im richtigen Maß zu halten.«

»Und was ist das richtige Maß?«, fragte er mich in einem spöttischen Ton. »Das ist doch alles Quatsch.«

»Ist es nicht. So ist das Leben. So soll es auch sein.«

»Das wird nicht mehr so sein, wenn Examinus und ich die Macht übernehmen.«

Ich musste lachen, laut und lang.

»Examinus gewinnt keine Kriege. Er ist ein Gott und genauso verwirrt wie du.«

»Fick dich, Luzifer. Du hast dich fast ein Jahrhundert lang vor deiner Verantwortung gedrückt, und jetzt sagst *du* mir, dass du für eine ausgeglichene Welt gebraucht wirst? Du bist ein Heuchler.«

Er hatte Recht. Ich wusste schon seit Jahrzehnten, was ich dem Gleichgewicht antat. Aber ich hatte nie vorgehabt, die Welt in Scheiße versinken zu lassen. Und ich würde ganz sicher nicht zulassen, dass die Pläne von Examinus und Banks Wirklichkeit wurden.

»Besser ein Heuchler als ein Psychopath.«

»Weißt du, du bist eine echte Enttäuschung. Du bist der Teufel. Luzifer. Herr der Hölle, Bestrafer des Bösen. Und du bist dennoch verdammt langweilig. Du hast dich in ein schlichtes, langweiliges, sterbliches Mädchen verliebt. Was ist nur los mit dir?«

Meine Wut flammte auf und ich ballte meine Fäuste, um sie zu zügeln.

»Ich verstehe nicht, was du an ihr findest. Vielleicht wird sie, sobald ich Herr der Hölle bin, ganz verrückt nach *mir* werden.«

Feuer schoss über meine Haut. »Wenn du sie auch nur anrührst, verflüssige ich dich!«, brüllte ich, stürzte auf ihn zu und schleuderte so viel Kraft wie möglich direkt auf seine Brust. Aber sie zerschellte an einer Wand aus summendem, gelben Licht. Die Flammen, die in Form eines Symbols um mich herum flackerten, erwachten zum Leben, und mit einem qualvollen Schmerzensblitz, der meine ganze Wirbelsäule entlanglief, spürte ich, wie meine Kraft schwand.

»Was...«, schrie ich, als sich meine Beine von selbst zu beugen begannen.

»Es sind nicht nur die Höllenhunde, die vom Symbol kontrolliert werden«, sagte Banks vergnügt. »Jetzt habe ich dich, kleiner Luzifer.« Seine Magie umschloss mich und riss mich nach hinten, so dass ich ihm ins Gesicht sehen musste. »Keine Sorge, ich werde sie nicht töten. Ich werde sie behalten.«

»Ich werde die Hölle und alles darin zerstören, bevor du auch nur in ihre Nähe kommst«, knurrte ich durch den Schmerz hindurch.

»Luzifer, du kannst nicht einmal einen Höllenhund zurückschicken oder dich von meinen Fesseln befreien. Ich kann mir nicht vorstellen, dass du die Hölle in nächster Zeit zerstören wirst.«

Purer Hass brannte durch meine Adern, durchsetzt von Angst.

Beth war mit mir an diesem Ort gefangen, zusammen mit all den Menschen, die ihr am meisten am Herzen lagen.

BETH

Wenn ich auch nur den Hauch einer Chance bekäme, würde ich Banks selbst töten.

Die Macht von Nox in mir war eine schreiende Wut, die durch meine Adern brannte.

»Zeit zu gehen!«, rief Banks.

Nox wurde hoch in die Luft gehoben, ein Pfad aus feurigen Symbolen erleuchtete die Halle und schuf einen Durchgang zwischen den Exponaten. Nox Körper flog von Symbol zu Symbol, während Banks neben ihm herging.

Ich hob meine Armbrust und versuchte, sie hinter Francis vor seinen Augen zu verbergen.

Der Geruch nach Verwesung stieg in meine Nase, und dann wurde ich von etwas gepackt, das mit Stoff bedeckt war. Mein ohnehin schon unruhiger Magen rebellierte, als mich der überwältigende Gestank des toten Körpers in den Mumienbandagen traf. »Behemoth, sieh nach Rory und Cornu«, keuchte ich, bevor sich eine mumifizierte Hand über meinen Mund legte. Francis und

Claude traten und schlugen um sich, als die Mumien nach ihnen griffen, aber die Kreaturen waren zu stark. Langsam schleppten sie uns hinter Banks und Nox her.

»Ich bin bei Rory. Sie ist am Leben, aber ich kann sie nicht wecken«, sagte die Stimme der kleinen Ziege in meinem Kopf. In seinen Worten schwangen sowohl Erleichterung als auch Wut mit.

»Es tut mir leid, Beth.«

Ich versuchte, mich zu meiner Mutter umzudrehen, aber mein Entführer hatte mich zu fest im Griff.

»Ich tue das für deinen Vater. Niemand sollte sterben. aber ich hatte keine andere Wahl.«

Ich kämpfte stärker darum, ihr Gesicht sehen zu können, um zu erfahren, ob Aufrichtigkeit in ihren Augen lag. Ich schaffte es, meinen Kopf loszureißen und sie anzuschauen. Ich war schockiert, Tränen in ihren Augen zu sehen. Ich hatte sie noch nie weinen sehen. Die Mumie gab ein ersticktes Stöhnen von sich, zog mich kräftig an den Haaren und riss mich nach hinten. Ich schrie auf und hörte, wie Nox vor mir brüllte.

»Es tut mir leid, Beth«, sagte sie erneut, als sich die Hand der Mumie wieder über meinen Mund schob. »Bitte, verzeih mir.«

Die Mumien brachten uns bis zum Hauptatrium, in dessen Mitte ein meterhohes, brennendes Symbol tanzte. In den Flammen konnte ich einen wirbelnden schwarz-roten Strudel sehen, der mir bekannt vorkam. Es war das, was ich hinter Cornu gesehen hatte, als er in die Hölle geschickt worden war.

Nox schwebte vor dem Symbol, seine goldenen Flügel waren weit ausgebreitet und seine Augen schwarz überschattet.

Tiefe Angst durchströmte mich, als ich ihn dort hängen sah: Gefangen, wie geopfert.

»Ich habe ein Portal geschaffen, das deiner würdig ist, Examinus!«, brüllte Banks.

Das Symbol an der Wand blitzte tiefschwarz auf und eine Gestalt trat heraus.

Für den Bruchteil einer Sekunde bestand sie aus einer riesigen Masse aus funkelndem Licht in einem düsteren Schatten, und dann war es plötzlich ein Mann.

Ein riesiger Mann. Mindestens sieben Meter hoch, mit Augen wie schwarze Edelsteine und langem, dunklen Haar. Flammen leckten an jeder Stelle seiner Haut, als wären es Kleider, verdeckten gewisse Körperteile und gaben so viel Hitze ab, dass ich dachte, ich würde ersticken.

Die Mumie nahm die Hand von meinem Mund und ich sog Luft in meine Lungen. Ich hörte einen leisen, dumpfen Laut und als ich mich umdrehte, sah ich die Kreatur reglos auf dem Boden liegen.

»Willkommen, Heiliger!«, sang Bank erfreut. »Wir sind bereit!«

Examinus machte einen Schritt auf Nox zu, der nun höher schwebte, sodass sie auf Augenhöhe waren.

»Ich habe dich gewarnt, Luzifer.« Die Stimme des Gottes ließ mir die Knie weich werden, so machtvoll war sie.

Nox knurrte. »Das war kein fairer Kampf.«

»Du hattest genügend Gelegenheit.«

»Banks lügt dich an. Ich habe nicht alle Sünden. Wir müssen noch Stolz finden.«

Examinus lachte, und bei dem Geräusch wurde mir übel. » Stolz war die ganze Zeit vor deiner Nase, Luzifer.«

Was?

»Ich bin kein Narr. Als du deine Macht aufgeteilt hast, habe ich gehandelt. Ich beobachtete die Engel, die du ausgewählt hattest, und Stolz war die offensichtliche Wahl. Ich habe mit ihm eine Abmachung getroffen. Ich würde die Macht der Sünde verbergen und ihn als Heiligen tarnen. Und er würde für die Wache arbeiten, bis ich ihn brauche.«

Banks.

Banks war der Herrscher über Stolz.

Mein Herz hämmerte gegen meine Rippen. Banks glühte noch immer vor Magie, sein Blick war wild.

»Ich habe dir ja gesagt, dass du ahnungslos bist, Luzifer«, kicherte Banks. »Ich war die ganze Zeit der Herrscher von Stolz und du hast es nie gemerkt.«

»Du bist nichts weiter als ein Gefäß für die Macht eines Gottes«, spuckte Nox ihn an. »Du hast keine eigene Macht.«

Banks Augen wurden hart. »Ich werde bald all deine Macht haben.«

»Nur ein Erzengel kann meine Macht übernehmen. Und sie können nur im Gleichgewicht mit der richtigen Menge an himmlischer Magie erschaffen werden.« Nox zeigte die Zähne. »Ich sehe keinen meiner Brüder hier, der seine Dienste anbietet.«

»Ich brauche deine Brüder nicht. Nicht, wenn ich Hunderte von Heiligen zu meiner Verfügung habe, die mit aller himmlischen Magie ausgestattet sind, die ich brauche.«

Nox Gesicht erstarrte und mein Magen drehte sich um.

Examinus wandte seinen massigen Kopf und sah mich an. »Deine Mutter war eine wertvolle Errungenschaft für mich. Und dein Vater ist dabei, auch eine zu werden.«

»Du hast gesagt, du würdest ihn verschonen!« Die Stimme meiner Mutter war schrill und der Schrecken stand ihr ins Gesicht geschrieben, als sie zu der riesigen flammenden Gestalt hinaufstarrte.

»Ich habe gelogen«, zischte Examinus. »Ich werde jeden Tropfen Magie nehmen, den ich von den Engeln bekommen kann, und ihr Tod wird meine Feinde weiter schwächen. Ich werde jede Sekunde ihres Untergangs genießen.«

»Nein!« Mama sank auf die Knie, ein Schluchzen drang aus ihrer Kehle.

»Du wirst mit deiner Anwesenheit in London einen Krieg auslösen«, rief Nox und lenkte die Aufmerksamkeit des Gottes wieder auf sich. »Du weißt, dass es dir verboten ist, hier zu sein.«

Examinus streckte seine Arme weit aus, die Flammen züngelten an ihnen entlang und er lächelte. »Und was für eine außerordentlich wunderbare Art, einen Krieg zu beginnen. Mit der Erschaffung eines neuen Erzengels, der bereit ist, alle zu vernichten, die meine Anwesenheit untergraben wollen. Dieses Gebäude wird als Gründungsort der neuen Weltordnung in die Geschichte eingehen.«

ZWEIUNDDREISSIG

BETH

In meinem Kopf drehte sich alles, Panik und Angst überwältigten mich. Examinus wollte die Magie der Heiligen nutzen, um einen neuen Erzengel der Hölle zu erschaffen. Und er würde sie alle töten. Auch meinen Vater.

Ich wurde schwach, als das Symbol hinter Examinus aufblitzte, dann intensivierte sich das wirbelnde Rot und Schwarz, bevor es durchsichtig wurde. Dort, auf der anderen Seite des Portals, befanden sich unzählige Zellen. Ein langer, dunkler Korridor mit vergitterten Türen erstreckte sich, so weit das Auge reichte.

»Showtime!«, gackerte Banks.

Nox fiel plötzlich auf den Boden, wobei er seinen Fall mit einem Flügelschlag abbremste und auf einem Knie landete.

»Gib mir die Sünden-Seiten«, sagte Banks.

Nox stand langsam auf, und ich sah seinen Gesichtsausdruck, als er sich ihm zuwandte.

Die tödliche Wut darin war kaum zu bändigen.

»Jetzt«, sagte Examinus, und Nox Miene verzog sich vor Schmerz, seine Flügel zuckten.

Ich trat vor. Meine Mutter kniete neben mir auf dem Boden und streckte einen Arm aus. Sie griff nach meinem Schienbein und schüttelte den Kopf. Tränen liefen ihr über die Wangen.

»Ich sagte, jetzt, Luzifer!«

Nox wölbte sich zurück und ich sah, wie drei kleine Papierfetzen aus seiner Brust ragten, als wären sie aus seiner Haut gerissen worden. Er stieß ein gequältes Stöhnen aus. Heiße Tränen rannen mir über die Wangen.

Das Feuer in meiner Brust wütete, aber ich fühlte mich völlig nutzlos. Ich konnte Nox nicht helfen. Und ich hatte keine Ahnung, wie ich meinen Vater retten sollte.

Banks öffnete das Buch der Sünden, hielt es hoch, und die drei Zettel flogen auf ihn zu.

Nox sackte schwer atmend in sich zusammen. Banks zog ein Stück Papier aus seiner eigenen Tasche. Die Seite »Stolz«.

Das Buch glühte in Gold und die Seiten fügten sich ein.

»Luzifer. Wenn du mir die Ehre erweisen würdest.« Banks trat mit dem Buch in der Hand auf ihn zu.

»Niemals.«

Examinus lächelte wieder, die Flammen züngelten auf seiner Haut. »Ich werde sie nicht töten, Luzifer«, sagte er, und eine sengende Hitze umhüllte mich. Mein Körper schwankte ein wenig, dann wurde ich in die Luft gehoben. »Ich werde sie behalten. Als mein Haustier. Vielleicht kann Banks ab und zu mit ihr spielen.«

Schrecken durchfuhr mich, und ich trat kräftig zu,

um mich aus dem unsichtbaren Griff zu befreien. Aber ich wurde nur höher gehoben, näher an das riesige Gesicht des Gottes. Während Nox nach Holzrauch roch, roch Examinus nach Schwefel und brennenden Chemikalien, verrottet und uralt.

»Lass sie herunter! Ich werde alles tun, was du verlangst. Lass sie einfach in London leben.«

Ich begann zu fallen, und rein instinktiv bewegte ich meine Schultern, so dass meine Flügel meinen Abstieg verlangsamten. Die Landung war trotzdem unsanft und raubte mir den Atem, aber sie tat nicht weh. Ich richtete mich auf, während ich versuchte, zu Atem zu kommen.

»Tu es.«

Ein wirbelndes weißes Licht brach aus dem Portal hervor, begleitet von Ranken zischender Magie, die aus jeder Zellentür kamen, und vereinigten sich mit ihnen zu einem riesigen Strom aus Magie.

Nox sah mich an, seine Augen leuchteten für den Bruchteil einer Sekunde hellblau auf, dann legte er seine Hand auf das Buch.

»Nein!«, hörte ich meine Mutter schreien. Dann erklang Behemoths Stimme in meinem Kopf.

»Wir können es verhindern, wenn wir das Portal schließen! Ohne die Magie der Heiligen, die es ausgleicht, kann Banks die Höllenmagie nicht kontrollieren.«

Nox war von einem Schatten umgeben, der langsam durch seine Hände in das Buch eindrang und dann an Banks Armen hinaufkroch, während er die andere Seite des Buches umklammerte. Banks Gesicht zeigte pure Ekstase.

Wie kann ich das Portal schließen?

Behemoth stürmte aus dem Nichts auf mich zu, seine Stimme raste mit hundert Sachen pro Stunde durch meinen Kopf.

»Wir haben nur einen Versuch. Kanalisiere deine Höllenmagie. Bist du bereit?«

»Bereit für was?« Panik überkam mich.

»Mein Stein! Nimm meinen Stein und konzentriere all deine Magie auf ihn!«

Der kleine Ziegenbock begann sich zu verwandeln, als ich den Stein hektisch aus meinem BH-Träger zog. Zuerst wuchsen seine golden schimmernden Hörner dann dehnte sich sein Körper aus und veränderte seine Form. Flammen züngelten über sein schwarzes Fell, riesige Reißzähne brachen aus seinem Kiefer und seine Hufe wurden zu bösartigen Klauen.

Mit Gebrüll sprang er auf das Portal zu. Ich umklammerte den Stein und versuchte, alles, was in mir brannte, in den Stein zu leiten. Ich stellte mir meinen Vater vor, während ich das, was Behemoth vorhatte, mit meiner ganzen Kraft in die Tat umsetzen wollte.

Ich musste ihn retten. Ich war schon so weit gekommen, meine Mutter hatte so viel aufgegeben. Ich durfte jetzt nicht versagen.

Ein Brüllen ertönte über mir, so laut, dass ich dachte, mein Schädel würde zerspringen. Doch ich tat mein Bestes, um mich auf den Stein zu konzentrieren, und wurde mir plötzlich der Dunkelheit um mich herum bewusst. Das weiße Licht des Portals hatte aufgehört zu leuchten.

Ich schaute auf. Der Stein war jetzt so heiß, dass ich

ihn kaum festhalten konnte. Ich erhaschte einen Blick auf Behemoth. Groß wie ein Höllenhund stand er auf der anderen Seite des Portals und blockierte das weiße Licht. Ein markerschütternder Schrei lenkte meine Aufmerksamkeit zurück in die Halle.

Die Schatten flossen nicht mehr durch das Buch zu Banks.

Sie *verzehrten* ihn.

Sie strömten wie ein Orkan um ihn herum und rissen an seiner Kleidung und Haut, als wären sie voller Rasierklingen.

»Examinus!«, schrie Banks. Seine Knie knickten ein und er fiel zu Boden. Nox wuchs. Seine Flügel dehnten sich aus und leuchteten so hellgolden, wie ich sie noch nie gesehen hatte. Er schloss beide Hände um die Ränder des Buches. Als er sprach, wurde mir von seiner überwältigenden Kraft schwindelig.

»Du bist nicht würdig, Banks. Dein Stolz hat dich glauben lassen, du könntest meine gewaltige Kraft in Schach halten. Du hast dich geirrt. Du hast geglaubt, du wärst über Vergeltung erhaben und könntest nach Belieben töten. Du wirst bestraft werden.«

Ich riss meinen Blick von ihnen los und sah zu Examinus auf, in der Erwartung, dass er etwas tun würde. Aber der Gott war still, nur seine Flammen bewegten sich, während er dem Schauspiel schweigend beiwohnte.

Es gab eine Explosion aus goldenem Licht, das in Banks kniende Gestalt eindrang und die Schatten in einem Wimpernschlag vertrieb. Sein Körper wölbte sich in der Luft. Als alles Licht in seinen Körper eingedrungen war, fiel er zurück auf den Boden.

Langsam richtete er sich auf. Das Licht brannte in seinen Augen und ein grausames Lächeln breitete sich auf seinem Gesicht aus.

»Du irrst dich, Luzifer«, sagte er. Dann erstarrte er. Ein goldener Strahl durchbrach seine Wange, gefolgt von einem Strom schwarzer Schatten. Ein weiterer Strahl brach an seinem Hals, dann schossen hunderte weitere aus seiner Brust, gefolgt von Ranken aus Schatten. Er schrie auf und ich sah, wie die Schatten seine Haut verbrannten, während sie aus ihm herausströmten, und dunkles, geronnenes Blut aus den daraus entstandenen Löchern sickerte.

Die Macht zerriss ihn von innen.

Meine eigenen Knie gaben nach, als ich spürte, wie die Macht der Sünden frei und ungehemmt durch den Raum strömte und den Engel tötete, dem sie entkommen war.

Ich schloss meine Augen und nahm einen verzweifelten, tiefen Atemzug. In der einen Sekunde war ich so wütend, dass ich töten wollte, in der nächsten war mir so übel, dass ich dachte, ich müsste mich übergeben.

Mein Gehirn durchlief alle Sünden: giftiger Neid, der mich glauben ließ, dass alle besser seien als ich, unerträgliche Trägheit, die mich dazu brachte, alles aufzugeben, und tödlicher Stolz, der mich überzeugen wollte, dass ich es mit einem Gott aufnehmen und gewinnen könnte.

Ich schnappte nach Luft und nutzte die Kraft in mir,

um den Schmerz in meinem Kopf zu lindern, dem Sog der Sünden zu entkommen.

Ich zwang meine Augen, sich zu öffnen und sah Nox Flügel, die größer waren als je zuvor, und all das goldene Licht und die schattenhafte Kraft, die in sie hineinfloss. Alles, was ich von Banks sehen konnte, war ein verkohltes und blutiges Durcheinander auf dem Boden.

»Luzifer«, zischte Examinus. »Ich habe dich unterschätzt. Und Banks überschätzt. Du bist der wahre Herr der Hölle.«

Nox schlug mit den Flügeln, hob vom Boden ab und drehte sich zu Examinus um.

Bei seinem Anblick stockte mir der Atem.

Seine Haut glänzte wie der Stein in meiner Hand und funkelte wie schimmernder Onyx, wenn er sich bewegte. Er hatte Hörner, die so golden waren wie seine Flügel, und die Macht wallte wie ein Sturm um ihn herum.

Er sah aus wie das Bild der Dreifaltigkeit. Eine göttliche, mächtige Kraft, die ihresgleichen suchte. Tod. Angst und Schmerz, in der schönsten Verpackung, die es geben konnte.

In diesem Moment wusste ich: Der Fluch war aufgehoben. Seine ganze Kraft war zu ihm zurückgekehrt.

Die Hitze in meiner Brust flammte auf.

Seine ganze Kraft war zurückgekehrt, bis auf den kleinen Ball in mir.

Sowohl Examinus als auch Nox drehten sich gleichzeitig zu mir um.

»Nimm, was dir gehört, Luzifer, und gewinne diesen Krieg mit mir«, dröhnte Examinus. »Deine Brüder sind auf dem Weg. Sie spüren meine Anwesenheit hier. Nimm zurück, was du in diesem sterblichen Mädchen zurückgelassen hast, und lass uns einen glorreichen Sieg erringen.«

»Niemals.« Nox schlug mit seinen Flügeln und schwebte vor dem riesigen Gott.

»Du widersetzt dich mir immer noch?«

»Du brauchst mich, Examinus. Nur ich kann dir geben, was du brauchst.« Nox deutete auf Banks Überreste. »Ich schlage vor, wir machen einen Deal.«

Examinus starrte Nox an, Wut glomm in seinem grausamen, überirdischen Gesicht.

»Du wagst es, mit mir wie mit einem Gleichgestellten zu sprechen?«

Er brüllte und wuchs um weitere drei Meter. Das Glasdach des Gebäudes zerbarst und ich bedeckte meinen Kopf mit den Armen, als die Scherben auf uns herabprasselten.

»Du vergisst, dass du mir gehörst! Und jetzt, da deine Macht in ihr wohnt, gehört auch sie mir! «

Mein Körper zuckte ohne mein Zutun und ich stand auf, um direkt auf das umgefallene Buch der Sünden zuzusteuern. Ich kämpfte gegen die Bewegung an, aber es war vergeblich. Panik machte sich in mir breit, als ich nach vorwärts gezwungen wurde, ohne etwas dagegen tun zu können. Nox flog auf mich zu, doch im letzten Moment schnellte er zurück, als würde ihn jemand an einer unsichtbaren Schnur zurückhalten. Ich duckte mich, um das Buch aufzuheben, als mein Blick auf den gefallenen Körper von Banks fiel.

»Ich kann dich nicht zwingen, deine Macht aufzugeben, aber ich bin immer noch ein Gott!«

Ich wirbelte herum, völlig unfähig, meine eigenen Bewegungen zu kontrollieren, und sah, wie Nox sich unbeholfen auf mich zubewegte. Anspannung und Wut waren ihm ins Gesicht geschrieben. Wie unwillige Marionetten kämpften wir hilflos gegen Examinus, während er uns zusammenbrachte.

»Nimm deine Macht zurück, Luzifer«, zischte Examinus, als Nox das Buch in die Hand nahm. »Entweder du nimmst zurück, was du ihr gegeben hast, oder ich töte alle Heiligen.«

Papa. All diese unschuldigen Engel.

»Nimm es«, raunte ich Nox zu. »Ich brauche es nicht.«

»Was dann?«, schrie Nox, sein Blick war auf mich gerichtet, aber die Frage galt eindeutig Examinus.

»Dann töten wir deine Brüder.«

»Nein.«

»Dann sterben die Engel.«

Ich hörte ein Zwitschern, dann ein Heulen. Ich versuchte, meinen Kopf zu drehen, um auf das Portal zu blicken, aber das war gar nicht nötig. Ich zuckte zusammen, als Behemoth hinter Nox durch den Raum geschleudert wurde.

Er bewachte das Portal nicht mehr.

Schatten wirbelten um Nox herum und Angst erfüllte seine blauen Augen. Sein Körper begann zu glühen.

»Was ist los?«

Examinus fing an zu lachen.

»Beth, meine Kraft... Sie bewegt sich.«

Nox hatte Recht. Das Licht und der Schatten strömten in das Buch, genau wie bei Banks. Langsam leckte eine schattenhafte Ranke aus dem Buch über meine Haut.

»Was passiert hier?«

»Ich weiß es nicht. Ich habe keine Ahnung.«

Ich hatte Nox noch nie so verängstigt gesehen. Aber in diesem Moment stand in seinen Zügen blankes Entsetzen.

»Du ziehst seine Kraft an!« Examinus Schadenfreude hallte durch den ganzen Raum. »Wie wunderbar! Luzifer tötet die Frau, die er liebt, mit der Macht, die er nicht will!«

Ich würde wie Banks enden.

Eine Ranke schattenhafter Magie kroch meinen Arm hinauf und ein Energiestoß erleuchtete mich, sodass mir der Atem stockte. Hitze kribbelte in mir. Das goldene Licht begann aus dem Buch in mich zu fließen, Freude, Erregung, Macht und Stärke strömten durch mich hindurch. Ich versuchte, es zurückzudrängen, setzte all meine körperlichen und geistigen Kräfte ein, um die Magie abzuwehren. Aber sie kehrte immer wieder zurück.

Mir blieben nur wenige Minuten, bis die ganze Kraft in mich geflossen wäre.

Nox Stimme klein genauso entsetzt, wie sein Gesichtsausdruck es war. »Beth, es tut mir so leid, Beth, ich kann es nicht aufhalten, ich kann nicht...«

»Ich liebe dich.« Ich unterbrach ihn und sagte die Worte so deutlich, wie es mir durch meine Tränen möglich war. »Nox, ich liebe dich. Ich bereue nichts. Lieber sterbe ich heute, erfüllt von deiner Kraft, als hundert Leben lang nie das zu fühlen, was du mich fühlen lässt. Du hast mich verändert, mich besser gemacht. Ich liebe dich. Rette meine Eltern. Bitte, bitte versuche, sie zu retten.«

»Beth, ich kann dich nicht verlieren. Ich kann nicht.«

»Bitte.«

Er starrte mich an, seine Augen leuchteten. So schön.

»Ich liebe dich«, stammelte er. Eine einzelne Träne rollte über seine Wange. »Beth...«

Die Kraft, die mich jetzt erfüllte, war so stark, dass sich mein Körper anspannte und es schmerzhaft wurde. Schatten und Licht begannen sich um mich herum zu bewegen.

»Beth!« Die Stimme war nicht die von Nox. Es war die meiner Mutter, und sie schluchzte. »Es tut mir leid, ich hätte dich warnen müssen!«

Ich spürte etwas Kaltes an meinem Hals, dann ein Schnappen, als mir die Kette vom Hals gerissen wurde.

Plötzlich lichteten sich die Schatten, die mich umgaben, und eilten zu Nox zurück. Das Licht hörte auf, in mich hineinzuströmen, und die überwältigenden Gefühle erdrückten mich nicht mehr. Ich blinzelte durch meine Tränen hindurch, die Erleichterung und Verwirrung ließen meine Sicht verschwimmen.

Ich sah meine Mutter, die die Rubinhalskette umklammerte.

Ich versuchte mich zu bewegen, aber ich stand immer noch unter der Kontrolle des Gottes, meine Gliedmaßen gehorchten mir nicht.

»Die Halskette ist wie eine Geisterflasche«, platzte Mama heraus, als Examinus zu brüllen begann. »Sie ist das Einzige, was Examinus in die Falle locken kann! Beth, die Halskette muss ihn berühren. Das ist unsere einzige Chance!«

Ihr Gesicht veränderte sich, als ihr Körper plötzlich in die Luft geschleudert wurde.

»Armseliger kleiner Mensch!«, brüllte Examinus hämisch.

Durch meine Mutter abgelenkt, lockerte er seinen Griff um mich.

»Beth, wenn die Halskette das ist, was sie sagt...« Hoffnung flackerte in Nox Augen auf. »Sie muss meine Macht auf dich gelenkt haben. In Examinus gibt es keine Menschlichkeit, er ist pure Macht. Wenn wir ihm die Halskette anlegen, ist er gefangen.«

Ich hörte Mama ein einziges Wort schreien. Den Namen meines Vaters.

Ich kämpfte gegen die Macht an, die mich festhielt, und versuchte, meine Hände vom Buch zu lösen. Ich spürte, dass Nox das Gleiche tat, und dann fiel das Buch der Sünden zwischen uns auf den Boden.

Nox ergriff meine Hand und rannte auf Examinus zu. Der Gott schnippte mit seinen flammenden Fingern und Mamas Körper flog im Takt dazu durch die Luft wie ein Spielzeug.

»Schlag mit den Flügeln«, rief Nox mir zu.

»Aber du hast gesagt, ich kann nicht fliegen!«

»Du hast viel von meiner Kraft aufgenommen, Beth. Versuch es.«

Ich bewegte meine Schultern und keuchte auf, als meine Füße sofort vom Boden abhoben. Nox zog mich in die Höhe. Ich stellte mir meine Flügel vor und wünschte mir, dass sie stärker schlugen.

Und das taten sie.

»Ich werde ihn ablenken, aber ich werde nicht lange mit ihm kämpfen können. Geh zu deiner Mutter und hol den Rubinanhänger, um ihn damit zu berühren.«

»Okay«, keuchte ich.

Nox ließ meine Hand los und brüllte. »Stell dich mir, Examinus!«

Seine Haut blitzte auf und eine unbändige Kraft strömte aus ihm heraus, direkt auf Examinus Gesicht gerichtet. Ich wirbelte durch die Luft und flog auf meine Mutter zu, als Examinus aufschrie.

»Mama!« Ich packte sie an der Taille und versuchte, sie der Kraft zu entreißen, die sie in der Luft hielt. Es gab einen leichten Widerstand, dann spürte ich eine Explosion von Nox Kraft. Mama wurde für den Bruchteil einer Sekunde in meinem Griff schwer, dann durchströmte mich neu Stärke und meine Muskeln begannen zu arbeiten.

»Die Halskette, Beth! Wir müssen die Halskette zu ihm bringen!«

Ich drehte ab und flog direkt auf die Kehle des Gottes zu.

Ich kam bis auf einen Meter an ihn heran und prallte dann gegen eine unsichtbare Barrikade. Ich versuchte, mich durchzudrücken, aber es war, als würde ich gegen eine Wand aus Ziegeln fliegen. Eine unfassbar *heiße* Ziegelwand.

Nox tauchte vor uns auf, während ich versuchte, die

magische Barriere um Examinus zu durchbrechen. Ich konnte Nox Magie in mir spüren, die jetzt nicht mehr nur ein Feuerball in meiner Brust war, sondern meinen ganzen Körper durchströmte und meine Flügel weiterschlagen ließ. Ichfühlte einen weiteren Hitzeschub, dann sprach plötzlich die Stimme von Behemoth in meinem Kopf.

»Wir sind da.« Ich warf einen Blick über meine Schulter. Auf dem Boden hinter uns standen Behemoth, Rory und Cornu. Behemoth und Cornu leuchteten dunkel, Rory leuchtete hellrosa, und alle Augen waren auf mich gerichtet.

Sie fügten ihre Macht der meinen hinzu.

Es reichte beinahe aus. Aber nicht ganz.

»Nox! Hilf mir!«

Im Handumdrehen war Nox hinter mir und schoss einen Strahl aus reinem goldenem Licht auf Examinus Kehle.

Die Wand gab nach, ich stürzte nach vorne und prallte dabei an seine flammende Haut. Mama schrie auf, als die Flammen an uns leckten, aber sie streckte ihren Arm aus und warf die Kette an seinen riesigen Hals.

Es gab einen so starken Knall, dass mir schwarz vor Augen und ich nach hinten geschleudert wurde. Ich war so benommen, dass ich nicht einmal merkte, wie ich meine Mutter losließ. Ich hörte jemanden meinen Namen schreien und versuchte, den Kopf zu schütteln, um wieder klar denken zu können.

Ich fiel.

Ich schlug mit den Flügeln, kippte in der Luft und

versuchte, mich aufzurichten, dann spürte ich, wie mein Körper auf harte Fliesen aufschlug.

Völlig verwirrt hob ich den Kopf. Meine Hüfte schmerzte so sehr, dass ich kaum atmen konnte.

Nox war in der Luft, und meine Mutter hing schlaff in seinen Armen.

Und Examinus...

Examinus verschwand in einer wirbelnden Kugel aus funkelnder Energie, in deren Zentrum der rubinrote Anhänger hell leuchtete. Er wurde hineingesaugt wie ein verdammter Flaschengeist in eine Lampe. Ein furchtbares Heulen ertönte aus seiner überirdischen Gestalt, und ich keuchte beim Schmerz, den es in meinem Kopf verursachte, auf. Ich blinzelte noch einmal, dann wurde alle schwarz um mich herum.

BETH

»B eth? Beth, wach auf!«
»Geh zur Seite.«
»Nein, lass ihr etwas Freiraum.«
»Ihre Flügel sind groß. So richtig groß.«
Verschiedene Stimmen drangen an mein Ohr und verschwanden wieder, während ich darum kämpfte, bei Bewusstsein zu bleiben.

Mir tat nichts weh, ich konnte nur nicht lange genug wach bleiben, um zu verstehen, was um mich herum passierte.

Ich spürte Wärme, dann berührte jemand mein Gesicht.

Meine Augen öffneten sich flatternd.

»Nox?«, hauchte ich. Seine blauen Augen leuchteten vor Erleichterung.

»Beth.«

Er beugte sich vor, drückte seine Lippen auf meine, und der Nebel verschwand.

Wir waren am Leben. Wir lebten, und er küsste mich.

Ich löste mich von ihm und er half mir, mich aufzusetzen. Behemoth stand direkt neben mir und gab mir einen sanften Kopfstoß. Rory stand hinter ihm, ein Stoffbündel gegen ihren Kopf gepresst, ihr Kleid blutverschmiert. Francis saß ein paar Meter von mir entfernt auf dem Boden, fächelte sich Luft ins Gesicht und strahlte mich an, während Claude beschützend neben ihr stand.

Ich schaute mich im Atrium um.

Von den Flammen war nur noch eine dunkle Glut übrig. Gabriel stand über meiner Mutter, die ihren Kopf zwischen die Knie gesteckt hatte. Michael stand in der Mitte des Raumes und hielt die Rubinhalskette, als ob sie ihn beißen wollte. Zerbrochenes Glas bedeckte den ganzen Boden.

»Was ist passiert?«

Ich blinzelte Nox an und er strich mit seiner Hand sanft über meine Wange. »Deine Mutter hat uns gerettet. Es ist vorbei. Der Rubin wurde von einem Geist verzaubert, genau wie der Stein von Behemoth.«

»Er ist... in der Halskette?«

»Ja.«

»Woher wusste Mama das?«

»Ich bin mir nicht sicher. Gabriel heilt sie gerade.«

Ich rappelte mich mühsam auf.

»Heilen? Geht es ihr gut?«

Nox strich beruhigend über meinen Arm, während er mir auf die Beine half.

»Sie wird schon wieder. Sie hat sich ziemlich schlimm verbrannt.«

»Wie... Warum bin ich nicht verletzt?«

Nox Blick glitt über meine Schultern.

»Du hast viel von meiner Kraft abbekommen, bevor deine Mutter dir die Halskette abgenommen hat. Ich finde aber, meine Kraft passt besser zu dir als ein Rubin.«

Ich starrte ihn an.

Er hatte recht.

Ich konnte es spüren. Es war nicht mehr nur ein kleiner, feuriger Ball. Es war ein Strom von Kraft, der durch meinen Körper floss und die Müdigkeit und Verwirrung vertrieb.

»Konnte ich deshalb fliegen? Und Mama tragen?«

Er nickte. »Ja.«

»Aber ich bin ein Mensch. Ich bin kein Engel.«

»Beth, ich bin mir nicht sicher, was du genau bist.« Er zog mich zu sich und strich mir die Haare aus dem Gesicht. »Nur, dass du zu mir gehörst.«

»Immer«, flüsterte ich, und er küsste mich erneut. Liebe durchströmte mich bei unserer Berührung, pure Freude darüber, dass er in Sicherheit war und wir zusammengehörten, und sie durchflutete mich ebenso stark wie die neue Magie.

»Ich habe jedes Wort so gemeint«, flüsterte ich. »Jedes Wort.«

»Ich weiß. Ich liebe dich auch.«

»Es tut mir leid, dass ich euch unterbrechen muss.«

Michaels Stimme mischte sich in unsere Liebesbezeugungen. Weißes Licht leuchtete um seine Hände, die Halskette war verschwunden.

»Aber wir müssen reden. Wenn das stimmt, was Luzifer sagt, dann gibt es Hunderte von Engeln, die gerettet werden müssen. Und ich möchte lieber gleich wissen, ob das wahr ist.«

Mama blickte auf.

»George«, krächzte sie.

Papa.

»Weißt du, wo sie untergebracht sind?«, fragte Gabriel sanft.

»Sie kann es dir nicht sagen. Sie ist einem Fluch belegt, der ihre Zunge fesselt«, erklärte Nox.

»Kann Gabriel den nicht aufheben?«, fragte ich.

»Nein. Sonst hätten wir das mit Max auch machen können.«

Cornu trat vor und wich Michaels Blick aus. »Ich habe den Ort erkannt, den wir im Portal gesehen haben. Seine magische Signatur.«

»Wirklich?« Nox zog die Augenbrauen hoch.

»Ja. Ich glaube, es sind die Höhlen unter der Festung meiner Familie.«

»Danke, Cornu«, hauchte ich.

Nox sah mich an, sein Gesicht war voller Sorge.

»Ich muss gehen. Meine Brüder können die Hölle nicht betreten. Kommst du zurecht?«

Ich nickte. »Ja. Rette meinen Vater.«

Er küsste mich noch einmal, dann sah er Cornu an. »Kommst du mit mir?«

Der Dämon zögerte, dann nickte er. »Du hättest mich zurück in die Hölle schicken können. Aber du hast mich bleiben lassen.«

»Du hast deine Rache verdient. Ich habe Madaleine respektiert. Und ich bedaure ihren Verlust.«

Cornu richtete sich auf. »Lass uns in die Hölle gehen und diese Engel befreien.«

~

Nachdem Nox und Cornu gegangen waren, stürzte ich zu meiner Mutter.

»Beth«, hauchte sie, als ich mich neben ihr auf die Fliesen fallen ließ. »Beth, ich kann dir gar nicht sagen, wie leid es mir tut.« Tränen liefen ihr über das Gesicht. »Wegen allem.«

Ich blickte zu Gabriel auf, und er lächelte. »Ihre Haut ist geheilt. Sie wird wieder gesund.«

Ich lehnte mich zu ihr und schlang meine Arme so fest ich konnte um sie.

»Du hast uns alle gerettet. Mich, Papa, vielleicht sogar die ganze Menschheit. Du warst so mutig.«

»Nein«, schluchzte sie in meine Schulter. »Ich war schwach. Ich habe alles getan, was er von mir verlangte, und das hat Menschenleben gekostet.«

»Du hast aber auch eine Menge Dinge getan, die er dir nicht aufgetragen hatte. Es war dein Verdienst, dass wir ihn besiegt haben!«

Ich lehnte mich zurück und wischte meiner normalerweise stoischen, gefühlskalten Mutter die Tränen aus dem Gesicht. Ich war so erleichtert, dass ich sie stundenlang im Arm hätte halten können.

Ich zog sie wieder fester an mich und sie ließ mich gewähren.

»Woher wusstest du von der Halskette?«

»Dein Vater hat viele Jahre für die Wächter gearbeitet.

Als Examinus mich das erste Mal nach London schickte, nahm ich Kontakt zu einem alten Freund deines Vaters auf, und er schmuggelte mich in die Archive des Hauptquartiers. Ich durchsuchte alles, um etwas zu finden, das einen Gott töten kann. Doch ich fand bald heraus, dass es unmöglich war, ihn zu töten. Aber vielleicht konnte ich ihm eine Falle stellen. Ich fand drei oder vier Gegenstände, die stark genug waren, und als ich sah, dass einer von ihnen zum Verkauf stand... war das die beste Chance, die ich hatte.«

»Es war also dieses Gespräch, das ich im Radio gehört habe.« Sie drehte sich zu mir und blinzelte mich mit wässrigen Augen an, während sich ihre Augenbrauen fragend hoben. »Ich habe gehört, wie du zu jemandem sagtest, ich dürfe dich nie finden.«

Schuldgefühle zeichneten sich auf ihrem Gesicht ab. »Ich wollte nicht, dass du darin verwickelt wirst. Aber dann wurde Banks ungeduldig und Examinus drohte, deinen Vater zu töten... Ich *musste* dir den Zettel mit dem Museumsticket schicken. Ich habe auch das Symbol darin versteckt, nur für den Fall, dass es dir helfen würde. Es tut mir leid, Beth.«

»Es ist okay, Mama. Du warst unglaublich.«

»Glaubst du das wirklich?«

»Ja.«

Sie verstummte einen Moment.

»Du warst auch unglaublich«, sagte sie leise. »Als ich sah, dass du die Macht des Teufels in dir hattest, war ich untröstlich. Aber jetzt...« Sie bewegte sich unbeholfen. »Jetzt sehe ich, wie stark du wirklich bist. Und ich glaube auch nicht, dass er dich verändert hat.«

»Ich habe mich *durch* ihn verändert, Mama. Aber nicht zum Schlechten. Das schwöre ich.«

Ihre Augen füllten sich wieder mit Tränen. »Du hast so viel von deinem Vater in dir. Ich habe euch beide so sehr vermisst.«

Ich spürte, wie meine eigenen Augen heiß wurden. »Ich weiß, Mama. Ich auch.«

Hinter uns war ein Geräusch zu hören.

»Sie kommen«, sagte Michael.

Ich stand schnell auf und zog Mama hoch, als auf der anderen Seite des zerstörten Atriums ein kleines, wirbelndes Portal erschien.

Nox und Cornu traten hindurch, beide hielten den Arm eines Mannes. Eines Mannes, den ich seit fünf Jahren nicht mehr gesehen hatte.

Mein Vater.

»Gloria, Beth!« Seine Stimme war kaum ein Flüstern, aber sie war voller Freude.

»George!« Meine Mutter rannte los und meine Augen verschwammen vor Tränen, während ich ihr folgte. Meine Mutter schlang ihre Arme um ihn und Nox und Cornu traten zurück. Ich schaute in Papas Gesicht, als er meine Mutter fest an sich zog.

Er sah genauso aus wie früher. Wärme strömte aus seinem Gesicht, Lachfalten zierten seine Haut. Er streichelte Mamas Haare, während sie schluchzte, und flüsterte ihr leise Worte zu.

»Es ist okay, Gloria, ich bin ja hier. Ich bin wieder da.«

Er sah mir in die Augen und der Kloß in meiner Kehle löste sich in einem lauten Schluchzen auf.

»Beth«, sagte er und strahlte mich an. »Ich wusste, dass du es schaffen würdest. Ich wusste, dass du uns finden würdest. Ich habe es immer gewusst. Ich war mir sicher, dass mein Mädchen uns retten würde.«

EPILOG

»Okay. Also, warum wolltet ihr mit mir reden?« Ich schaute zwischen den drei Erzengeln und meinen Eltern hin und her. Behemoth schnatterte.

Wenn jemand einer jüngeren Version von mir gesagt hätte, dass meine Mutter jemals auf der Couch des Teufels Tee schlürfen würde, hätte ich ihn für verrückt gehalten. Aber genau das war der Fall.

Wir befanden uns in Nox Wohnzimmer. Das Kräftemessen im Museum hatte einige überraschende Ergebnisse hervorgebracht, nicht zuletzt, dass Nox seine beiden Brüder in sein Haus eingeladen hatte, um über die Führung der Hölle zu sprechen. Und aus irgendeinem Grund auch meine Eltern.

Eine weitere Überraschung war Behemoths formelle Bitte an Techa, mein Wächter werden zu dürfen. Ich war mir ziemlich sicher, dass er sich die Rolle des Wächters selbst ausgedacht hatte, aber zu meiner großen Freude hatte Techa ihm den Gefallen getan. Behemoth und ich waren nun fester Bestandteil der Gruppe und mir wurde jedes Mal warm ums Herz, wenn ich daran dachte. Er hatte einen großen Teil dazu beigetragen, das Leben meines Vaters zu retten.

Außerdem war er wirklich süß.

»Beth, wir haben weitere Testergebnisse von Nina erhalten, und ich habe ausführlich mit Adstutus gesprochen. Keiner von ihnen weiß, warum meine Kraft in deinem Körper bleiben konnte. Aber du bist kein Mensch mehr. Und du bist kein Engel.«

»Ich bin kein Mensch mehr?«, wiederholte ich verblüfft. Ich hatte genug Zeit gehabt, mich an die Flügel und die magische Wärme zu gewöhnen, also war diese Eröffnung weitaus weniger beunruhigend, als sie früher für mich gewesen wäre.

»Was bin ich denn?«

»Wir wissen es nicht, und das ist sehr aufregend«, sagte Michael. Ich schaute ihn überrascht an. Seine sonst so kühle Haltung gegenüber Nox war seit der Rettung der Heiligen verschwunden, und er strahlte mich an. Seine Freude war ansteckend.

»Aufregend?«

»Ja«, sagte Nox. »Ich habe geglaubt, dass der einzige Weg, meine Macht zu zerlegen, darin bestand, sie in verschiedene Höllenkreaturen zu stecken. Gefallene Engel, die stark genug waren, sie zu bändigen. Aber wie du gesehen hast, hat die Macht sie alle zunichtegemacht.«

»Außer Madaleine. Sie war stark genug«, unterbrach ich ihn.

»Ich bin mir nicht sicher, ob sie ihr gutgetan hat«, erwiderte Gabriel nachdenklich.

»Darum geht es nicht«, sagte Nox und sah alle ernst an. »Der Punkt ist, dass du, Beth, was auch immer du bist, meine Macht tragen kannst. Ohne Schaden zu nehmen.«

Ich blinzelte ihn an.

»Wie?«

»Wir vermuten, dass es damit zu tun hat, dass du die Nachkommin eines Engels bist. Nicht nur irgendeines Engels. Eines Heiligen. Das schlummernde Gute in dir kann die Höllenmagie ausgleichen.«

»Heißt das, dass du deine Rolle vielleicht doch teilen kannst?« Ich konnte die Aufregung in meiner Stimme nicht verbergen, als ich Nox hoffnungsvoll ansah.

Er nickte mit leuchtenden Augen.

»Vielleicht. Ich glaube, ich habe meine Macht an die falschen Engel weitergegeben.«

»Da gibt es aber noch ein Problem«, warf Michael ein.

Wir sahen ihn alle an. »Du bist *kein* Engel. Das heißt, du kannst keinen richtigen Posten bekommen, die Sündenmagie verwalten oder sonst irgendwie nützlich sein. Denn du wirst nicht lange genug leben.«

Die Schroffheit von Michaels Worten, die er so fröhlich aussprach, traf mich mitten ins Herz.

»Ich glaube, da komme ich ins Spiel.« Die tiefe, grollende Stimme meines Vaters lenkte all unsere Aufmerksamkeit auf ihn. Er hob die Augenbrauen und Nox grinste.

»Dein Vater hat mir in den letzten Tagen geholfen. Hiermit.«

Nox beugte sich hinunter und zog ein kleines, in Leder gebundenes Buch unter der Couch hervor. Er legte es vor uns auf den Couchtisch.

»Was ist das?«, hauchte ich.

»Ein neues Buch der Sünden. Nur nicht für Sünden. Sondern eines, das die himmlische Magie bewegt.«

»Du hast etwas für himmlische Magie gemacht?«

Ich schaute besorgt zu seinen Brüdern, in der Erwartung, dass sie darauf reagieren würden. Aber Gabriel lächelte entspannt und Michael lehnte sich erwartungsvoll nach vorne.

»Ihr wusstet alle davon«, sagte ich langsam.

»Ja. Wir haben es dir nicht gesagt, weil wir dir keine Hoffnungen machen wollten, bevor wir uns nicht sicher waren, ob es tatsächlich funktioniert«, sagte Papa sanft.

»Was soll funktionieren?«

Papa nahm meine Hand. »Beth, wenn du mich lässt, würde ich dir gerne etwas von meiner Magie geben.«

Sofort stiegen mir die Tränen in die Augen und ich drückte seine Hand fest.

»Wirklich?«

»Ja. Wenn du es willst.«

»Natürlich will ich es! Ich würde alles tun, um mehr wie du zu sein.«

Ich beugte mich vor und umarmte ihn fest, woraufhin er lachte.

»Beth, es gibt etwas, das du vorher noch wissen musst«, sagte Nox. Sein Gesicht war ernst, aber in seinen Augen tanzte Aufregung, als ich mich zu ihm umdrehte. »Malc und Adstutus glauben, dass die Kombination von Höllen- und Himmelsmagie dich in etwas Neues verwandeln wird. Ein Engel, aber kein Gefallener oder Heiliger. Der erste deiner Art.«

»Unsterblich?«, flüsterte ich.

»Ja.« Seine Stimme wurde leiser und heiser. »Und in der Lage, für immer an meiner Seite zu sein.«

»Dann werde ich es tun.«

»Los geht's«, sagte Papa und nahm das Buch in die Hand. Er rutschte auf seinem Platz hin und her und schlug das Buch auf. Das Gekritzel auf den Seiten war wunderschön, obwohl ich nichts davon verstand.

Er blätterte ein paar Seiten um, hielt dann inne und legte seinen Finger auf eine Seite mit einer kleinen Zeichnung in der Mitte eines Gänseblümchens. Vorsichtig riss er die Seite aus dem Buch. Ein hellblaues Licht leuchtete kurz auf und er legte das Buch auf die Couch zwischen uns.

Er lächelte mich an.

»Das wird schon klappen. Ich weiß es. Und ich könnte nicht glücklicher sein, meine Macht mit dir zu teilen, mein Kind«, sagte er stolz.

Mit einem tiefen Atemzug reichte er mir die Seite und begann, auf Latein zu sprechen. Ich nahm sie und keuchte, als die Kraft meinen Arm hinaufkribbelte und sich schnell in meinem Inneren ausbreitete.

Hoffnung. Es gab keine anderen Worte, das Gefühl zu beschreiben, das durch meinen Körper strömte und sich mit der wilden Leidenschaft verband, die jetzt so beständig in mir brannte.

Hoffnung.

Dass ich die Erste meiner Art sein würde. Eine Brücke zwischen Nox und seinen Brüdern. Eine Möglichkeit für ihn, seine mächtige Rolle mit denen zu teilen, die sie gerecht erfüllen konnten.

Hoffnung.

Dass ich in der Lage sein würde, ein ewiges Leben mit ihm zu verbringen. Ich würde in der Lage sein, ihn vollkommen zu machen, seine Seele zu bewahren. Und er würde ein endloses Leben damit verbringen können, mich mit dieser grenzenlosen, fantastischen geistigen, körperlichen und seelischen Freude zu erfüllen.

Papa strahlte mich an, während er die Worte sprach, und ließ dann das Blatt los. Es leuchtete wieder in demselben blassen Blau auf und ich wusste, dass ich mit ihr verbunden war. Für immer.

»Wie geht es dir?«, flüsterte Mama, als Papa aufhörte zu sprechen.

»Ich fühle mich... sehr gut. Hoffnungsvoll«, grinste ich.

Papa beugte sich vor und küsste mich auf die Wange.

Michael stand auf.

»Wenn du den Flaschengeist gesehen hast und er dir bestätigen kann, dass du ein Engel geworden bist, kommen wir wieder.« Er drehte sich zu Nox um, der ebenfalls aufstand. »Bis dahin werden wir uns nach geeigneten Kandidaten umsehen, die die Verantwortung für deine Sünden übernehmen, Bruder.«

Nox nickte kurz.

»Danke.«

Michael schenkte allen Anwesenden ein letztes strahlendes Lächeln und ging dann zur Tür hinaus. Gabriel drückte Nox die Hand.

»Wir sehen uns bald, Bruder«, grinste er und folgte Michael.

»Nun«, sagte Mama. »Was machen wir jetzt?«

Behemoth sprang auf den Platz, den Gabriel freigemacht hatte. »Das ist ein bedeutsamer Anlass. Wir sollten etwas Bedeutsames tun.«

»Was zum Beispiel?«

Mein Telefon klingelte. Ich zog es aus meiner Tasche. Ein Videoanruf. Von Francis.

»Süße!«

»Hallo Francis. Ich bin mit Nox und meinen Eltern hier«, sagte ich schnell, bevor sie etwas Unpassendes sagen konnte. Ich drehte das Handy um und alle winkten ihr zu. Sie winkte begeistert zurück.

»Schau mal, mit wem ich hier bin!« Sie bewegte ihr Handy so, dass mehr als nur ihr Gesicht zu sehen war. Hinter ihr stand Rory mit einer hochgezogenen, perfekten Augenbraue.

»Oh! Hallo!«

»Sie hat mir ein paar Tricks beigebracht. Mit der Armbrust von meinem Süßen«, erklärt Francis stolz.

Sie hatte es erstaunlich schnell überwunden, von lebenden Mumien angegriffen worden zu sein und zu sehen, wie einem Mann von einem Höllenhund der Kopf abgerissen wurde. Claude hatte berichtet, dass sie, nachdem sie von den Ereignissen im Museum nach Hause gekommen war, innerhalb weniger Stunden sechs alten Leuten die ganze Geschichte erzählt hatte, den größten Teil eines übrig gebliebenen Kuchens gegessen hatte und dann eingeschlafen war. Am nächsten Morgen versuchte sie alle zu überzeugen, dass daraus ein Film gedreht werden musste. Und jedes Mal, wenn sie mit mir darüber sprach, leuchteten ihre Augen vor Aufregung auf.

Ich vermutete, dass sie den Umgang mit der Armbrust lernte, um mehr Zeit mit Claude zu verbringen, und nicht, weil sie Angst um ihr Leben hatte.

»Das ist toll«, sagte ich zu ihr.

»Das ist es wirklich. Wir haben uns gefragt, ob du heute Abend mit uns essen möchtest. Hier bei uns zu Hause. Sie zeigen im Freizeitraum The Matrix.«

Ich sah zu Nox auf und verbarg mein Lächeln. Die Vorstellung, dass der Teufel in einem Altersheim zu Abend aß, amüsierte mich.

»Warum essen wir nicht hier zu Abend? Wir können uns Matrix in meinem Heimkino ansehen. Und jemand anderes als der Altersheimkoch kann kochen«, fügte er leise hinzu.

Francis strahlte ihn an. »Ehrlich gesagt, hatte ich gehofft, dass du genau das sagst.«

Als sie aufgelegt hatte, standen Mama und Papa auf.

»Ihr seid auch zum Abendessen eingeladen«, sagte Nox etwas unbeholfen.

Papa lächelte.

»Toll. Wir müssen noch ein paar Möbel für die Wohnung abholen, also kommen wir gegen sieben wieder vorbei?«

»Wir sehen uns dann.«

Als wir sie in ein Taxi verfrachtet hatten, wandte sich Nox knurrend an mich.

»Ich dachte schon, sie würden nie gehen.«

Das Verlangen tanzte in seinen Augen und ich konnte spüren, wie seine Lustkraft über meine Haut kroch und meinen Puls zum Rasen brachte.

»Ich will dich.«

Er trat auf mich zu und drückte mich hart gegen die Wand des Flurs.

Flüssiges Verlangen sammelte sich zwischen meinen Beinen, als sein heißer Körper mit meinem in Berührung kam.

Sanft, aufreizend sanft, strich er mit seinem Daumen über meine Wange, dann über meine Lippe.

»Das sind wir, Beth. Wenn du willst. Dies kann das Leben sein, das wir ewig führen werden.«

Die Freude pulsierte durch meinen Körper und ich starrte in sein wunderschönes Gesicht.

»Ja. Das will ich. Ich will dich. Ich will dieses Leben.«

»Sag mir, dass du zu mir gehörst.«

»Ich gehöre dir.«

»Ich liebe Sie, Miss Abbott.«

»Ich liebe Sie, Mr. Nox.«

ENDE

DANKE FÜRS LESEN!

Vielen Dank fürs Lesen der Serie „Pakt mit dem Teufel." Ich hoffe, es hat euch gefallen! Wenn dem so ist, wäre ich für eine Rezension unendlich dankbar! Sie helfen mir so sehr; klicke einfach hier und hinterlasse ein paar liebe Worte, um mir den Tag zu versüßen :)

Diese Serie weicht von den Themen ab, über die ich normalerweise schreibe - nämlich romantische Fantasy-geschichten, die auf griechischer Mythologie basieren - und ich möchte mich bei euch bedanken, dass ihr dieser Reihe eine Chance gegeben habt!

Ich war überrascht, wie sehr ich London vermisst habe, als der Lockdown und die Pandemie uns alle zwang Daheim zu bleiben. Und nach ein paar Monaten ohne einen Besuch in meinem geliebten London wollten diese Charaktere und diese Welt unbedingt geschrieben werden – egal, was mein Zeitplan eigentlich vorgab!

Das letzte Jahr war für alle, die ich kenne, hart, und auch für meine eigene Familie - und das führte dazu, dass sich das Schreiben dieser Serie nach dem anfänglichen Energieschub verlangsamte. Ich hoffe, ihr seid mit dem Ende von Beths und Nox Geschichte genauso zufrieden wie ich, und ich danke euch, dass ihr so lange darauf gewartet habt.

Ich werde mit meiner nächsten Serie, den Tribunalen des Poseidons, in den Olymp zurückkehren, aber das ist nicht das letzte Mal, dass ihr hinter den Schleier sehen dürft (Francis, Rory und Behemoth haben noch einige Abenteuer vor sich. Und ehrlich gesagt, kann ich sie sowieso nicht aufhalten, sie schreiben sich fast von selbst).

DANKSAGUNG

Besonderer Dank geht an meine Mutter und meinen Mann, für *alles* im letzten Jahr. Einfach alles.

Danke an meine wunderbare Lektorin, ohne die dieses Buch wahrscheinlich nicht vor 2025 fertig geworden wäre.

Und vielen Dank an meine Autoren-Freunde, die mich bei Verstand gehalten, glücklich gemacht und motiviert haben, als ich nicht viel anderes als ihre Unterstützung hatte. Ihr wisst, wer ihr seid - danke! xxx

www.ingramcontent.com/pod-product-compliance
Lightning Source LLC
Chambersburg PA
CBHW030802200726
48285CB00014B/485